刘先平大自然文学文集典藏
追梦珊瑚
——献给为保护珊瑚而奋斗的科学家

时代出版传媒股份有限公司
安徽文艺出版社

刘先平◎著

刘先平
大自然文学
文集典藏

2003年，在挪威北极圈的大旋涡旁。

刘先平，1938年11月生于安徽省肥东县长临河西边湖村。父母早逝。12岁离家到三河镇当学徒，后在大哥刘先紫的帮助下脱离学徒生活。求学道路坎坷，依靠人民助学金完成学业。1957年毕业于合肥一中。1961年毕业于浙江大学中文系。在合肥师专、合肥六中等校任教师。1972年之后，在安徽省文联任文学刊物编辑、主编。

1957年开始发表作品，先是诗歌、散文，后涉足美学。1963年，因一篇评论再次受到批判，停笔。20世纪70年代中期，跟随野生动物科学考察队野外考察数年。1978年，响应大自然召唤，重新拾起笔来，致力于大自然文学创作与思考……

他被誉为我国"当代大自然文学之父"。

他曾经两次横穿中国，从南北两线走进帕米尔高原。

他曾经三次穿越塔克拉玛干大沙漠，四次探险怒江大峡谷。

他曾经六上青藏高原，多年跋涉在横断山脉。

他曾经两赴西沙群岛，在大自然中凿空探险40多年。

他的代表作有四部描写在野生动物世界探险的长篇小说和几十部大自然探险奇遇故事。

他的作品共荣获国家奖九项（次）。其中有三届中宣部精神文明建设"五个一工程"奖、三届全国优秀儿童文学奖……

2010年，安徽省人民政府建立并授牌"刘先平大自然文学工作室"。

他2010年获国际安徒生奖提名。

他2011年、2012年连续两年被列为林格伦文学奖候选人。

他2018年获首届中国自然好书奖。

他2019年获第三届比安基国际文学奖。

他历任安徽省人民政府参事、安徽省政协常委和人口与资源环境委员会副主任、安徽省作家协会常务副主席、中国野生动物保护协会理事。现为中国作家协会名誉委员。1992年，国务院授予其"突出贡献专家"称号。享受国务院政府津贴。

刘先平大自然文集典藏

追梦珊瑚

——献给为保护珊瑚而奋斗的科学家

刘先平 ◎ 著

时代出版传媒股份有限公司
安徽文艺出版社

图书在版编目（CIP）数据

追梦珊瑚：献给为保护珊瑚而奋斗的科学家/刘先平著．--合肥：安徽文艺出版社，2021.6
（刘先平大自然文学文集典藏）
ISBN 978-7-5396-7155-0

Ⅰ．①追… Ⅱ．①刘… Ⅲ．①纪实文学－中国－当代 Ⅳ．①I25

中国版本图书馆 CIP 数据核字(2021)第 023345 号

出 版 人：段晓静
策　　划：朱寒冬　姚巍　统　筹：宋晓津　张妍妍
责任编辑：张妍妍　柯谐　装帧设计：张诚鑫

出版发行：时代出版传媒股份有限公司　www.press-mart.com
　　　　　安徽文艺出版社　www.awpub.com
地　　址：合肥市翡翠路 1118 号　邮政编码：230071
营 销 部：(0551)63533889
印　　制：三河市华东印刷有限公司　(010)61594404

开本：700×1000　1/16　印张：14.75　字数：200 千字
版次：2021 年 6 月第 1 版
印次：2022 年 1 月第 1 次印刷
定价：1200.00(精装，全 15 册)

（如发现印装质量问题，影响阅读，请与出版社联系调换）

版权所有，侵权必究

卷 首 语

  我在大自然中跋涉四十多年,写了几十部作品,其实只是在做一件事:呼唤生态道德——在面临生态危机的世界,展现大自然和生命的壮美。因为只有生态道德才是维系人与自然血脉相连的纽带。我坚信,只有人们以生态道德修身济国,人与自然和谐之花才会遍地开放。

——刘先平

序

呼唤生态道德

生态道德的缺失，造成了我们生存环境的危机。

感谢大自然！在山野跋涉的三十多年中，大自然给予了我最生动、深刻的生态道德教育，因而无论是我的描写在大熊猫、相思鸟世界探险的长篇小说，还是在野生动植物世界探险的奇遇，都是努力宣扬生态道德的伟大，呼唤生态道德在人们心间生根、发芽。

环境危机重压着世界已是不争的事实，人们都在纷纷追究其原因，并寻找济世的良方。环境危机实际上是生态危机。

建设生态文明，中国为世界树立了榜样，具有划时代的意义。生态文明的建设，必然呼唤生态法律的完善、生态道德的树立，从根本上消解环境危机，保护、营造良好的生态。

法律和道德是一切文明的两大支柱，也是人类文明的标志。几千年来，我们已有了处理人与人之间、人与社会之间关系的行为规范、法律法规、道德准则，却根本没有处理人与自然关系的行为规范。按《辞海》(1979年版)中"道德"的释文："道德是一定社会调节人们之间以及个人和社会之间的关系的行为规范的总和。"这足以证明：人与自然之间的关系根本未被纳入"道德"的范畴，缺失了生态道德；或者说，生态道德在这之前，根本没有进入我们的观念。这是认识的失误。

"生态"一词的出现,至今不过二百来年的历史,而生态与人、与生存环境的紧密关联,在时间上则是更近的事情。这也从另一个侧面反映了人类在认识自然、认识人与自然、认识人与环境方面的重大失误,更加说明了树立生态道德的紧迫和重要!如果不能在全社会牢固地树立生态道德的观念,就无法建设生态文明和人与自然和谐的社会。

正是生态道德的缺失,成了产生环境危机的重要原因。长期以来,我们在处理人与自然关系方面,根本没有建立系统的行为规范、树立道德,法律也严重滞后;因而对大自然进行了无情的掠夺,无视其他生命的权利,任意倾倒垃圾,没有预后评估、监测地滥用科技,造成了环境污染、资源枯竭、生态失去平衡,以致受到大自然的严厉惩罚,直到危及人类本身的生存,才迫使人类重新审视与自然的关系,规范人与自然关系的法律和生态道德才得以突显。强调生态道德,在于强调、突出它比之于其他道德的鲜明特点——人与自然的关系。我们急需建立对于自然应具有的行为规范,以调节人与自然之间的关系,消解环境危机,建设人与自然的和谐。这是时代向我们提出的重大命题。

比较而言,树立生态道德比制定、完善生态法律,有着更为艰巨的一面。法律是"由立法机关或国家机关制定,国家政权保证执行的行为规则的总和",而道德是公民应具有的修养、品质,带有自觉或自我的约束。当然,对法律的遵守,也是修养和道德的表现。法律可以明令从哪一天开始执行或终止,但同样的方法并不适用于道德。比如某一行为并不违背法律,但违背了道德。这大约也就是媒体纷纷设立"道德法庭"的原因。生态道德在全社会的树立,是个艰难而长期的任务,需要启蒙和培养的过程,对一个人说来甚至是终生的,需要全体公民的参与和努力。

三十多年来在大自然的考察,七十多年的人生经历,使我逐渐深刻地认识到树立生态道德的重要、紧迫。三十多年前我所描写的青山绿水,现在已有不少面目全非。大片原始森林被砍伐了,很多小溪小河都已退化或干涸,有些物种消亡了……

记得1981年第一次到西部去,云南的滇池、四川的岷江、大渡河、若尔盖湿地……美丽而壮阔的景象,使我心潮澎湃。滇池早已污染、水臭。2007年10月,再去川西,所经岷江、大渡河流域,到处在建水电站,层层拦江垒坝。在一个山村水电站工地,村民忧心忡忡地诉说:大坝建成后,村前的小河将干涸,到哪去找吃的水啊?!这种只顾眼前的利益,无序、愚蠢的"改造自然",对整个生态系统的破坏已有显示。我国最大的高寒泥炭沼泽湿地若尔盖,泥炭层最深达9米,它在雨季吸水,干季溢水,1千克干泥炭可吸蓄8—12千克的水。它是黄河上游的蓄水库,蓄水量相当于三个葛洲坝。枯水季节,黄河水的30%(一说40%)是由这里补给的。但在20世纪曾挖沟沥水采掘泥炭。现在湿地已大面积退化为草原,沙化、鼠害严重。最发人深省的是,在这里拍摄红军战士过草地时,竟然无法找到深陷的沼泽,只好人工制造。黄河屡屡断流,当然不足为怪了!

水是生命的源泉。水的污染给整个生物链带来的是灾难性的影响,使人类的健康、生命处于极不安全的状态。中国五大淡水湖是长江中下游湖泊群的代表,是中国人口最为密集地区的生命线,号称"鱼米之乡"。但只经历了短短的二十多年,其中的太湖、巢湖,已是一湖臭水,根本无法饮用。其他的也都面临着湖面缩小、污染等生态恶化。在经济发达的长三角、珠三角,水污染更是触目惊心。

大自然养育了人类,可我们缺失了感恩,缺失了对其他生命的尊重,妄自尊大,胡作非为。当人类对自然缺失了道德时,自然也会还之以十倍的惩罚!

我曾立志要为祖国秀丽的山河谱写壮美的诗篇,但只是短短的二三十年,我所描写的山川河流不少都已是"历史""老照片"。

我曾冒着种种的危险和艰难,在野生动植物世界探险,无论是描写滇金丝猴、梅花鹿、黑叶猴还是红树林、大树杜鹃,都是为了歌颂生命的美丽,但是总也避免不了生命的悲壮——它们在人类的猎杀、砍伐、压迫下苦苦挣扎。即如每年要进行一次宏伟生育大迁徙的藏羚羊,或是给人类带来福祉的麝,或是山野中呼唤爱的黑麂……都无可避免地遭受着厄运。它们生存的空间,正被人类蚕食、掠夺。

这使我无限忧伤、愤怒,更加努力地呼唤生态道德的树立,也更寄希望于孩子。

正是大自然的生存状态,激起了我决心在一些作品之后写下后记,为过去,为未来,立此存照。

三十多年来,大自然以真挚、纯朴、无比的热情,接纳了我这个跋涉者,倾诉、抚慰……结下了深厚的友谊。

热爱生命,尊重生命,热爱自然,保护自然,保护环境,应是生态道德最基本的范畴。

我们来自自然,与自然有着血肉相联的关系。人类初期对自然是顶礼膜拜的。很多的部落,将动物的形象作为图腾。我们的祖先,对人和自然关系的认识,曾有过很多智慧的表述,如"天人合一"、盘古开天地的创世纪之说等等,至今仍是经典。

从世界教育史考察,对自然的认识,一直是教育的最基本、最经典的内容,讲述天体气象、山川河流、森林、环境和资源等等。以人类生存的环境、人类在自然中的位置作为人生的启蒙,在孩子们幼小的心灵中培植对生命的热爱、对自然的感恩。但这种优良的传统,随着人类社会、经济,尤其是科学技术的发展,逐渐淡化或消失。城市钢筋水泥的建筑,活生生地切断了孩子们与自然的联系。现在城里的孩子不知稻、麦为何物已不是怪事,甚至连看到蚂蚁也发出了惊呼。缺失生态道德的社会、科学技术的发展,不仅使自然失去了自然,更为可怕的是使孩子们失去了自然。

我希望用大自然探险奇遇,还给孩子一个真实的大自然世界,激活人类曾有的记忆,接通与大自然相连的血脉,接受生态道德的洗礼、启蒙,同时,启迪智慧的成长。大自然是人类的母亲,请千万不要忘记,大自然也是知识之源,正是在人类不断探索自然的奥秘中,科学技术才发展到辉煌灿烂。即使到今天,生命起源仍是最艰难的课题。

  道德是一个人的品质、修养、不朽的精神。道德力量的伟大,犹如日月星辰。我一直坚信,只有人们以生态道德修身济国,人与自然和谐之花才会遍地开放。

2008 年 4 月 2 日

目　　录

卷首语 / 001
序　呼唤生态道德 / 002

引言 / 001
发现钻石红珊瑚 / 003
吃出了珍珠 / 011
珊瑚梦 / 018
流星雨 / 025
珊瑚狂舞 / 032
谁在偷袭? / 043
月亮鱼　太阳鱼 / 054
三只螃蟹分类 / 066
飞箭齐射 / 074
南沙群岛有潟湖 / 085
剑鱼疯狂 / 099
寻找黑宝石 / 108
美人鱼 / 121
炮弹鱼发起攻击 / 128
魔鬼很淘气 / 133

天上掉下个小蝠鲼 / 139

海上漂起红带子 / 150

小笪的故事 / 172

还是那个鹿回头？/ 175

遭遇轰炸 / 184

警报：海底躺着核弹 / 196

名片掉色 / 200

梦想的光辉 / 206

深海更迷人 / 221

附录 刘先平四十多年大自然考察、探险主要经历 / 223

引　言

宇宙是大自然创造的最壮美的诗篇。

天文学家说天地之间有众多的宇宙,每个都有不同的特性、不同的组合;在这些特性和组合中,只要有毫厘之差,那准是宇宙大灾难。

我们只生活在众多宇宙中的一个,这个宇宙中有着无数的星系,我们只生活在太阳系中。

太阳系中有八大行星,有着众多的卫星,我们只生活在其中之一的地球上。

目前,在人类有限的认知范围内,只有地球才具有最神奇的组合方式,恰好适宜于生命的存在——只有地球才是人类唯一的家园,这是多少个神奇美妙的组合叠加在一起的结果,地球将幸运赐予人类!

保护我们的家园就是保护自己!

海洋的面积占地球的三分之二。

我们的家园有三分之二是海洋。

我国有300万平方千米的海疆,18000千米的海岸线。

科学家说,经过几千年文明的发展,我们对大海的了解却只有1%。因为它无比地丰富和神秘。

我们对大海的了解远远不够。

航拍珊瑚岛(西沙海洋博物馆供稿)

在珊瑚礁中，众多生物共同形成一个特殊生态系统，被称为珊瑚礁系统。

珊瑚礁生态系统与陆地上热带雨林生态系统相似，因而被誉为热带海洋的热带雨林或热带海洋的绿洲，是海洋的顶级生态系统。

全世界的珊瑚礁仅占海洋的四百分之一，但有四分之一的海洋生物生活在其中。

《2004年世界珊瑚礁现状报告》指出，全球有20%的珊瑚礁被彻底摧毁，尚有50%处于危险之中。

据有关专家估计，我国近岸珊瑚礁已缩减80%。

发现钻石红珊瑚

世界上只有一种呼吸,吐纳之间具有惊天动地的神奇。

大海的呼吸,以潮起潮落宣示生命律动的波澜壮阔。

大海的灵魂是月亮,它虽远在38.4万千米的高空,却赋予了大海血脉的张弛、海洋生物的荣衰。难道月亮是从大海出走,却又时时回首眷顾故乡的游子?那也是引力波的作用?

我和李老师在西沙群岛读海,椰树的羽叶在微风中絮语,永兴岛和七连屿之间的红海门海况很好。午后的一场小雨,洗得蔚蓝的天空透明、晶莹。靛青的大海闪着红晕。只有在南海瞻仰天空和大海,你才能领悟"青出于蓝而胜于蓝""春来江水绿如蓝"的色彩相融与变幻的美妙。

细浪悠闲地漫步,时而这里那里蹿起大浪,如大漠孤烟——是鲸?是鱼?

读得我思绪翻涌,也如大海一样……不知为什么,山海关那副千古传颂的对联"海水朝朝朝朝朝朝朝朝落,浮云长长长长长长长长消"时时在我脑海中浮现。

李老师在退潮后的礁盘上拾着贝壳,以另一种方式读海,探视大海深处的五彩缤纷。

昨天,她在一个小水凼中,看到一条灰黑的虾虎鱼,正驮着彩色的枪虾寻找猎物。那位花里胡哨的骑士在虾虎鱼的导猎下,总有收获,显得神气活现,张牙舞爪。看久了才知原来它是个近视眼,需要借助虾虎鱼敏锐的目光。李老师故作扰动,未看清仓皇的枪虾是怎么动作的,它已掘出一个洞,虾虎鱼驮着骑士,闪电般钻了进去……它们是相互扶持、合作组成的生存共同体。这令她唏嘘不已……

"你看,那边是什么?就在露出来的珊瑚礁的上面!"

李老师惊乍乍地喊出声,还未等我答话——其实我什么新奇也没看到。在野外,她一向眼尖,常常比我先发现新奇——她已一溜儿小跑去了。

"哎,正涨潮哩。当心!"

潮水已推着水波涌来。她不是不知道,别看落潮后礁盘上平坦,但坑坑凹凹、小水凼密布;更有软礁盘,就像沼泽地,一脚下去,就是个大窟洞。是什么宝贝引得她如此急迫?慌得我连忙追去。

李老师涉水声啪啪地响,溅起水花乱飞。潮水来得真快,我心里更急,只得拼命追去。

只见李老师从礁石上抓了个物件,转身猛地抄近路向岸边跑来。

我们的裤子、鞋子都湿了。我直埋怨她:"你没看到涨潮?"

"没看到我会那样急着跑去?现在你还能再看到那块礁石?"

真的,它已被潮水淹得只露个尖尖。

"什么宝贝?"

她把右手一摊。一块深红色的珊瑚躺在手心,说块状,又还是长不长,圆不圆的,然而那艳红的色彩却很热烈……

"是红珊瑚?"她问。

心里一激灵,但我不敢肯定。在西沙群岛的几十天中,很多渔民都说过红珊瑚的神奇、宝贵。其实,人类早已认识珊瑚的价值,不仅将它列为四大有机宝石之首,甚至发现了它的药用价值,《本草纲目》中就有记载,而红珊瑚更是珊瑚中的极品。可我们至今还未在大海中见到,渔民们也很少见到。这更引起了我们的无限向往。

我把那块深红的珊瑚审视了一番,发现它身上有很多小孔洞像海绵,可一摇,却坚硬,没有海绵的弹性。

"不太可能吧?听说红珊瑚生活在深海,怎么可能会在这里?"我问。

"不会是潮水、浪打上来的吧?"李老师还是沉浸在发现的快乐中。

红珊瑚已是极端濒危的物种,它生长缓慢,素有"千年珊瑚万年红"之说。再说,它的价值比黄金还高。我看过一个资料,目前,世界上最大的一株红珊瑚是1980年在台北宜南龟山岛附近海底采集的。这株桃红色的珊瑚王,高130厘米,重75千克,分有多枝,现被台北市一家珊瑚公司收藏。有人出价五百万美元,藏家还没卖哩!专家估计,它的年龄应在两万年左右,也就是说经历了两万多年的生长,才长到这个分上,是名副其实的大寿星。因而有人将红珊瑚称为海底钻石。如果这里发现了被风浪打上来的红珊瑚,谁还会劈风斩浪去打鱼?每天来赶海的人还不把礁盘都踩塌了?还等你这位草根探险家来捡?

红珊瑚(李珍英 摄)

我说了这么多,可没减去她半分兴致。

"那,你说它是不是珊瑚。"

"看样子是的。"

"你能说它没有艳艳的红色、南海的热烈?"

我语塞。

可我只是到了西沙,在珊瑚岛才看到了生活在海底的珊瑚。我不是专家,没有肯定或否定的底气。转而一想,管它是真的假的,几十年的大自然探险的经历告诉我:发现是快乐!大自然蕴藏着无穷的神奇和奥妙,只要走万里路,怀着崇敬、朝圣的心态,就一定有发现!否则为什么我们经过那么多的危险和困难,到了七十多岁还像顽童一般,跑到西沙群岛来探险?科学家不是说人类对大海的认识只有1%吗?它怎么就一定不是红珊瑚哩?怎么就不是一个新的物种呢?她为了这块红色的珊瑚,冒着危险来捡,红珊瑚给了她无限的快乐、喜悦,这还不值得?!于是,我说:"真的,说不定它就是红珊瑚!回吧,赶紧回去换掉湿衣服。晚上还有好事等着哩!"

我们踏着月色走向渔村,林间宁静、温馨,微风拂来椰花沁心的芬芳,淡淡的羊角花香在脸上轻轻地抚摸。椰林中家家门口已灯火辉煌。身后一串脚步声,我回头一看:"陈司令,这么急着往哪儿赶?"

他笑了:"怎么,有好事就忘了我?"他示了示手里提的酒。

李老师说:"哪敢?只是没想到阿山今晚办得如此隆重。这家伙做事总是要制造一大串悬念,让你不能不按他说的办。"

阿山是我们第一次到西沙时在船上结识的渔民。他年轻,喜爱在大海中闯荡,精明、幽默。李老师常说他是渔民精英。我们也就一见如故,后来就是他带我们去钓石斑鱼、马鲛鱼、蓝金枪……遭遇种种惊险,收获了无限的喜悦。

"有悬念才有故事。刘老师不就是天涯海角找故事吗?"刘司令说。

几十天的相处,我们和陈司令已是老朋友了。说着话儿,已看到阿山家门

从高空俯瞰，七连屿如七珠联星。（西沙海洋博物馆供稿）

口的桌子上坐了几位年轻客人，看样子我们还是来迟了。

阿山夫妇怡然自得地坐在桌边喝着茶，嗑着瓜子，可那几位客人，边饮茶边吃着生菜。桌子中央是一大篾盆翠嫩翠嫩、沾着晶莹水珠的生菜，显然是从阿山家菜园摘来的。既无盐，也没酱，但他们津津有味地细嚼慢咽，很绅士，可拿菜的速度不慢。他们是从遥远的北方来的？北方人就是喜爱这种方式吃蔬菜。但从衣着上看，应该都是广东流行的款式和色彩，特别是那位女同志的衣着，更是热带的浓烈和清秀的融合。

李老师碰了碰我的手臂，我懂得她已看到他们如此吃生菜，就像是在品尝美味水果；那位女同胞的表情，有着一种渴望的满足——是心灵对绿色的渴望,还是绿色抚慰了心灵?

"中建岛……"她没头没脑的一句话,激得我记忆闸门打开……西沙群岛几乎全是珊瑚岛,岛上没有土,只有白色的珊瑚沙。多年前守岛战士的生活条件差,特别是蔬菜和淡水奇缺。最偏远的中建岛上竟然连一棵树都没有,名副其实的海上大戈壁。有位服役两年的战士下岛探亲,当他在永兴岛上看到大树时竟抚着婆娑绿叶,深深嗅着绿叶的芬芳,流下了感动的泪水……

对,他们就是这种神态!

难道他们是经历了长期的海上漂流?是旅行者还是闯海者?

"你就这么请客?是不是只请大家吃海风椰韵?"李老师问。

"阿姨,这就冤枉我了。不是在等你吗?立马就上菜。你可不能舍不得吃啊。"

说着,就从屋里搬来一大盆海鲜。那盆沉得他弯腰撅屁股,还咧着大嘴——往桌上一放,桌面一颤。阿山装模作样地大口喘着气。

"牡蛎,好大好肥!"李老师又惊又喜,伸手一捏,冰凉的,"还不赶快拿去煮?"

"当心!"

"它还咬人?也像芋螺一样有毒舌?"

"不是,可它的棱角很锋利,比刀子快。你忘了我1983年在红树林采它,手被割得鲜血直冒?"

牡蛎都比巴掌大,乍看灰头土脑的。要不是壳上染有海藻的绿色,还真能以为是个石灰砣砣哩!

阿惠已将作料放到每位面前。

李老师意犹未尽:"从哪里采来的?也不带我们去,吃偏食的家伙!"

阿山说:"无功不受禄。阿姨跟我下海这么多趟,还不知道我只是个钓手,螺呀、贝呀,不是撞了手,我是不会拾的。生蚝是皇甫老师带来的。"他目光瞄向那位女同胞。

南海渔民只叫牡蛎为生蚝。西沙的渔民多是从海南的谭门、文昌来的,海猎行当分得很专业:钓鱼的不捡海参、螺、贝;捡海参、螺、贝的不钓鱼;用网的专攻布网。

先坐在那里的皇甫老师眉清目秀,透红白皙的脸庞,娴雅地、静静地喝着茶。我以为是他家今天从海南来的亲戚,谁知是位年轻的老师。

我不禁多看了她两眼。

看阿山还是未动,李老师有点急了:"阿山,你锅不动,瓢不响的,搬来这么大盆牡蛎只给看,不给吃的?"

我感到阿山在导演着什么,连连对她使眼色;可她喜欢跟他斗嘴,只顾不依不饶。

阿山只是一旁站着,不吱声。一脸的无辜,无辜中藏着诡秘。

那位皇甫老师和她的同伴,只是饶有兴致地微微笑着,等待看热闹。倒是陈司令厚道:"刘老师一定知道法国大餐中的美食,牡蛎是他们的最爱。巴尔扎克、雨果笔下的贵族们,不仅把生食牡蛎当成时尚,还是财富、身份的标志。这是今晚顶级的美味。"

"生吃?"这下临到李老师傻眼了!她对我瞄了一眼,我说:

"没错。据说有的食客一餐能吃一打哩!"说实话,我虽然喜爱牡蛎的美味,在厦门、福州,只要见到牡蛎煎饼,总要吃得心满意足才罢,可从未吃过生牡蛎。

和皇甫同来的身材魁梧的小袁,已打开了陈司令带来的葡萄酒,给每人都斟上。

陈司令说:"难得我们今天聚在一起,缘分呀!缘分就是天下最精彩的故事。来,干了这杯,开吃!"说着就用工具撬开了牡蛎的硬壳,白白嫩嫩的肉如水泡蛋般躺在壳里。他将各种调料放进去,用勺子一兜,就送到了嘴里,美得眉毛像跳舞一般……陡然连打了两个喷嚏……那是芥末通窍开塞的功劳。

大家也都开吃了。我也如法炮制。其实,对吃生鱼片、生虾并不陌生,我生在巢湖边,每当夏日湖水淹没柳林,就和小伙伴边游水,边在柳树红红的须根中摸虾。巢湖的白米虾是特产,又肥又晶亮。捉到后,立即剥壳吃虾仁,满嘴溢着荷香、狂野的风浪酿就的甘醇……

"李老师,你怎么不动手?南海野生的蚝,绝对没有污染,营养丰富,大滋大补。"陈司令说着,顺手拿了一个放到她面前。

可李老师只是在打量这个灰疙瘩。我知道,她对生鱼片都有一种天生的畏惧感,更别说是牡蛎生吃了。

阿山出场了:"阿姨,你当了几十年的班主任,肯定讲过第一个敢于吃螃蟹的故事。学生们都动手了,身教重于言教嘛!"说着,就拿那小工具去撬壳……

"你的激将法没用。我只是在找壳缝。我在热带雨林吃过竹虫,烤得金黄的,到嘴满口奶香。你吃过?馋死你!想难为我,没门。看谁笑到最后。"

她真的麻利地打开了壳。陈司令忙帮她加调料。可那雪白的肉体竟然蠕动起来,惊得她往后一仰——可能是它受到调料的刺激——大家一愣。嗨,她却一勺子送到了嘴里。

"怎么还有股蟹黄的香酥……"

一阵热烈的掌声响起。

响声未落,我突然忍不住叫了一声:"哎哟!"

吃出了珍珠

牙疼得我脸都歪了。右手紧紧捂着腮帮,感到头发都根根竖起。
一座惊呼:怎么了？怎么了？
待到刺骨的疼痛稍轻,我才将嘴里的牡蛎吐出,连连龇牙吸气。
"硌了牙了！"
李老师连忙在盘子里找,突然拨出一粒沙子,有绿豆大。
"就这家伙。一粒沙子！怎么事先没让它们吐水？"
阿山赶紧端来一杯凉水,要我先漱口再含着。
"我们养了两三天,该吐的都应该吐出来了！"小袁说。
"像鱼眼珠。可牡蛎不可能吃鱼呀！"
有的说像这,有的说像那……猜测声四起。
陈司令拿到手中捻着问:"这牡蛎是在哪儿采的？"
"在东岛旁礁崖边采来的。有片珊瑚长势很好,还有一种特殊的、从没被发现、没被记录过的。刚好是个陡坎,礁上堆满了。我们只采了一小块。那里很陡,一般渔民到不了,要不也不会长得这么好。"和皇甫一同来的小李小声说。
"这不像是沙粒。珊瑚沙一捻就碎了。皇甫博士,你是研究海洋生物的专家哟,只有请你鉴别了！"陈司令将硌了牙的劳什子递给了她。
一听她是博士,又是研究海洋生物的专家,我的牙似乎不那么疼了,只是牙根还是酥酥的。只见她大海般开阔深邃的眼神审视着,长长的睫毛一跳动,

011

笑了,笑得很阳光,闪着彩虹的光芒。

"哈哈！刘老师,你中彩了,千载难逢的大彩！"

大家都被她说愣了,又充满了无限的遐想……

那粒圆圆的小沙子还能具有魔力？是海龙王馈赠的宝贝？

可又像下了一道噤声令,谁也没有作声;只有微风在椰树上轻轻地拂动……她的富有感染力的目光从每个人的脸上滑过,说:"是颗珍珠！还是海珍珠哩！"声音不大,却很有震撼力。海里产的珍珠比淡水产的金贵得多！

这真是石破天惊！

"怎么可能？难道它不是牡蛎,是珍珠贝？说笑话了。"李老师按捺不住了。她的知识库里只有珍珠贝才会长珍珠。

陈司令早已将那宝贝取回审视,说:"袁博士,你再看看。"

他也是博士？只见他也笑眯眯地说:"刘老师真的中了大彩,这不明明白白闪着珍珠釉！"

阿山、阿惠都来争着看。阿山说:"我也在西沙闯荡多少年了,还真没见过。"

皇甫博士说:"肯定还有。不信,就再找找。"

李老师会放过这样的好机会？谁也不吃牡蛎了,都围着李老师看热闹。

李老师用手在我刚吃过的牡蛎里才一拨拉,一颗圆圆的珠粒子就出来了。

"真的,真还有哩！"

"又一粒,第三粒了！"出来一粒,大家就喊一声。

阿山早已端来一碗清水,李老师每取出一粒就放进去。

"四粒、五粒……"一直数到三十六粒,才怎么也找不到了。

碗中晶莹的光彩,如流星般闪烁,大约就是所谓的珠光宝气吧。是的,珍珠一向与琥珀、珊瑚、砗磲并称"四大有机宝石"。

"哈哈，还有两颗黑色的。"

"有几颗还泛着紫气哩！"

奇怪，我的牙也无一丝一毫的疼痛感了。只是学着李老师的样子，拿着一颗珠子用手电筒对着照，虽不透明，却更显出莹莹可爱，心底感叹着大海的神奇、大自然的造化。相对来说，牡蛎要比珍珠贝小得多……转而一想，我怎么忘了"宝贝"一词的来源呢？繁体字的"貝"是象形字，"口"应是贝类的形，中间的"二"应是它的壳上的花纹，"八"或许就是它的触手了。古人曾将其作为货币使用。至今仍能听到将自己的孩子、爱人都称为"宝贝"。可见"宝贝"一词的价值和丰富的内涵。牡蛎既然是贝类，也未必不可产珍珠……

美丽的海洋生物旗江珧，贝类动物。生活在潮下带，用前端的足丝附着于海底，营半埋栖穴居生活。（李珍英 摄）

"它怎么也产珍珠？皇甫博士，你不是好心制造个故事，让刘老师高兴吧？那年我们在广西合浦去海珠养殖场，他们用的是马氏珍珠贝和白蝶珍珠贝养珍珠，都比牡蛎大得多，个个都有盘子大。场地上堆的壳像山一样。"李老师说。

个头敦实、满脸憨厚的小李说："广西北部湾的北海、合浦，那可是世界上著名的产珍珠的地方。珍珠行里历来流传着'西珠不如东珠，东珠不如南珠'的名言。西珠是指欧洲产的。东珠是指日本产的。南珠说的就是咱们中国合浦和北海产的珍珠。"

"珍珠在古人心目中是无价的瑰宝。蒙古人更是喜爱,虽然他们生活在远离大海和温暖的北方的草原,然而采集珍珠却另有高招。每年春天,等待天鹅从南方越冬地回到北方时,猎人就放出驯养的海东青——有人说海东青就是金雕——用海东青直击高空捕猎天鹅,然后从天鹅的嗉囊中寻找珍珠。"陈司令博物学的根基深厚。

"英国女王皇冠上的那颗硕大无比、璀璨无比的珍珠,就是中国的南珠!其实,在古代,珍珠是无价之宝。世界上采集珍珠的历史悠久。过去韩国和日本都有潜入大海采珍珠的女子,那可是一个充满了危险,只有勇敢的人才从事的行当。"小袁也来了兴致。

大家都来了兴致,简直像在开珍珠主题研讨会。

皇甫晖亲切地说:"阿姨,其实,一般说来,贝类动物都可能产珍珠,只是大小色泽……商业价值不一样罢了。珍珠不是它们自个要长的,而是一种自我保护、自我疗伤的产物。它们碰到沙子或其他异物嵌进了体内导致受伤时,就赶快分泌一种物质将沙子或异物包裹起来,天长日久就成了珍珠。人工养殖蚌壳,就是将异物植进它的体内。现在养殖场的珍珠,多是用珍珠贝壳做成的小珠子……你肯定见过大海蚌——砗磲,有的能长到1米多长。说是有位酋长儿子,曾在海底看到它壳内有颗大珠子闪闪发亮,而且还是最名贵的黑珍珠,因而就伸手去摘取。黑珍珠是抓到了,可他手也被夹住了,就像鹬蚌相争寓言中说的。这是我儿时听到的一个故事。那年,我在南沙群岛考察,看到一个大砗磲正张开壳子,黑色的外套膜像是穿在外面的罩衫。两只彩色的眼睛特有神。我就用根棒子试了试,它果然闭壳了,连棒子都没夹住,更别说能将人的手夹住。故事也只是告诫人们不要贪婪,不要伤害其他的生命。但我确实见到砗磲中有珍珠,虽然很大,然而品相不好,不圆,商业价值不高。这真得谢天谢地,否则它不知还要怎样遭殃。你看,鹿茸、麝香都给人类带来了福祉,可人类以怨报德,大肆掠杀,让相关动物都成了濒危物种……珊瑚的命运也是如此……"

"你研究珊瑚很有年头了,我没记错的话,这是第四次到永兴岛来考察了,是什么惊动了你这位首席科学家?追梦之旅,进展如何?"陈司令问。

"正在路上哩!"她笑了。

"能说得详细点吗?"我问得很急切。

"对珊瑚礁生态系统造成破坏的,无外乎是天灾人祸。以天灾说,1977年那次全球性的厄尔尼诺现象曝光后,热白化严重——水温高——但人祸更严重。说到底,天灾也是人祸引起的,比如气候变暖就是过度排放二氧化碳引起的。我国近岸的珊瑚岸礁至少缩减了80%。珊瑚礁生态系统是海洋中的顶级系统,犹如陆地上的热带雨林。珊瑚礁只占海洋的四百分之一,但生物多样性却占四分之一,有4000多种,也有说是5000到8000种鱼是生活在珊瑚礁中的。它一旦出了问题,那将是整个海洋生态系统的大灾难。但西沙的情况不同。2006年,我们来考察时,发现西沙群岛的珊瑚品种丰富,生态状况良好。这至少说明了两点,一是那次灾难对西沙影响不大,二是虽然影响大,但是恢复得快。然而,不管是哪种情况,事实有力地说明了自然有强大的力量使遭破坏的珊瑚得到修复!"皇甫博士说。

"这是多年考察的结论。但过去学界普遍认为遭到白热化灾难后,或是遭遇到人为破坏之后,珊瑚礁生态系统是不可能或很难依靠自然力恢复的。皇甫晖老师的观点却截然不同,是挑战。为恢复、繁荣珊瑚礁生态系统指明了新的方向,也是我们团队追梦珊瑚的理论基础。"小袁说。

皇甫博士接着说:"这次去东岛,主要是看那里珊瑚礁恢复的情况,之前已发现虫黄藻又回到白热化的珊瑚中,又生机盎然了。这次看到的面积更大,生态良好,证明了自然恢复力的强大。当然,东岛那边恢复得好,因为有守岛战士的保护。应该感谢当代最可爱的人。但它说明了保护的重要性。我们这次来考察,主要看实施了'封海育珊瑚,植珊瑚造礁'后的情况,总结经验,如果效果好,我们将继续加大力度推广。"

"珊瑚也能种,也能栽?这不就像是封山育林、植树造林吗?有意思。"李老师说。

"确实是受了封山育林、植树造林的启发。封海育珊瑚,主要是采取保护措施,使受到破坏的珊瑚利用自然休养生息。植珊瑚造礁有两种方法:一是人工孵化、培养珊瑚幼苗,放到珊瑚贫瘠的海域造礁;二是将生长较好的珊瑚移栽到被破坏的珊瑚礁上壮大、繁荣。"皇甫博士说得很坦诚。

"珊瑚虫是动物,小到我们肉眼都看不到。它不是树苗、菜秧。这不是异想天开吗?"李老师的较真劲又来了。

"这只是简单地说。其实,这是经过几年来从福建到南沙群岛的考察和日日夜夜对珊瑚生态研究,经过多少次的争论才确定了的总体设想,也正是这个宏伟的梦想凝成了我们团队的灵魂。确实有人怀疑过,但实践证明,我们正在追梦珊瑚。不信?看看我们栽活的珊瑚就不能不信了!"小袁说得很自豪。

李老师寻根刨底的劲头又上来了,问:"当然要去看看。怎么知道白化后的珊瑚又活了呢?"

小袁博士说:"在海底看很清楚。所谓白化是原来色彩艳丽的珊瑚成了死灰白色,毫无生气。现在,有了虫黄藻,就又恢复了生机,闪耀着生命的光辉——有了蓝的、紫的、黄的色彩。珊瑚虫必须与虫黄藻共生。说得简单一点,虫黄藻能进行光合作用,排泄的废料,正是珊瑚虫需要的营养;而珊瑚虫排泄的废料,正是虫黄藻需要的营养。珊瑚体内必须有虫黄藻,这就是大自然创造的最为神奇的植物和动物结合的命运共同体!其实,有些贝类的体内也共生着虫黄藻,例如砗磲……"

"难怪了,你们是在研究虫黄藻为什么又回到珊瑚体内,所以才去考察砗磲、牡蛎体内有没有虫黄藻?有多少?因此才发现了这么大的产珍珠的牡蛎……看样子,这牡蛎我们不能再享用了……"

"没事,你们敞开吃吧。我们已留够了回去做化验的样本。"小李说。

"看来你们两位也是大博士了。你的研究方向是……"李老师说。

"我们都是皇甫老师珊瑚生物学和珊瑚礁生态学研究团队的。说白一点,是研究如何保护珊瑚礁生态系统,怎样修复被破坏的、濒危的珊瑚礁生态系统。李博士是研究海洋藻类与珊瑚的关系……"小袁博士正要介绍另一位时,那位壮实、黝黑的小伙子忙说:"我是聘来的潜水员,姓笪。"这个特殊的姓氏引得我们笑了起来。

阿山说:"别笑,他不仅姓笪,而且还是疍家人,是生活在沿海船上的一个很有独特文化的族群。有空时,请他讲讲疍家人的生活,一定很有趣。"

"嘻嘻,梦里寻她千百度,珍珠硌牙,疼了之后,他们都在灯火阑珊处!塞翁失马,焉知非福!真该谢谢小阿山,够朋友,没枉了我授给你的'精英渔民'的称号,你总是给我们创造惊喜!嗨,今天真是福星高照,我也正要找研究珊瑚的专家哩!没想到你们竟然送上门来了。你们喝酒,我赶快去把那宝贝拿来请教,机不可失,时不再来。"李老师说着拿了手电筒就走了。大家都不明白她为啥那样兴高采烈。

鲜明的主题,难得的缘分,已消融了来自天南海北的在座各位的隔膜,大家连连干杯,个个容光焕发。我才知道皇甫的豪饮和小袁更胜其一筹的酒量。渔民们常说酒是大海酿造的甘露,架起的是知音的桥梁,不懂酒的人就不懂大海。酒能激起满腔的豪情。这些在大海中探索、闯荡的朋友聚到一起,别说阿山了,就连他妻子小惠也加入了豪饮的行列。

珊 瑚 梦

正当酒酣时,李老师乐颠颠地来了,把手中的宝贝一摊:"珊瑚。红的。"不知谁惊喜地叫了一声。

阿山、小惠、陈司令……都凑过来看。特别是小笪,眼睛瞪得又大又圆,从黝黑的脸上放射出贼亮的光:"阿姨,你在哪儿捡到的?"

"在永兴岛的靠红海门那边。今天傍晚!"

"哈哈,是红珊瑚!好漂亮啊!"阿山一本正经地惊喜。可我看到那一本正经中藏着的坏笑。

"你别瞎起哄。我是来请教皇甫博士的。"

"李老师,算你问对人了。皇甫老师是最权威的研究红珊瑚的专家。海关和公安局碰到走私、偷采红珊瑚的案子,都要来找她鉴定。"小袁说。

显然她早已了然,但直到这时,她才很有礼貌地把珊瑚拿到手中,还仔细地看了看,说:"确实是珊瑚,颜色艳红,看相好,体积不算太小,有好手艺的师傅,肯定能雕个艺术品出来。其实,别看珊瑚虫只有针尖大。但每个珊瑚虫都是神秘而完美的生命,它们创造的千姿百态的珊瑚礁都是艺术品。去年,有位记者朋友给我发来一张照片,照片中一位潜水者拿了个红色的珊瑚,问我是不是红珊瑚。我看了后告诉他,那是柏柳珊瑚。柏柳珊瑚在海底是呈红色的,常被误认为是红珊瑚。红珊瑚自有一个科,它的特征是有圆实的、含高镁碳酸钙的中轴等等。当然,分类学上还有很多其他的特征。颜色也不尽然全是红色的，还有透明橙黄色和白色的。当然还是以大红色的最名贵……"

"你的意思我明白了，它不是真正的红珊瑚，只是红颜色的珊瑚。那它叫什么名字呢？"李老师也不傻。

"你看，它有很多管状的小孔，像不像苗族同胞吹的乐器？"皇甫老师说。

"真有点像芦笙哩！"

航拍甘泉岛（西沙海洋博物馆供稿）

皇甫晖明媚地笑了："对，就叫笙珊瑚，也是一个稀有、罕见品种。小袁，是前年在浪花礁那边吧，你们不是采到一块有面盆大的笙珊瑚化石吗？"

李老师笑得很灿烂，乐滋滋地说："谢谢你给了我知识，新认识了一位大海的朋友！更谢谢你给了我发现的快乐！我们的西沙、南沙，整个南海有真正的红珊瑚吗？你们考察中见到过鲜活的红珊瑚吗？在海底绽放的红珊瑚，那是多么壮美的海底奇景。"

皇甫博士说：南海当然有，而且蕴藏量还相当可观。我国在226—231年，朱应著的《扶南传》中已有对珊瑚的准确记载。关于红珊瑚，现在可见到的文字记载，19世纪80年代在地中海已有了成规模的开采。到19世纪末，太平洋的红珊瑚主要产于琉球群岛、小笠原群岛。1980年之后，又在中途岛和夏威夷等地发现了红珊瑚。海洋不仅给人类创造了良好的生态系统，而且为人类的发展提供了丰富的资源。珊瑚礁生态系统就是最好的说明。作为宝石的红珊瑚，不仅可制作成人们喜爱的佛珠、首饰,而且其工艺品更是价值连城。1985年第9期,《人民画报》上刊载的红珊瑚雕刻的《六臂佛锁蛟龙》,是由一株主干粗壮、丫枝较多的深红色的红珊瑚雕刻而成的。主干雕成佛。丫枝部分雕成了10多厘米长的蛟龙。佛像的右臂上琢出了一条30多厘米长的锁链,锁住了蛟龙。佛的六臂袒露,腰间披一缕轻纱,以栩栩如生的形象,展示了锁住蛟龙、制服洪水、造福人民的主题,是镇馆之宝。其实,被《世界珠宝大全》收录的红珊瑚工艺精品真是美不胜收。另外,还有金珊瑚、黑角珊瑚、竹珊瑚的化石,都是宝石级,都是大海奉献给人类的财富;但也正因为如此,它们遭到了厄运。全世界已有百分之二十的珊瑚死亡,还有百分之三四十的珊瑚处于危险之中。我国近岸的珊瑚礁生态系统遭受破坏的数量,比这个数字还要大,这使我们感到巨大的压力……

她的话,使李老师一会儿兴奋,一会儿忧虑,但还是忍不住地问:"你们在南海见到红珊瑚了吗?"

"它们生活在100米以下的深海。目前,别说我们潜水所具有的装备还到不了那里。就是一般的专业潜水员也不可能潜到那个深度。我们不可能看到。"小袁说。

"这倒反而好了。就像我们去过的阿尔金山自然保护区,它被35座海拔5000米以上的高山环绕,有338条冰川,保护了几万只藏羚羊、野牦牛、野驴,成了我们唯一能近距离欣赏到这些狂野生命的宝地,历经八年、我们前后三次,才在朋友们的帮助下进去了。"

"李老师,现在有深海潜水器,下潜到深海四五千米都不成问题。贪婪的家伙总是有办法的。"小李说。

"你们知道红珊瑚在哪里,建立保护区不就万事大吉了!"

"那可不行!保护区一建立,不等于公开了红珊瑚的产地,引来更多的盗采者?再说,海洋太大了,那得多少人去守护?"小袁说。

"哎呀!我明白了。难怪皇甫老师一直没说南海哪儿有红珊瑚哩。还是保密为上策!"

"世界上各国的红珊瑚产地都是保密的。我们参加珊瑚考察的队员,都要签订保密承诺协议。因为皇甫老师是我国研究红珊瑚的顶级专家,没有谁比她更清楚我国红珊瑚的产地……"小袁说。

"你不是说你们无法去考察红珊瑚……还能是她的前辈是研究红珊瑚的,把记忆的密码遗传给了她?"李老师说。

"还真让你说对了。她的老师就是我国最早研究红珊瑚的,围着她转的人可多了去了!所以我们的皇甫老师就成了重点保护对象……"小袁说。"追我的人多,那是因为我长得美。你酒喝多了,酒话连天,不着边际,像在写魔幻小说。来来来,再喝两杯醒醒酒。"皇甫晖忍不住打断了小袁的话。

我看到皇甫博士多次向小袁投去了制止的目光。小袁很可能是酒喝高了,处于亢奋状态,管不住嘴,像是根本就没看到她的眼色。

皇甫博士的话,小袁的口无遮拦,我没过多注意,却有一个眼神浮上了我的心头,虽然那眼神的闪烁只有三分之一秒,却像烙印一样刻在心里,因为它充满了灵魂中的复杂——虽然我无法清楚地解析其中的意思,但仍给我的是一种不安、不祥的感觉。这眼神就是小笪的。我第一眼见到的这位小笪,黝黑、圆圆的脸,胖乎乎的身材,我的脑海里就冒出了"黑面包"这个词,憨厚、可爱……这是怎么回事?自己也糊涂了……对,在小袁说话时,他还最少闪过两次那样的眼神……

是因读警匪小说太多了?可红珊瑚不就是海洋中的钻石吗?谁掌握了宝藏,谁就多了一分危险……

谁的手机响了?

皇甫博士已经离开座位,走出去接听电话了,只隐约地听到她断断续续地回话:"不行。那里在保护区内,绝对不能建游艇码头!

"市里不是答应改设计方案吗？怎么，耍了个花招，还是要建？你告诉他们，环保审核通不过。"

"我现在回不去，还有几个点要考察。一结束我就过去。"

她回来了，小袁看她满脸的忧愤，说："还是那个保护区的事？我们辛辛苦苦这么多年来搞保护，他们顷刻之间就能把它破坏得一塌糊涂。那可是我国建立的第一个珊瑚礁自然保护区啊！"

"大气变化等自然因素，对珊瑚礁生态系统造成的破坏好修复；因为海洋本身就有修复能力。人为因素的破坏，像炸鱼、填海造地、大搞开发，之后再来修复，那就难多了！林业上搞封山育林取得了很好的效果，保护珊瑚礁也应该封海育珊瑚。"皇甫晖说。

陈司令说："虽然我是个当兵的，我一直很敬佩你的理念，更赞赏你封海育珊瑚、植珊瑚造礁的宏伟构想！有人说这是异想天开、梦想，其实科学就是要实现异想天开的事！梦想能激励人们克服万难去创造。既然珊瑚对自然因素，像气候变化、地震、火山爆发以及人类活动的破坏，有两种应对的办法。你们现在从这两方面入手，研究对策，路子对，担子重啊！你们缺的柴油，我正请人送到船上去，还缺什么尽管说。感谢你们每到一个岛，都给战士们讲课。战士们都说，不仅要保护海疆，还要保护海洋生态哩！因为海疆中就包含了生态，生态就是财富。中国科大的老师在东岛进行鲣鸟研究，结果帮部队培养了一位'鸟博士'，他还娶了位科大的女硕士。也希望你们能帮我们再培养一两个'珊瑚博士'出来。文明、文化是部队的软实力！这也是帮助我部队建设啊！"

"珊瑚岛上的小安就很有长进，我们已把很多的观测任务都交给他了。他写的观察记录实际上就是考察报告，此人很有前途。我还在向大学推荐他，基础理论打扎实了，再过几年，我收他当在职研究生。其实，在实践中学习，进步快！办学也得改改路子了。真的不缺什么了。你们给了我们很多帮助。真的非常感谢！"

"听了你这话,我就高兴。对了,看你们刚才馋生菜的景象,肯定是断了新鲜蔬菜吧？我让他们再送点给你们。"

"不用了,刚才阿山已送了不少蔬菜。再说你们那么多人,蔬菜也不会多充足。"

"阿山的菜园子,巴掌大,能有多少菜？过去我在岛上当战士,大风,海况坏,十天半月吃不到蔬菜是常事。光吃罐头,后来一见罐头就想吐。逼得战士们探家回来就背土,在岛上种菜。现在,在科委的帮助下,好几个岛上都建了现代化的蔬菜大棚。再说,后天海南送给养的船就来了。"

"谢谢,真的太谢谢了！"

"你们今晚就住我们招待所吧。好好洗个热水澡,安心睡个踏实觉。"

"已在阿山家冲过凉了。船上还有一帮子人,晚上还要下海,只能回到船上了！"

李老师连连对我又是使眼色,又是碰胳膊。其实我早就按捺不住了。

"今晚真是让我大开眼界。我从小就生长在巢湖边,一直向往着更大的湖——海。大博士,愿意收我们两个老顽童当学生吗？"

陈司令也很凑趣："两位老先生可是大探险家啊！五上青藏高原,三次穿越塔克拉玛干大沙漠,两次走进帕米尔高原,多年穿行横断山脉……"

"陈司令,你这是夸我们,还是在笑我们痴心不改？"

"陈司令是在帮你们说话,打消我的顾虑。其实,你们没来之前,阿山已向我说了和你们一同去钓金枪鱼、遭遇'海底变色龙'的故事……敬仰两位老师为保护大自然几十年的奔走呼号。其实我们做的是同一工作,心灵早已相通。你们是我的老师。"皇甫博士发自内心地说。

"好呀,现在就想跟你上船去看看,欢迎吧？"

"太好了！"

皇甫博士话音刚落，小李博士就说：

"两位老师，我也是安徽人。在这天涯海角见到老乡，不是两眼泪汪汪，真的是心情激荡啊！"

说着话儿，小袁博士走起路，好像两条腿已不一样长了。可皇甫博士走得很轻盈，我对他们的酒量有了认识。穿过渔村林中的小路，不一会儿就来到了灯火辉煌的海港。

流 星 雨

永兴岛上夜晚的树林特别迷人,朦胧如幻,星星在树叶上跳动,海浪轻歌曼吟……

绰约多姿的椰林掩映着港口,这边停的多是当地的小渔船,渔火在波浪上起伏,犹如繁星闪烁……

"你们考察船没进港?"李老师犹疑。她在寻找印象中应有的现代考察船。

"那条大船就是我们的。"皇甫博士指示,那是一条大木船,看来吨位不大,但在岛上渔民驾驶的小船中还是鹤立鸡群的。岛上的渔民多是在珊瑚礁盘上钓鱼、拾贝,小船灵巧、机动。只是到了鱼汛或去外海时,才四五艘小船一起跟随大船作业。与其说,这条木船使李老师有些失望,倒不如说让她感到考察工作的艰辛。就说从海南到永兴岛有300多公里,我们从海南乘琼沙3号轮船来,途中要航行13个小时,风浪中很多人晕船,连胆汁都吐出来了。更何况他们日日夜夜都在船上。

"租用这样的船,已花去一大半的考察经费。不过,小也有小的好处,挺灵便。"多敏锐的眼光,她似是看透了李老师的心思。

"当年,也就是1835年,达尔文所乘的'贝格尔'号考察船,也只是比它大一些。他那年才26岁。环球考察后不是照样写出了震惊世界的《物种起源》?真的,乘木船考察,使我们常常想到达尔文当年对生命起源的探索,因为至今,这个课题依然是科学界极尖端的课题之一。"小李博士充满了自豪。

刚登上船就收到所有乘员的欢迎和注目,他们都不知这两位不速之客是来干什么的。我和李老师在野外跋涉了几十年,对这样的场面并不陌生,也没有任何的局促之感。

船虽不大,但各种仪器、采集标本的器具……都被摆放得井井有条。只是住宿的舱房太小了,就像是野外露营的小帐篷。

我发现七八个大男人之间,只有皇甫博士一位女将,心想她肯定是个硬角色。看到小李和小笪还有小杨正在忙碌着,我问:"今晚还有任务?"

"要去6号海域考察,看看那里移栽的珊瑚的生长状态。"小李说。

"夜里也要去?天这么黑。你们不是今天刚到吗?停靠码头总是休息的日子。"李老师在使心眼侦察了。

"有些科目必须在夜里进行。这时候珊瑚虫最活跃。它们在白天只是休养生息。没见过的人,很难想象出珊瑚在夜里生龙活虎的状态、焕发出的生命光华!"

"你们肯定是潜水下去了。"李老师继续侦察。

"站在岸边、船上看海,只能看到海的表面。只有潜入大海,才能看到真正的海——那是一个充满神奇的世界。"小李说。

李老师乐得容光焕发,当然要乘胜前进:"哈哈,真是运气好。在西沙群岛这么多天,看到的珊瑚都在白天,只能站在海边或礁盘上看,虽然五彩缤纷,但它们就像大家闺秀,矜持、端庄、淡定……像雾里看花,总感到缺少了精气神。原来它们也像老虎一样,是夜行动物,白天只管睡觉,夜里才龙腾虎跃。这样难得的机遇今晚就让我们碰上了。大博士,我们跟你们去见识见识,不会不欢迎吧?"

大概他们谁也没想到李老师会提出这样的要求,有的面面相觑,有的互相交换着眼色……

"这是大海。我们要潜到海里考察,又是黑夜,你们站在船上肯定看不到海里的珊瑚……恐怕……"小袁刚张口,就弥漫起一股酒气,"你和刘老师会潜水吗?"

"那肯定是像阿山在礁盘上钓鱼一样,水只齐腰深,戴个潜水镜,先俯身到海底察看鱼情,再投钩……可潜水是特种技能,先要学习一段时间,还要有老师专门指导、训练,更要有套装备,海下面水的压力大……否则,很容易得可怕的潜水病。"小笪看我们不语,赶紧说。

"那有什么难的?"李老师指了指我,"在珊瑚岛,他就跟小安他们戴了潜水镜下去了……"

我看李老师急了,忙说:

"我们只是体验体验你们怎么潜水、考察,都把潜水说得挺神的,其实也就是'扎猛子'。当然,我们没那个本事,看看总可以吧?这不会像是红珊瑚的产地,高度保密吧?"我看皇甫博士已将我们审视了一遍,"皇甫博士不会嫌弃我们年岁大了吧?"

"常说老来是个宝。难得二老还有这样的精神状态,我们只有学习的份儿。刘老师是作家,都说21世纪是海洋世纪,刘老师用作品宣传保护海洋、保护珊瑚生态系统,那能影响很多的读者,比我们的科学论文影响大得多,请都难得请到,主动上门,还能不欢迎?当然欢迎!今夜,我就当主陪。阿山,你专门负责两位老师。"

她的热情、豪爽,使李老师乐得一把抱住了她:"年轻时,特想有个女儿,可我们只有两个和尚头。女儿多贴心!"

"大叔,我们可说好了,你那爱冒险的脾气可得收一收啊!我在夜里可从来不出海钓鱼啊!"

阿山边说边连忙下船。李老师一把揪住了他:"你想临阵逃脱?"

"阿姨,你冤枉人了。我要把我的小船开来,挂到大船后面。"他装出一副小学生受委屈的模样,逗得大家都笑了。

难怪李老师授予他"精英渔民"的称号。若不是他带了小船,后来的故事就绝对没有那样精彩。

皇甫博士对船长说了声"起航",大船已轰隆隆响了。李老师和我围着今夜要潜海的人问这问那。皇甫博士却说:"没那么复杂。我从小就懒,但喜欢玩,玩能给人快乐。别听他们吓唬,二位就当出海玩一趟。走吧,我们到前甲板上喝茶看风景。"她拉了李老师出舱。

不知什么时候,她已摆了个小矮桌,泡了功夫茶。有人调侃:"南方人用酒杯喝茶,北方人用茶杯喝酒。"我是位茶客,谁叫我生活在名茶荟萃的安徽哩!那功夫茶像是把茶的甘醇、馨香都浓缩到小小的酒杯中,喝了酒,吃了海鲜,更觉醇醇的茶香荡气回肠……

我们不止一次乘海轮夜航,仅西沙群岛就往返数趟,但今夜在木制的考察船上,却有了另一种意境和心情。

风浪不大,海天都融在靛蓝的色彩中,波浪将满天的繁星推来拥去,海面时而有大鱼戏水的响亮,时而……

"看,那边海域!"李老师向我指示。

真的,不远处海上浮起了一团光晕,像是天空星云的影像。

嗨!它的色彩还在演变哩!银色的光晕中一会儿闪耀紫色的光泽,一会儿又像闪起晚霞的云霓。那团星云甚至且行且幻,是因船在移动,还是它们正在漂泊……

"是浮游生物。很多浮游生物会发光,夜晚是它们繁忙生活的开始。表示自己的存在,既警告掠食者,又联络了同伴,而这又为……"

轰然响起的浪涛打断了她的话,翻涌的大浪将那团"星云"搅得顷刻凌乱、破碎,浪涛也像水一样翻滚。

"引来大鱼掠食了!"李老师也看明白了。

"生命就是这样繁荣昌盛的!别看浮游生物很小,但数量庞大,它们和藻类为海洋的高等动物提供最基本的食物,连有的鲸、鲨也是靠它们为生的。食物链很神奇!"皇甫博士说。

"是呀,过去我对鱼汛不太明白。为什么每年到一定的季节就有了鱼汛呢?那么多的鱼虾都集中到了一个海域。在舟山群岛时——那里也是个著名的大渔场,才有人告诉我,那是因为浮游生物的群集性和某些鱼虾的洄游规律的缘故。海洋就是很神奇,它们也有信息网络。"李老师也有所感。

天空突然闪亮,四五颗流星划出了银线,映得远处的大海陡起光晕,一片火树银花的灿烂!

"流星雨!"

浩渺的海洋是观察流星雨的首选地。它辽阔而高远,坦坦荡荡,无遮无拦,又有海水相映成趣。真是千载难逢的机遇。我想起看到过的一个资料,那上面列举了一些发达国家城市,居民已很难看到银河了,是因为高楼林立,还是因为现代化的生活使人们忘记了自然?

"又来了!"

虽然只有零零散散的一两颗,但分毫未减大家的喜悦与兴致。

船速慢了下来,船长说6号海域到了。夜色中,我看不清具体的位置,以近一个小时的航程计算,应该离永兴岛不远。凭着经验,好像是在一个大礁盘的旁边。

西沙群岛多是珊瑚虫们千万年来创造的杰作。

"我要去准备下海。阿山,两位老师乘你的小船,你领着在礁盘上看。"

"你也下海潜水?"李老师问。

"潜水是研究海洋生物最基本的技能。李老师,大学毕业后,为了挣份工资,我还在水族馆工作过,成天在水里陪着海豚、海狮、鲨鱼游水哩!"

皇甫博士再出船舱时,已是武装整齐的潜水员了。她穿着紧身的潜水服,手里拿着头戴的面具,显得英姿勃勃……

从高空俯瞰西沙首府永兴岛——南海上璀璨的明珠,多像一艘永不沉没的航母。
(李珍英 摄)

"这不是变形金刚的另一个版本吗？"李老师很惊奇。

我说："这只是轻潜，潜水深度一般不会超过三十米，要潜到更深的地方，还要戴头盔、压重的铅块，仅装备就有七八十斤哩！"

李老师不明白，说："干吗还要绑上铅块，不嫌重？"

我说："水的浮力大不大？"

她说："我忘了。铅块重，才能帮潜水员下到深处。"

李博士、小笪也在船舷，还背着氧气瓶和水下摄影、摄像机，穿脚蹼。

"都记清了样方的位置？小笪担任导潜。"

阿山催着我们下到小船，可我们都赖着不动，直到看完他们一个个倒背入水，表演了那精彩的一瞬间……

登上小船，阿山刚发动马达，舱内哗啦声响起，惊得我一愣。李老师伸手揭开舱盖："清一色的小石斑鱼。乖乖隆里咚，这么多？今天钓的？"她激动时，常将家乡话脱口而出。

石斑鱼是这一带海域珊瑚礁盘上的特产，味美肉嫩，是鱼中的上品，市场上的价格三四十元一斤。还有大石斑，最金贵的是赤石斑。李老师曾钓到过一条赤石斑，那更难得——我们曾跟阿山去钓过。

看着阿山的航向，揣摩他很可能是径直往礁盘上。我说："别急，看看他们。"

孔夫子说水至清则无鱼。以此推论，他尽管周游了列国，但绝对没来过南海。因为南海是水不清则无鱼。南海的水清澈透明，能见度大，可看清在水下三五米游动的鱼虾。即如现在，他们三人在水下的身姿都历历在目。小笪水性娴熟，一眼就能看出他是经受过严格的训练。小李博士不紧不慢地跟随，绝不是个新手。皇甫博士的游姿飘逸、潇洒，透着鱼儿般的灵动，使我感到大海原来就是她的家园。是的，生命起源于大海，是从大海走上了陆地……

渐渐地，他们的身影朦胧了，正向样方地游去。

珊瑚狂舞

我的估计不错，不多远，小船就上到礁盘上。刚上到礁盘上，就听到哗啦一声，隐约看到海面上露出了一条大鱼的背鳍。从背鳍的形状看，肯定不是鲨鱼、旗鱼，但从它激起的海浪看，这条鱼有二三十斤重。浪小了，鱼跳声却一片喧嚣，靛蓝的海面上，这里那里都是星星点点的闪光。

西沙群岛的所谓礁盘，都是千万年来珊瑚虫留下的骨骸和正在制造的外骨骼的堆积物；露出水面的，成了珊瑚岛。就像有个很大的礁盘把它托起。珊瑚礁大者可像澳大利亚的大堡礁，绵延几千千米，其中还有潟湖，小者十几平方千米。

白天可以从一圈浪花看出礁盘的大小。黑夜中，我看不到这个礁盘有多大，但水不是太深，阿山关了马达，把船停下。

"考考大叔、阿姨的眼力，尽量往海里看。谁有发现，发现一样，谁就得10分。"

这小子又来逗我们了。反正是来探索海洋的奥妙，又还是头一次在远海，当然要看。

今夜没有月亮，繁星虽然满天，但它们总是在闪烁。海水泛着深沉的靛蓝色，就像一块大幕，遮住了神奇世界的大门，只有模模糊糊似虾似鱼的生物在水中游动……而近处、远处的鱼跳声，还有种似是昆虫的窸窸窣窣，又特别撩人。嗨！还有个小红球在滚动呢！是海龟？刺鲀？可当你去追寻真相时，一切又被黑暗掩去……

李老师抗议了:"阿山,你先说说,看到了什么?黑漆麻乌的。"

"我看到这下面是五彩缤纷的海底花园,有十几种'鲜花'正怒放的珊瑚;刚才还有一只玳瑁好漂亮啊!背甲还闪着荧光哩!正追着小鱼哩!阿姨没看到?"阿山的话语中充满了调侃、诡秘的味道。

"你只管胡吹吧!把上次去捕飞鱼的大灯打开,别舍不得电!"

"不是舍不得用电,我从来都把电瓶充得满满的。今夜是来看珊瑚的,你想想,现在你都看不到,灯一开还不把鱼都引来了?这里可有鲨鱼啊!也行,你要是想抓鱼哩,就开灯。不看鲜花般的珊瑚,没啥了不起!"

"耐着性子吧,等到眼睛适应了环境,总会有所发现。"我只好安慰她,当然也是说服自己。皇甫博士所说的珊瑚生活,是那样诱人啊!

一旦静下心来,我就看到了细波微浪的海中,似乎有着天空的星云,虽然那么朦胧,还有鱼虾不断从星云上划过,但看久了,微亮的星云像是树林或山峰幽谷——那是珊瑚吗?似树林的该是枝状珊瑚,山峰、幽谷应是堆集的块状珊瑚,还是幻觉、幻象?

我把这个发现告诉了李老师。她说也有同样的感觉……

"嘻嘻,没想到你们的预习结束得这样快!皇甫老师教我时,花的时间比你们多了一倍。别急,我先下到礁盘上看看水有多深,再来接你们!"

这家伙又精又刁,在精、刁中创造了情趣。在孤寂的探险生活中,是极爽口的调味剂。

海风紧一阵慢一阵地吹着。水不深,只到阿山的腰眼;原有的茫茫大洋上,一叶扁舟、三个人的寂寞,有了惬意、兴奋。

他从船里取出了潜水镜,我这才发现他已换了潜水装了——他平时钓鱼作业时的行头。

李老师问:"我的呢?"

"说什么你也不能下去呀。在这黑夜,在这茫茫的大海大洋,我怎么敢带你下去?再说,我也没那么多的潜水镜呀……"

阿山话音未落,李老师伸手就把他头上的潜水镜抓到了手中。

"霸道,太霸道了,哪有老师这样对学生?"

这小子又在调节气氛了。李老师可七十多岁了!

"可以下来了!"

我下到水里转身想扶李老师。可阿山已拉着她边往前走边说:"别急,先适应适应。"

南海的水温高,很舒适。可没走两步,海上回荡着李老师又惊又喜的叫声:"鱼儿们在我腿边啄着。"

"没事。来了新客人,它们总是要探寻一番。我先下去看看。你们站在这里别动,千万别动。这旁边就是礁盘的尽头,掉下去肯定有几千米深,谁也捞不上来。"

阿山却一改他那"蛙式"钓鱼法——往前一跃,俯身到海里察看鱼情——就势俯下身子潜入水中,打开了头灯,射出了一条光柱……

我们顿时跌入了童话的世界、魔幻的世界,眼前的景物,一切都匪夷所思地呈现……

妙极了!鱼呀、蟹呀、虾呀,纷纷向光柱游去,各种的藻类、植物漂浮着,光柱像是摄像机的镜头,在一片彩色的珊瑚丛中慢慢扫过,阿山大约是想给我们一个全景式的观感。

他出水了:"往这边来。"

我们走过去了。阿山要我们弯腰注意看。

他又游下去了。光柱下色彩斑斓仿佛花园中的五光十色,大朵小朵的鲜花绽放……然而,总给人一种不确定的感觉,虽然南海透明度高,但仍似是雾里看花……

细柱滨珊瑚(杨剑辉 摄)

火焰滨珊瑚(杨剑辉 摄)

珊瑚中的小丑鱼（李珍英 摄）

我索性学着阿山的样子，半潜到水中。好家伙，犹如西天晚霞落到海底！闪着绿色的枝状珊瑚，比春天的柳条还要青翠；紫色的珊瑚粗壮，红海柳变幻着深红、玫瑰红；鹿茸一般的鹿角珊瑚，白玉般的石芝珊瑚，大块头的脑珊瑚、滨珊瑚……真是精彩纷呈……

更有无数盛装的小鱼在珊瑚礁中游来游去，红白相间多纹的就是小丑鱼吧？那嫩黄、靛红、黑蓝相间的，大概就是蝴蝶鱼吧？举着蟹钳的蟹，一纵一纵的虾……

我憋不住气了，只好出水，连连说着："太精彩了！"

眼看李老师也要下潜，慌得我一把将她拉住："胆大妄为！你只是个旱鸭子。这是大海，黑夜！"

"别吓唬人,大学到农村实习时,每天晚上我们几个女同学就在水塘里洗澡。"

"你今年多大?老来不说少年勇。你不是第一次赶海上礁盘了,礁面坑坑洼洼的,如果遇到软礁盘,那就更可怕,只要一个趔趄跌倒,爬都爬不起来。"

她不吱声了,一会说:"机会难得,你快下去吧!"

我刚潜下去一会,就感到衣角被抓住,回头一看,正是李老师——她总有办法抓住目标。这不就像用登山索将队员们拴在一起吗?既然如此,为什么要剥夺她享受发现的快乐?

珊瑚丛如森林的绿叶,闪透出了勃勃生机。

杂色龙虾(杨剑辉 摄)

其实,我已从阿山的头灯——光柱处看出了奥妙,示意李老师看珊瑚顶端——那里晶莹发亮,像一盏盏荧光灯闪烁,似是有无数的纤手在狂舞,那纤纤细手是彩色的,色彩迷离,眼花缭乱——那就是珊瑚的触手。

我把李老师拽上来了,我们大口地喘气。呼吸着带咸味的新鲜空气,似乎连血管中流动的声音都听得见。

阿山也出水了:"再凑近一点看。别怕,珊瑚虫的触手虽有刺泡,刺泡中有麻醉剂,但人碰到几乎没感觉。"

等到李老师气喘匀了,我要她再次深呼吸,将氧气多装点到肺中。

我刚潜到水下,就见珊瑚礁洞中露出了两根长鞭,上面有环节,还是彩色的。我知道肯定是只大龙虾,这些家伙喜欢在洞中生活,还是掘洞的高手。我本能地伸手就要去抓,李老师直摇手,又指指珊瑚。我明白她是要我别丢了西瓜去捡芝麻。但我还是忍不住看了一眼它红艳中泛着黄、黑的彩色身影,真大,总有七八两重……阿山居然也没有动手。他的头灯还照着它。

嗨,转眼之间海底的泥沙都动了起来,闪起了亮光:潜伏的红头螺壳中伸出了白嫩的身子,船蛸翻开了缀着格状花纹的白色大裙,身形如"水"的水字螺正蠕动而行,羽香骨螺挺着长长的骨剑,唐冠螺正顶着庞大的身躯,海兔穿着印有圆形斑点的雪白的风衣……它们一改往日在人们印象中慢慢爬行、淡定自如的样子,此时行色匆匆,甚至连蹦带跳,多么如梦似幻——啊!夜行物们开始了新一天的生活!

我竭力摆脱这些流光溢彩的海底明星的诱惑,去探视珊瑚的生命之花。

我凑近了看,依然不太清晰,只好凭着已有的知识融合着想象了。那些纤纤细手,为何要像金蛇狂舞?这样龙腾虎跃的姿势一般是在表现生命的美丽?

那些纤纤细手似是围着一个中心在舞蹈,像是朵朵金丝菊簇拥在一起,那中心似是花蕊,其实是一个小孔……

我很不解,越是想看得清楚、明白,越陷入朦胧、困惑……

我们出水了,向阿山提出了一连串的问题。他招架不住,正在惶惑之中,一束灯光向我们射来——是皇甫博士!

她说:"两位老师刚刚看到的是朦胧美——飘忽的,似有似无的,真实和梦幻之间的美……我把它带来了,等会就可看到真实的美。"她扬了扬手中的物件。

这不是水下摄像机吗?看李老师的表情,她心里肯定在说:"惭愧,惭愧!在野外拍了几十年的照片,虽然是业余爱好者,但也不至于忘了微距拍摄吧!"

皇甫博士先让我们在摄像机显示器上浏览珊瑚世界,出水后,又作了简短的说明,再领我们半潜到海里观看。

啊!真是美妙、奇趣无穷,充满了生命智慧的世界。

她选了丛一鹿角珊瑚作为标本,它有七八枝,枝粗头圆,像玉树琼花。

在珊瑚礁枝头发出荧荧光亮的是鲜活的珊瑚虫的群体。它们呈现出深蓝、翠绿、嫩黄等色彩,这是不同的种群宣示的生命的色彩。虽然我们还无法看到更为精细的世界,但皇甫博士已说了,它们是腔肠动物,水螅体。作为个体,它小得即使在微距镜头中也难以窥视出它是圆筒状的。无数的圆筒状的微小生命集群在一起,形成了生命共同体、命运共同体。只有这样才能对付强敌,适应环境。维护生命发展的营群性的动物,总是依靠团队的力量,在残酷的生存竞争中,多了一份智慧,多了一份力量。

李老师问:"珊瑚为什么色彩各异?"

皇甫晖说:"那是与它共生的不同品种的虫黄藻造成的。虫黄藻也是个大家族!它生活在珊瑚虫体内,在日光下进行光合作用,吸收二氧化碳,能将氮、磷、钾转变成有机物,成了自己生活所需的营养,并在光合作用中排放出氧气。而珊瑚虫则刚好相反,正需要吸收虫黄藻排出的氧气,而自己要排出废气氮、磷。非常奇妙的共生关系。但虫黄藻可是个只能共享福而不能共患难的家伙。如果环境一恶化,比如水温高了或低了,不适宜虫黄藻生活,它就要从珊瑚体内逃之夭夭,珊瑚就白化了,无法生长而最终死亡。"

这比小袁说得更清楚,也使我们对命运共同体有了更多的感慨。

那些如茸毛、似纤纤细手的,确是珊瑚的触手!每个珊瑚虫有6条或6的倍数的触手,也有8条或8的倍数的触手,层层叠叠,非常壮观。这个鹿角珊瑚的柱头上,何止是成千上万条触手在狂欢舞蹈?它们为了捕捉猎物而辛勤忙碌,只要有一只触手抓住了微小的浮游动物,就会用刺细胞中的刺丝囊放出麻醉剂,待到猎物失去知觉,触手就将它送入口中——对,我们看到的中间的圆孔,就是它的嘴。

最奇妙的是这个柱头上有很多的嘴,皇甫博士却说,它们只共用一个胃;这是因为珊瑚虫有一种叫共肉的结构,如纽带一般,把一个个微小的珊瑚虫连在一起。这个共同体能将捕捉食物转化成营养,分泌出角质或石灰质,形成珊瑚虫的外骨骼——它们生活在外骨骼的城堡中。这些外骨骼就是我们平时说的珊瑚——其实是珊瑚留下的骨骸。

珊瑚虫是海底花园的建筑者,它不仅设计了珊瑚的各种形态来彰显生命形态,以缤纷的色彩宣示生命的美丽,还创造了海洋中的顶极生态系统。据科学家说,海水原本是贫瘠的,正因为有了珊瑚虫,有了珊瑚礁,蓝色的沙漠才成了绿洲,四五千种鱼类才有了赖以生存的家园,众多的海洋藻类才有了立足的土壤。

珊瑚虫创造了大奇迹!渺小转身是伟大。

是的,珊瑚虫以壮美的生命启迪了人们的良知,宣示了一个真理:保护珊瑚礁生态系统,就是保护海洋,保护人类的家园——海洋的面积占地球的三分之二啊!

我看到一朵硕大的花,深绿色,复瓣,丰满艳丽,随海浪拂动,婀娜多姿,我刚伸出手想摸,就被皇甫博士抓住,连连摆手……

圆盘肉芝软珊瑚

生长在同一海域的造礁珊瑚和软珊瑚(非造礁珊瑚)（李珍英 摄）

出水了，我问："那个珊瑚有毒？是海葵？"

她说："还没看准。在大海也像你们在森林里，看不准的植物别用手摸。"

我谢了她。因为在热带雨林中，我不止一次吃过苦头。有一次，我看到一种藤子色彩多变，手刚触到，就像被火灼一样，红肿了好几天。

她潜下去看了后，说："是软珊瑚。"

珊瑚有造礁珊瑚和非造礁珊瑚之分。软珊瑚就是非造礁珊瑚，不久前，我看到如很多水泡泡的集结，这就是软珊瑚。

李老师大约是看出博士要赶回样方地考察，紧紧地握着她的手说："非常感谢，你让我认识了一个奥妙无穷的生命世界。要不然，我只是停留在欣赏它们的外表阶段。"

皇甫博士说："其实，珊瑚还有很多的神奇之处，越是深入研究，越是感叹生命的伟大！这也是我之所以选择这个课题的原因之一吧！我们团队随时欢迎两位老师！"

别说李老师乐的，我也听得心情激荡。

直到皇甫博士出了礁盘，潜入了深海，我才要阿山将头灯照我的腿——我一直感到有什么在小腿裤子上摩挲，我动它也动……

谁在偷袭？

一条红蓝相间的鞭子状的东西正从珊瑚礁的小洞中伸出,那鞭子头部正在我裤子上左右上下地抚摸。

喂!别摸错了,那是我的帆布牛仔裤,可不是什么美味,别,别……可能是因为今晚吃牡蛎,不小心沾了它的鲜美的汁液……

"你还不赶快走?"李老师说。

因为海里有不少生物带有毒液、毒素,那是它们掠食防身的武器。

"看看是谁,要干什么,不也很好?反正裤子厚。"我转脸又问阿山,"是大龙虾?"

他说:"那这只龙虾,肯定要比先前看到的大好多倍!"

是呀,鞭子这样长,又还这样粗……不对,龙虾前面的触须还能这样卷曲?……

嗨,洞中又伸出一条鞭子。那鞭子在神奇地悠着……一只正慢慢横行的大螃蟹突然慌里慌张地加快了速度,一边横行,一边用顶在柄上的眼睛盯着那鞭子……

我正在忍耐着,鞭子却缩到洞中了。

演员退场了。观众在怅然中,又充满了期待。

奇了,洞口的一块礁口却突然被推出一块……又被推出一块。能推落这样大的礁块,该有多大的力量?

是什么怪物?

我们是来观赏珊瑚的,礁盘上难得有大鲸、大鲨的出现。谁也没带防卫的武器。在野外探险几十年,我并不惧怕老虎、豹子、熊这样大型的猛兽,最怕的是那些小家伙——马蜂、旱蚂蟥、马虱子、血蜱、蚂蚁……你不知怎么得罪了它,它就给你来上一口,让你又疼又痒好几天。

我和李老师不禁往后退了两步。阿山却拉我向前,撂出一句话:"可别后悔。"

他想作弄人?这家伙不是做不出来。我们在热带雨林考察时,朋友老张做向导,就常常利用我的好奇心,搞些小的恶作剧,让我吃点苦头。

几块礁石都被推下了——这个洞口原来这样大!

怪物隆重出场了——一团披红挂绿、浓妆艳抹、闪着恐怖色彩、瞪着两只逼人的大眼、挺着几条火焰般触手的家伙,从容地出来了……后半身还在光柱外。

我挣脱了阿山,护着李老师往后退,同时感到阿山也往旁边闪了闪。

那怪物身上的色彩在变幻,转眼间成了大红大紫。那如鞭的触手上,突起的是结节或肉瘤?

李老师见状问我:"是乌贼,还是章鱼?"

"数数它的触手。"我说。

"好像有七八条哩!"

"乌贼有十条,章鱼有八条……"

"章鱼!难怪叫八脚鱼!"李老师说着就直往后退,眼睛紧紧地盯着它。

当我认出是章鱼时,说实话,心里直敲鼓,虽没尿裤子,但全身汗毛都竖起了。因为章鱼的触手上有很多吸盘,只要沾着它想要的猎物,就紧紧吸上去,最少要让对手体无完肤。吸盘还会施放迷幻素。赤道附近的太平洋里有种体形庞大的章鱼,它敢和大鲸、猛鲨叫板,八条触手如神话中的"捆仙索";它

章鱼(选自壹图网)

饥饿的时候,大鲸、猛鲨,很难逃脱一劫。不错,上次跟随阿山钓乌贼,我没钓到乌贼,却钓到了几十条小石斑鱼。当我正拖着这串鱼往船边走时,却被谁在后面拉了一下,差点摔了个仰八叉。回头一看,原来是条大章鱼抱着我钓的鱼猛吃——就像雇了我当专门为它捕食的马仔。幸而我"糊涂胆大",历尽惊险,最后还是阿山赶来帮忙,才制伏了它。

可那条章鱼比这条章鱼要小得多,而且我还有鱼给它吃,且又未带着李老师。可现在……

"千万别让它的触手缠上。"我警告李老师,同时也只能紧紧盯着它的八条触手。不是可以撒开脚丫子快跑吗?可这是在水齐腰深的礁盘上,那些坑坑

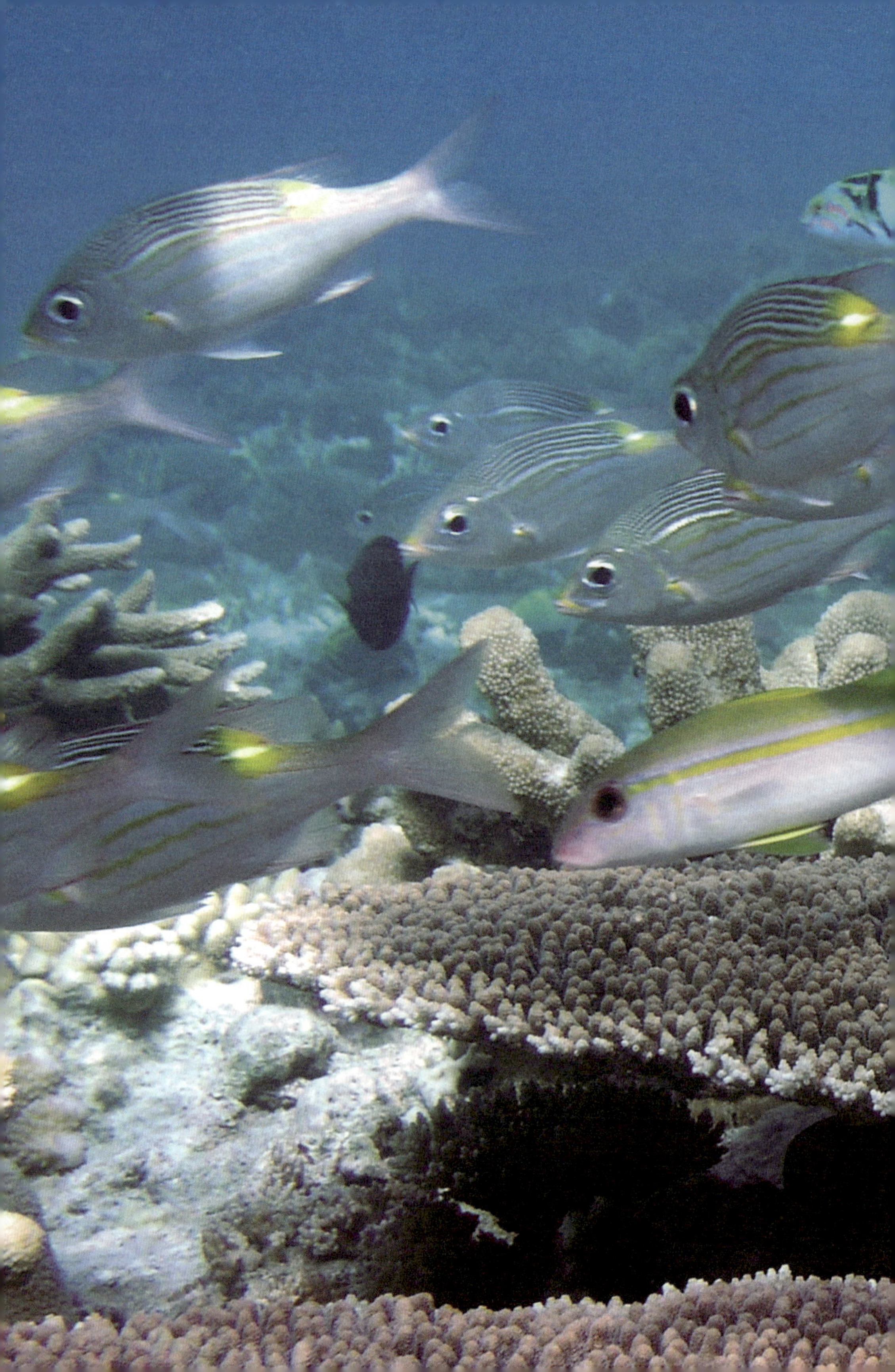

珊瑚礁鱼类 (杨剑辉 摄)

洼洼处就像地雷，跌到了海里更危险。再说，这黑灯瞎火的，该往哪里跑？溅水声是不是更要引来章鱼？岂不是弄巧成拙？

我用余光掠了几下阿山，只见他也似是手足无措地瞎忙什么。

大红大紫的章鱼身子从洞中探了出来。虽然灯光照不到它的全身，但也紧紧追随它的触手……怪事又出来了，只见它突然倒着身子游动，触手前似有水流，难道它也是"倒行逆施"的家伙？山野中有这种奇怪的家伙，豪猪就是，当它遇到敌手时，总是将全身的刺挺了起来，抖得哗啦响；如果敌人不吃恐吓这一套，它就突然转身，快速后退，将无数的长矛刺向敌人！退攻！可那是遇到了强敌，四周并没有它所畏惧的对手呀……不好，站在它身旁的三个人，还不是它的强敌……

正在我紧张、恐惧得快要拉着李老师就跑时，却见它一拐弯，向着大约是刚才吓跑的大螃蟹的方向追击……

"蟹是它的所爱，暂没有太大的危险。"阿山边说，边将头灯取下戴到我的头上，"我去船上拿个家伙来。喏，把这几条鱼拿着，万一追来，你就丢鱼给它吃。千万别冒险惹它！"

"喂，大家一起撤吧。"

"不，你得看好它，要不然我要找你赔。"说完，就消失在黑暗中，把两个老顽童丢在茫茫的大海上。

这家伙神不知鬼不觉，啥时钓了几条鱼？难道就是我以为他手足无措的当儿？他是神钓的高手，只提着一条鱼线，鱼钩穿有饵，他就能把鱼钓上来；即使钩上没有饵，我也亲眼见过他把鱼钓了上来，那鱼叫傻瓜鱼！若不是钓金枪鱼、马鲛鱼或遇到鱼汛时，他绝不用钓竿。

我的心一下提到了喉咙口。天呀，天地一片漆黑，无边无际，若不是有繁星闪烁、粼粼的波光，那真像是铁铸成的笼子。

这家伙临阵脱逃，却把危险丢给我们，啥做派？

管他哩！三十六计，走为上策。我拉了李老师就要去追那影影绰绰的身形。刚要举足，李老师却拧了我一下。疼痛使我清醒：何不看看再说？机缘是可遇而不可求的。错过这次，我何时才能遇到这样大的"海底变色龙"？

李老师紧紧地偎在我的身旁，我感到她在发抖，是在海水中浸得太久，还是因为恐惧？

"没事，只有自己吓自己才可怕。"我拍拍她的肩安慰，"阿山肯定是拿鱼叉去了。还要我们帮他火中取栗！你授予他'精英渔民'的称号，渔民的本职总还是渔猎。"我说得格外义愤填膺，当然也想缓解李老师的情绪。

坏了，大红大紫、黄绿相杂的章鱼游回来了。准确地说，它是在倒车，追逐一只慌不择路的大蟹，好在它的屁股正侧对着我们，一看它"倒行逆施"的怪相，我就感到无比别扭。试想一下，如果你伸手去抓前面这东西，那可能吗？

一个"倒行逆施"的，追逐着一个横行霸道的，这幅情景，真是滑稽透顶。

妙！章鱼就是那样利索地抓住横行的蟹，虽然我不知道是不是它先前要抓的那只蟹。但阿山说蟹是它的最爱，估计是因为蟹壳中富含虾青素，虾青素富有营养，于是这也给它们带来了厄运——成了水族动物们争相猎获的对象……

不知它怎么一下，那坚硬的蟹壳已在触手中碎了，被章鱼吸进了嘴里……

不好！章鱼转身向我们游来了。两只大眼闪着阴沉的绿光，似乎张着大口，身后竟然有直线的水纹——难道它还会喷水？喷气飞机的发明人就是从它的运行方式上获得的灵感……

"赶快丢鱼！"

李老师的喊声，把我从胡思乱想中拽了出来。我连连抛了两条鱼到它触手旁。它毫不客气，触手一卷，我还未看清它怎么动作，两条鱼都消失在它嘴边。这副吃相令人毛骨悚然！

我忽然想到，它为什么藏身于那样大的洞里。是躲避强敌？它怕谁？章鱼非常聪明。难道它也像人类一样，会闭关坐禅修道，才用礁石将洞口封死？出关之后饿极了，需要大吃大喝一顿……

"只能丢一只。"

李老师提醒得对，看它那圆筒般的肚子，这几条鱼不够它塞牙缝。它身上的颜色又在变了，就像川剧中的"变脸"，尽管是彩色的，却更恐怖。

我们边投鱼边躲让。它的触手又粗又长，无论是哪一条缠住我的腿，不费吹灰之力，就能把我拉倒，送到嘴里……眼看手中只有一条鱼了，我急得大喊一声："阿山！"

海上骤然一片辉煌，小船上竖起了桅杆，桅杆上亮起了大灯。真是应了哲人的一句话：只有经历过黑暗的人，才知道光明的可贵！

阿山跑动的涉水声如鼓点一般响起……

他来了——原来船离我们并不远——他递了根四五米长的竹篙给李老师。给我的是把鱼叉，他却两手空空。

怪了，那团大红大紫的肉球却不见了！是被突然的光亮吓走的，还是被猎手阿山的气场吓走的？

"怎么把它看跑了？"阿山发急。

"你有本事，怎么临阵逃脱了？"我也气不打一处来。

李老师厚道："我看到它是向那边去了。别急，那样大的章鱼目标大，快找！"

有了光明，礁盘上清楚多了。可找了几个来回，也不见那大红大紫的家伙……

先前，我们怕它、躲它，竭力希望它尽快离开；现在却又要费尽周折去找它，生怕它逃之夭夭。真是世事多变。

李老师突然指着一丛珊瑚林立的地方，要我将头灯对准——不就是黄的、白的、淡蓝色和褐色的各种珊瑚吗？遍地都是，有什么新奇的？

"看那块滨珊瑚！"

滨珊瑚的颜色较暗,蔷薇珊瑚淡紫色……那里怎么鼓鼓的?像是长了一个灰色的大瘤。

"再往上看一点,夹在珊瑚缝……"

啊!是只大眼!再细细察看……哪里是什么灰色的大瘤!是光滑、圆润的肉球。这一发现,带来了一串发现,那搭在鹿角珊瑚上的不是触手吗?我怎么忘了它是"海底变色龙"呢?需要时,它可以和环境融为一体,因为它储备了各种色素,怎么还只顾去找大红大紫的章鱼!

团块滨珊瑚(杨剑辉 摄)

"阿山,在这里!"

阿山连忙向它接近。他正要撒出手中的物件时,那个肉瘤只一弹,迅速地喷水,嗖的一声游开了。阿山跟后就追……

章鱼成了一艘大红大紫的快艇。

眼看章鱼就要溜进茂密的珊瑚丛中,李老师突然把竹篙塞到我的手中。我提了竹篙就追。

长武器的优势显现出来了,就在它潜进隐蔽所的前一秒,竹篙打到了它身上。

它立即用触手缠住了竹篙,我抽了几次也抽不回;它力道强劲,竹篙好几次差点从我手中滑出……就像拔河一样,我只好用脚抵住一块礁石……

不知什么时候,它已全身赤红,像一团火在海水中燃烧。好家伙,怒火中烧原来是这个样子!后来我才知道,章鱼不仅会随着周围的环境变色,而且还会随着自己的情绪变幻色彩。真是变色龙啊!

阿山刚靠近它,它就抽出两三条触手去抓他,吓得阿山左躲右闪;可那触手向不同方向挥舞,至少有两次差点缠住他……

"鱼叉,给,阿山!"不知哪来的神力,李老师竟把鱼叉甩到了阿山的附近。

阿山没有去接,却向我喊道:"像钓鱼一样。"

我猛然醒悟,钓到大鱼时,不就是用放线、提线去消耗它的体力吗?

可我手里握的是竹篙呀!

"真笨!"我恨恨地骂了一声,立即松手。只见章鱼一震,随即游动,大约觉得拖着竹篙是累赘,松开触手丢下了它。

我紧走两步,又用竹篙去敲打它。我已猜到了阿山的心思,尽量不伤及它要害之处。它当然是挥舞触手来抓。

我学乖了,尽量不让它抓到,只将"剑"悬在它头上。万一被缠住了就来回拔河,再松手,如此反复。

眼看章鱼有些力不从心,疲惫不堪,我绝不松开竹篙……

章鱼虽然仍通红,但已失却了火焰的光辉,像是即将燃尽的篝火,只有冒出青烟的份儿。

阿山小心翼翼地靠近章鱼,虽然触手在摆动,但已失去了劲道。阿山眼中光芒一闪,一个箭步跨出,撒开了手里的物件——真准!一个大网兜,将章鱼罩住。

章鱼立即松开竹篙,八条触手乱舞……大家全都松了口气。看着这个色彩变幻的庞然大物,这时我才感到背上冰冰凉。

刚到船边,我就发现两只大蟹正顺着锚链往船上爬。哈哈,肯定是灯光引来的!儿时,每到秋风起菊花黄时,我们就点着灯,开着门,将几根草绳一头拖到湖里,一头拴在桶上,桶里放些剩饭剩菜。一晚上常能抓到五六只毛蟹。

三个人费了很大的周折,才将变色龙拖到了船上,放进水舱内。

后来我才知道,章鱼有穴居的喜好,常在饱食之后,寻到礁洞躲进,再用触手抓来礁石,将洞口封住,过起与世隔绝、安全至极的隐居生活。直到饿了才出去饱餐一顿,就连产卵也选在洞中。

"大叔、阿姨真是福星高照。我来西沙十多年了,钓的章鱼也不少,还从来没撞上这么大的家伙。真是踏破铁鞋无觅处,得来全不费功夫!跟着你们一道下海,没有哪次没有奇遇!"

看阿山心满意足、乐滋滋的样子,我说:"是哪个水族馆订的货?拿了报酬,可得请客啊!"

"确是有人下的订单,可不是卖给水族馆的!"看我们有些疑惑,他又说,"是皇甫老师给我布置的作业。章鱼生活在珊瑚礁中,研究珊瑚礁生态系统可少不了它。可我平时钓的章鱼,多是小的。这下,她肯定要乐坏了。"

阿山的话,触发了今晚我脑海中时而闪过的疑问:"你和博士是亲戚?"

"也算吧!"阿山看到我的疑惑,"因珊瑚、海贝、砗磲市场走俏,有人竟炸礁滥捕滥采。她来渔村给大家讲过保护海洋生态的重要,特别是讲到要保护珊瑚生态系统。我觉得她讲得很对。后来,我在一次海难中却发现了海龟岛。你们跟我去过。我想把它保护起来,你们也说要我找老师跟着学……后来,我就认识了她。在保护海洋上,我们是师生,还不能算亲戚?"

我们经历了一场奇遇,心里又多了几层感慨。

阿山已将船发动起来了,满载着胜利和喜悦,向大船靠去。

海风拂面,吹得我们身心舒泰。我现在一身轻松,只是观赏着海面,想着博士他们的样方考察也该结束了吧。

月亮鱼　太阳鱼

怎么星星从海里升起来了？右前方三点钟方向贴着海，几颗星星闪烁，有两三颗是二等星的亮度，是我眼看花了？按说，启明星现在显现还太早了，而且它也只是一颗，还能是邀着三朋四友一同出来游玩？不然，海面怎么也映光？

我将这一发现指给他们看。

"是发光的浮游生物吧？"李老师说。

"浮游生物的光会是这样的？"至于是哪样的，我也说不清楚。

阿山一转舵，将船往那边开去："去看看不就清楚了？"

若没有经历遭遇章鱼的一幕，我肯定犹豫。南海毕竟在西太平洋上，茫茫黑夜，茫茫大海，这么一条小船要向不明发光物驶去，还有李老师在船上……

真是应了"一切皆有可能"。那些星星渐渐增强了亮度。最奇异的是它们似乎还在移动。从移动的状况来看，像浮游生物群；可海里的反应也显得越来越明显。难道是传说中的飞碟？可那光是悠悠地、闪烁地贴着海平面晃荡。

那星云竟然发出月亮的清光。嗨，还真有点如梦似幻……

"月亮鱼？"阿山喃喃自语，充满了惊喜。

怎么可能是鱼呢？从它露出的脊背看，应有虎鲨、灰鲸的体重……正在这时，它却侧了身子在海面浮动。那亮光也就忽明忽暗起来……

它的头就这样大，身子该有多长？我脑海中闪现了和李老师在南非好望角(大西洋和印度洋分界处)观察蓝鲸的情景:它的身长有30多米,仅舌头就两吨多重,体重一百六七十吨也就不足为怪了,相当于30多头大象,它是鲸类中的巨无霸……

嗨!这家伙怎么只有头?不,那块可能只是上半身。可它的下半身哪里去了?是下半身不发光?不,不对,那样齐整,像是被一刀切掉,干脆利落!可它明显还在动,海水中也没有丝毫可被认作血的颜色……当然,海鱼中也有血液是蓝色的……

怪极了!它能被称为鱼?但那一块块、一团团的荧亮,的确是它身上发出的。

"最好别靠近,还是离远点好。它只要打个水花,小船肯定就翻了。"我说。

"你不想探清庐山真面目?"阿山说。

"它像是受伤了。"李老师说。

"就是海怪,今天也要看看。我还没见过哩!"阿山嘴上胆子壮,可神情暴露了他的忐忑不安。

"你不是说月亮鱼吗?"李老师说。

阿山眼睛放光,加快船速了:"还是班主任心明眼亮……"自从他知道李老师当了几十年高中班主任之后,这句话几乎变成了他的口头禅。

看清了,它身上缠了渔网。可它还是在游动,虽然显得笨拙,还有些无奈。不,那网只缠住了它的头,并没有将它全身缠住,难怪是这副模样。

"别忘了,困兽犹斗。"李老师提醒。

"你不想看看那发亮的是星星还是月亮?"阿山说。这家伙又在吊人胃口了。

"会不会是虎鲨?"李老师不能不担心。

阿山不傻,直到朦朦胧胧看到它身上的亮光,像是有许多小虫在蠕动,就再也不往前靠了。

"嘻嘻,不是它在发光,而是它身上的寄生虫在发光!"李老师为新的发现乐了。

我更关心它下半身的命运,可怎么努力也没看到它的下半身,更没看到被刀斩切的痕迹。

"什么鱼?"我惊异道。

"我不是说了吗?"阿山答得干脆。

"月亮鱼?"

"不像?"

我语塞。

翻车鱼(选自壹图网)

"嗨！它在翻转褐色的身子,平躺到海面,露出了白亮的肚皮。天哪,那肚皮长长、方方的,极像一块浮在海上的门板。如果再说得准确一点,像是一个硕大的荷包蛋,被放在长方形的碟子里。从这形象看,它就是我们这里老人说的翻车鱼,是不是有点像？"阿山说。

"你不是说叫月亮鱼吗？"

"你先前不是看到了吗？它的别名多哩,还有叫它大头鱼的,更有人叫它头鱼。"阿山说。

乍看,它确实只有一个硕大无比的头。不,头并不太大,相反,如果与它庞大的身躯相比,反而显得很小,只是怪异的体形给人头大的错觉。一点儿不错,它嘴小、眼小,倒是与头很匹配。

"李老师,看到了吧？它的背鳍特别高,难怪从远处看,像升起的月亮。"我说。

李老师说："阿山,听你这么说,它是十分珍贵、稀有的大鱼了？"

"绝对！连我都没见过嘛！"阿山说。

"想办法救它吧！不然,就是不被鲨鱼吃了,也要被网缠死！"李老师说。

阿山没有立即应答。是的,就凭我们三人,就凭这样一条小船,要割掉那么多的网,它又不知我们是在救它,只要哪个环节出点岔子,这样一条两三吨重的家伙打个哆嗦,小船还不人仰马翻？

阿山的头灯照亮的海面忽然漂来一顶顶圆伞,圆伞下有许多带子——水母！触手有毒！阿山尝过它的厉害。我们也亲眼见过这些温柔杀手的凶残。是来吃月亮鱼的？它有锋利的牙齿吗？不可能！但它们为啥聚集在这里？

"对！报告博士他们。他们船大人多,肯定有办法！"李老师兴奋地说。

阿山开足了马力,向大船飞驰……

到了大船上没一会儿,皇甫博士他们也回来了。听了我们的叙说,皇甫博士对队员们说,抓紧时间给气瓶充气,趁充气的时间,抓紧休息。要船长往那边开。

我原想问样方的考察情况，但一看到他们都累得躺在甲板上，深深地呼吸着新鲜的空气，也不忍心再去打扰。

人类一直梦想有一对鸟儿的翅膀，能够在天空翱翔；梦想能如鱼儿一般在水中自由游动。生命起源于海洋，但要适应陆地上的环境，要经历千万年艰苦卓绝的进化，才能取得胜利。胎儿就是在羊水中成长的。据科学家推测，婴儿一生下来就应是会游泳的，但环境的改变，使其失去了在水中的大部分自由——难以自由地呼吸，难以承受水的巨大压力——直到人类发明了如脐带一样的水肺、潜水钟、深潜器，人类才在海洋中获得较多的自由。我虽然很想学习潜水，因为它是个很诱人、很刺激的运动项目，能使人拥有另一个世界，但专业潜水是很费体力的，单说轻潜所背的气瓶，重量就不轻，且只够用个把小时。

一路上李老师都在为翻车鱼的命运担心。一会儿问我是不是会有鲨鱼、鲸鱼找到它；一会儿又说，它体形那样大，吃的肯定也多，饿也会饿死；一会儿又说海鳗、海蛇会不会钻进它肚子……我又何尝不担心？可担心又有什么用呢？只是希望船开得快些。

翻车鱼的光亮，使我们容易地找到了它。直到看到它仍然躺在海面，身子还在动，我们悬着的心才落下了。

待到船长绕它两周，皇甫博士说："从它筋疲力尽的状况看，被网缠住有几个小时了。再不施救，很难保住命，它体形大，掠食量肯定大，饿也能把它饿垮了。翻车鱼很温顺，但在用刀割网时，还是要注意轻重，它只要动一动，那就够我们受的。再说，还有漂浮的水母，需要尽量避开它，若是被它有毒触手抓到，那也要受伤。幸好还没被鲨鱼发现……对了，大家要注意监视鲨鱼的出没。"这个任务就交给船长，接着她又分配了各自的任务，特别交代了要听到她命令后才能去割缠在它背鳍和臀鳍上的网。

水母（选自壹图网）

小袁大概酒醒了,也和他们一道下海。我们乘着阿山的小船,跟随皇甫博士,还未看清她是怎么动作的,她就已游到翻车鱼的头部。她并没有抽出刀去割网,倒是围着游了几圈,又潜到水下察看,再用手轻轻地拍了几下它的头,动作轻盈而洒脱。然后,再不断地在它身上动作,像是在挠痒痒……

翻车鱼转动着小眼睛看着她。嗨,还眨了眨眼——奇了,绝大多数的鱼都没有眼睑,可它有——不知表达的是感激还是舒畅。

"她在安慰它?"李老师问。

"你忘了她说曾在水族馆工作过,培养和动物的感情,是基本课。这当然是安定情绪、表示亲近。"我已揣摸出她的意图了。

没一会儿,我就有了新发现:"不,不是挠痒痒,是在为它清除身上的寄生虫。你看,她在它嘴边抓了一把,立即装进了一个小袋中,鱼嘴边的亮光就消失了。千真万确,她是在帮它清除寄生虫,这些寄生虫不仅吸它的血,啃它的肉,还扰得它烦躁不安。"

海洋动物也像陆地动物一样,会招来各种各样的寄生虫。白鹭在牛背上啄食,犀牛鸟帮助犀牛剔除寄生虫。海洋中的鲨、鲸,更是长满了寄生虫,遗憾的是,它们没长手,无法自我清除,于是就形成了海洋生物"清洁工"专业队,鲫鱼专门为它们清理寄生虫,将寄生虫作为自己的食物,同时又借助大鱼狐假虎威,保护了自己。如石斑鱼可游入鹦鹉鱼的嘴中,啄食里面的寄生虫。

这比挠痒痒更能安定翻车鱼的情绪!

她一边清除寄生虫,一边将手里的刀轻盈而准确地舞动着。一会儿又潜入水中,没有多长时间,就扯出一大串网。阿山很机灵,立即将割下的网扯到船上。

不一会儿,小笪、小李他们也将割下的网送来了。当然是为了防止这些烂网再缠上别的鱼。于是,我们的小船就承担起了巡回装网的任务。渔民丢下的烂网,也形成了海洋的一大污染,每年要夺去成千上万只海鸟、海鱼的生命!

待到头部的网清除干净,它先是稍稍动了几下,然后就转起身子,恢复游动的姿态——它这一本能的动作,却掀起一股巨浪,我们站立不稳,差点掉到了海里。小袁博士他们也都像"浪里白条",从几米外往回游。可皇甫博士早已游在几米开外,看着他们的狼狈模样,好像还在微微笑着。

翻车鱼稍稍一动的另一个后果是缠住它后部的渔网,也随着沉到了深水里。听小李说了此事,皇甫博士立即过去,潜到下面,没一会儿,她就浮上来了,说是拖在下面的网有一长串。按理这样大型的鱼被几小片网片挂住,不至于被缠住。

皇甫博士分派了各自任务,大家就都潜下去了。小船已不堪重负,只得将船上的烂网送回大船,再回来装。

他们折腾了几个来回,才将下面的网割完。现在剩下的就是背鳍和臀鳍了——这是翻车鱼的发动机,靠着它们,翻车鱼才能游得起来,获得行动的自由。

皇甫博士又叮嘱了几句,就和小笪去割背鳍上的网。尽管大家都知道水母触手上的毒刺厉害,小心地防着,小笪的腿上、小袁的胳膊还是被刺得又红又肿。皇甫博士他们并没将割下的网立刻扯下,而在等待小袁他们——那里显然碰到了麻烦。

待到小袁露出了水,向她做了个OK的手势,皇甫博士喊道:

"三、二、一……"

大海激浪、翻涌。小袁他们不见了,只有大大的水花和隐隐约约滚动的黑影。嗨!皇甫博士却像个金枪鱼,随着翻车鱼游动——哈哈!她的两手正抓着翻车鱼的背鳍哩!比敦煌壁画中的飞天女神多了一些神采。

回去后,李老师一夜都牵挂着翻车鱼。第二天清早,她就催我赶快去找阿山。海况还算好,浪高也只有1米左右,旭日刚刚升起。

阿山开着船,很快就到了昨夜救护翻车鱼的海域,可是搜索了几遍,也没见到它的身影。看来它是游走了。按理我的心情应该轻松起来,可一想到它被渔网缠了那么长的时间,那副有气无力的样子,且虽体形庞大,却没什么有效的防卫武器,我的心里就有一种理不清的情绪。我坚持再寻找——况且阿山也一直聚精会神地搜索着海面。

"大叔,看那边。"

那不是水母吗?虽然较远,但在清澈的海水中还是较容易发现。昨天我们就看到了,有什么稀奇?他见了我茫然的神情,却说:"有门!"

阿山加大了马力。确实是水母,而且越来越多,有的海域竟被它们挤满了。

怎么?这里暴发了水母?别看水母像降落伞一样在海里悠悠地一张一合地漂着,潇洒自如,可它圆伞下的那些触手是暗藏着毒刺的,它们可是温柔的杀手。我们曾亲眼见到,只要它的一只触手碰到了鱼,另外的触手就一拥而上,牢牢地将鱼捆住。初始鱼还挣扎,但不一会儿就动弹不得,时间不长,那鱼就成了空壳——原来触手中有毒刺,它吸尽了被液化的鱼肉。

近年由于海水受污染,生态失衡,常引起水母暴发,即在短时间内,水母陡然大量繁殖,能将一片海域的鱼吃光,造成巨大的灾害。

我想,在皇甫博士他们的感染下,阿山可能是想先了解这片海域水母暴发的原因,再采取措施。

"鲨鱼?"李老师惊呼。

是的,100多米开外的海面上,突然竖起了一个高高的游动着的背鳍,是条大鱼无疑。虽然我见过鲨鱼的背鳍,可我无法确定它是不是鲨鱼。乘这样的小船,我们绝不想在这大洋里碰到它。

阿山却径直将船向那边开去。

"翻车鱼!"李老师再一次惊呼。

不是它是谁呢?在成群的白色水母的簇拥中,那有着半灰半褐、又粗又短的身子,后半身像被一刀斩断的奇怪生物,见一眼就终生难忘啊。

感谢你,清澈明净的南海,你让我们清清楚楚地看到了翻车鱼惊人的全貌。它是那样悠闲地游着,时而扇动一下鱼鳍,像是信步由缰的马儿,洋溢着与大熊猫相似的憨拙美。那身前身后的水母,犹如盛开在蓝色草原上的鲜花,多壮美的一幅油画!

难道它和水母沾亲带故?或者是……我问阿山,他诡秘地一笑:"看看不就明白了?"

船慢慢靠近了。

"嗨,嗨!它在和水母逗着玩?"李老师把我第一眼看到的想法也说出来了。

它的小嘴像铲子,对着水母一撮,再微微一昂,水母就成了肉饼,顺势溜进了嘴中;接着又来一个,从容、优雅,大有绅士派头。别看它不紧不慢,却像流水线终端的库房,收割着一个又一个水母。

这哪是在和水母逗乐?是在吃早餐啊,李老师和我都问阿山。阿山说:"你们见到有水母从它嘴里出来了吗?当然没有!水母是它的最爱。现在明白了吧?它是追着水母群来的,谁知道给烂渔网缠住了。"

难怪先前寻找翻车鱼时,阿山一看到水母就说"有门"。他也是靠食物链找到了翻车鱼。就和我们在帕米尔高原寻找雪豹一样,先要找到它最爱吃的北山羊,否则在那广袤的雪山林立的高原,如何才能见到雪山之王?

"它不怕水母的毒刺?"李老师问。

"它几乎没有鳞片,但皮特别厚。喏,足有这样厚。"阿山用手指卡出有十几厘米,意思是说水母触手的刺奈何不了它。再说以体重比,它们的差距也太大了。

李老师想要把船开得更近一些。阿山说:"将就着吧!我也不知它的脾性。它若是吃得兴起,谁知道还会玩什么把戏?"

看的时间长了,水母们似乎并不是乖乖地献身,而是显得有些慌张,但它们游动的速度太慢了。再说,水母群是那样密集,跑了张三还有李四。

翻车鱼慢慢下沉了。怎么,吃饱了,或是发现了更好的美味?

我们已看不到它的身影了。正在议论着是不是该回时,突然,海面响起尖利的破水声,蹿出一条庞大的鱼——啊,是翻车鱼!那体形是它的标志,银灰肚皮在阳光下闪着银光。离海面两三米时,才低头,往下扎,像鱼跃滚翻……那力度在蓝天下划出的弧线,优美极了……轰然一声,水花如喷泉迸射……

海浪像山一样拍来,虽然阿山已在掉头,但小船真如一叶扁舟,抬上、跌下……若是砸到小船,就算随便碰一下……

原来翻车鱼还有如此翻江倒海的阳刚的个性!

真是惊心动魄,让人瞠目结舌!

待到海浪稍平,我们才缓过神来。

阿山说:"没想到吧!它还有这一手!不错,平时它很温顺,又没有特别的防卫武器,受尽了海里食肉动物的欺凌。可它也有绝招!到了繁殖季节,雄鱼先在海床上寻找一处好场地,然后用鳍挖一大窝凼,再翩翩起舞,吸引雌鱼。取得对方的欢心,便双双来到准备好的新房。雌鱼只要产完卵,便立即拂袖而去,雄鱼立马产出精子,然后就守在新房,守卫着未来的儿女。直到小鱼孵出,能独立生活。父爱如山啊!你们知道它一次要产多少卵吗?两三亿颗,但真正能长成大鱼的,不到千分之一。聪明吧?它就是这样以多取胜的。虽然如此,但是因它的肉质特别鲜美,经济价值高,遭到了人类的残酷的捕杀。它吃水母,是维护生态平衡中的重要角色。这样珍贵、稀有的物种,再不加以保护,就要灭绝了!"

我们听得既感动,又为阿山的进步高兴。

它躺到海面上了,像个漂浮物。褐色的上身,银色的肚皮,被灿烂的阳光、湛蓝的海水照得、映得特别可爱。

是刚才腾空翻跟斗时摔伤了,还是吃饱了胀的?兴奋还未过去,我们又为它的现状担忧起来。

　　阿山说:"不像。看它那副舒坦的懒样,像是游客在海滩上晒日光浴哩!对,想起来了,有人又叫它太阳鱼,大概就是这原因。"

　　我们还是将信将疑,不愿立刻离去。

　　它将身子转正了,只把高高的背鳍露在海面,似是停在那里小憩……不对,似是在慢慢地移动。可我们没看到鳍的划动呀……可它确是在移动,难道是将高耸的背鳍当作了风帆,借着风力漫游?可按比例算来,它的背鳍并没有旗鱼的大呀!

　　我刚将这新发现说出,他们就乐了。李老师说:"没想到这个傻大个竟有如此闲情雅趣。生命太奇妙了!"

　　我相信,这条翻车鱼,就是我们昨夜救护的那条。它在报答我们援手相救的情谊,才演绎了这幕美丽的生命图景!

三只螃蟹分类

我们和皇甫晖博士及她的科研团队相识，充满了戏剧性，短短几天的惊险奇遇，留下了更多的悬念……

我在讲课时常常和听众互动，反馈的信息中有三个问题使我很纠结，我便与博士展开交流。

第一，国土是一个民族生存的根基。我国国土的面积有960万平方千米，可又有多少人知道我国还有300万平方千米的海疆？

第二，建设生态文明，推动可持续发展是人类共同的追求，是我国的重要战略思想，但又有多少人知道生态文明的内涵？更别说了解自己在生活中应该遵守哪些行为规范。

第三，自然养育了人类，可别说很多城市中的青少年，就是一些青年教师也不知稻、麦为何物，更别说如何区分。

皇甫晖的中小学阶段，是在江西县城度过的，按她的说法："我喜欢玩。都说我学习成绩好。其实，我觉得知识的海洋充满了奥妙，当这些奥妙向你敞开大门时，真是其乐无穷。世界上哪有这样好玩的事情？譬如说数学，你要知道一个未知数，只要解开几个方程式，那未知数就出来了。科学家将研究成果用数学公式来表达，公式就是规律，公式就是他们追求的美。我真的不理解现在有些孩子为什么把学习当成非常痛苦的事！"

这个"玩"字具有丰富的内涵,大有"仁者见仁,智者见智"的意味。她向往大海,考取了南海的一所大学,学的是水产专业。

或者是喜欢玩吧,毕业后她应聘到一家海洋水族馆去当顾问。她却喜欢在水池中穿梭于海藻、珊瑚中,与鲨鱼、海豚、海狮、海龟、乌贼等各种海洋生物为伍、嬉戏。异彩纷呈的海洋世界给了她无穷的乐趣,也启迪、激发了她内心深处的理想的萌动——向往大海、大洋。

她去报考海洋研究所。以她的学习成绩和在水族馆的实践,她毫无悬念地被录取了。

跨进研究所大门,她眼花缭乱:物理海洋与海洋环境生态研究室、海洋地质研究室、海洋生物研究室、海洋药物研究室、南海深海海洋观测研究站、海洋植物研究室……真像找对象看花了眼,不知该许配给谁家。

研究所的领导很开明,没为难她,暂安排她到工会,先熟悉情况,选定了研究方向再定位。

还是爱玩的天性让她玩出了机遇。她爱打网球,搭档是工会主席欧大姐,两人配合默契,共同享受体育的快乐,也就多了一些交流。有一天,欧大姐不知是有心还是无意地对她说:"你的网球打得很好,基本功是哪位老师教的?练了几年?"

皇甫晖笑了,说:"我的老师可多了,我喜欢看网球比赛,温网、澳网等世界大赛我都看,剽学的。"

欧大姐说:"看来你悟性很高……所里有位邹老教授,研究珊瑚分类几十年,到过西沙群岛、南沙群岛、地中海、印尼……分类学是最基础的学科,但一般人都认为它比较枯燥,不太容易出成果;再是我们虽然是海洋大国,但比起先进的国家对海洋的研究,还有一大截的差距。都说21世纪是海洋世纪,只有人才跟上了,才能落到实处。珊瑚礁生态系统是海洋中的顶级生态系统,我国研究、专攻珊瑚分类的,除了邹教授,余下的寥寥可数……"

欧大姐看了看她的神色,加重了语气说:"研究珊瑚分类,可要翻江倒海的,枯燥,难出成果啊!"

皇甫晖却说:"要把几百种珊瑚一个个比较、认出,这不就是智力游戏?好玩,还能到大海大洋中去考察,想想就够刺激的!不过,邹教授会不会收我?"

欧大姐爽快地说:"我去问问看。"

没两天,欧大姐就兴高采烈地通知她:"成了!她有十足的理由高兴,因为邹教授已60多岁了,又很有个性;眼看这个古老又充满新意的学科就要后继乏人,却突然有了转机。多年之后,人们还在夸欧大姐的伯乐眼光。

皇甫晖到老师那里报到。邹教授开宗明义:珊瑚礁的最大价值在哪里?在于它不仅是海洋生态系统的框架生物,而且与藻类共生带来了极高的初级生产力,从而在亚热带、热带海域能够构建起一个异常绚丽多姿、壮美的珊瑚礁生态系统。它繁荣了海洋渔业资源、药业资源,保护了生物多样性和我们的海岸线。试想,如果珊瑚礁生态系统遭到严重破坏,甚至毁灭,海洋岂不成了蓝色的沙漠?"

关于分类学,邹教授说了个故事:

一位老师给学生拿来了三只螃蟹,让他用三天时间将它们分类。

于是这位学生对着三只螃蟹从颜色、外形到内脏反反复复地比较,查阅资料。第四天他去交答案:三只螃蟹属于三个不同的种类。可老师说:正确答案是三只螃蟹属同一个种。

邹教授说,分类学很古老,看似简单,但也最容易引起争论和犯错。科学史上不缺少这些故事。连马克思对澳洲的鸭嘴兽的分类也出过错,后来还特意写了文章,请鸭嘴兽原谅。因为生物都受环境、季节、气温等因素的制约,明白了出错的原因,也就知道了分类学的根本。

言者有意,听者用心。皇甫晖说,邹教授的这个充满智慧和哲理的小故事使她一生受用。那年在澳大利亚做访问学者时,她发现了一种粉红色的多孔鹿角珊瑚,而在南海,多孔鹿角珊瑚是荧绿色的。难道是两种珊瑚?她想起老师三只螃蟹分类的故事,才没因色彩的差异而误入歧途。

不多久,邹教授对她说:"近二三十年,海洋科学已有了长足的发展,你们这一代不仅要追上去,还要承担构建我国海洋科学的体系、开拓新研究领域的重担,应该再读博士研究生。你手头应做的事分一部分,还是由我自己做。我已了解到有所大学正招生,你去报考吧。"

皇甫晖听蒙了,有机会读博士当然求之不得。但自己刚来不久,老师是不是对她的工作不满意,用这种很体面的办法把她打发走?

她的犹疑当然没逃过老师的慧眼,邹教授说:"那个大学请我当导师,这次我同意了。你去读在职的,边工作边学习吧。"

嘴舌并不笨的皇甫晖,感动得半天也说不出一句话。老师的良苦用心,成了激励鞭策。

邹教授却是满脸的忧虑,沉默了半响,才说:"造礁珊瑚生活在浅水,最宜温度是22℃~32℃。由于全球气候变暖,人类活动加剧,特别是无序、没有科学预测和评估的开发,可以预见,将给珊瑚礁生态系统造成严重的灾难,而我们将面临'珊瑚礁生态系统对全球气候变化和人类破坏的响应及其演变'的严峻课题。一句话,如何保护珊瑚礁生态系统,既要恢复,又要发展。需抓紧时间,努力学习,做好准备,迎接挑战。"

事实不幸被邹教授言中了。据《2004年世界珊瑚礁状况报告》指出:全球有20%的珊瑚礁被彻底摧毁,并且没有恢复的迹象。另外有50%的珊瑚礁也面临严重的威胁。最明显的是1997年至1998年的厄尔尼诺现象,水温升高造成了全球珊瑚礁大量热白化,甚至死亡。

皇甫晖的考察也证实了:如广西涠洲岛1998年夏季西南风连续吹了50多天,水温比往年高了2℃,造成20多种珊瑚热白化。海南三亚,20世纪

多姿多彩的珊瑚（李珍英 摄）

六七十年代，还有较高的珊瑚覆盖率，之后也多处热白化……

皇甫晖曾告诉我：老师对她的影响深刻。有哪些老师对她做过指导，那是长长的一份名单——所里的，中国科学院的……感恩之情溢于言表。她很善于学习。她在海洋水族馆的实践，跟着老师的学习体会，使她深深地感到实际考察的必要性。文字如何精确，也难以准确地描绘出海洋中鲜活的珊瑚种类。没有好的基础，又怎能建起高楼大厦？

在全球气候变暖、人为破坏加剧，珊瑚礁生态系统遭受严重灾难的情况下，这个系统的本身有了怎样的变化？我们应该采取哪些措施去保护和恢复海洋中的顶级生态系统，保护人类生存的家园，推动其可持续发展？

于是她走向了惊涛骇浪、风云诡谲的海洋，开始了时空的穿越，去认识一个全新的世界。这不但需要百倍的勇敢、顽强的意志，更重要的是还需智慧、灵感……

从哪里开始呢？

从全球珊瑚礁最新分布图看，珊瑚广泛分布于热带、亚热带海域，曾有7000多种，但现今仅存2000多种。现代珊瑚礁主要分布在太平洋—印度洋赤道两侧，南北纬30°范围之间。大西洋主要局限于加勒比海地区。我国沿岸的现代珊瑚礁最北只分布到北纬20°的雷州半岛，不成礁的石珊瑚最北只分布到北纬23°39′的福建东山。

皇甫晖选择了从福建东山开始，由北向南，带领研究团队，用了数年走遍了广东珠江口和雷州半岛、广西涠洲岛。海南是重点，从琼东到琼西——洋浦、三亚，直至西沙群岛、中沙群岛、南沙群岛……

行万里路，读大海鲜活的书，收获颇丰。首先是摸清了我国珊瑚资源，据以往的资料，我国发现、记录的珊瑚只有174种，她在数年的考察中新记录的珊瑚有32种，将总数增加到206种，为我国珊瑚资源宝库增加了新的成员。

每一次的考察都惊险迭出，每一片海域都精彩纷呈。她对生命的意义有了深刻的领悟，对自己的努力有了明确的方向和目标——

是的，微小得连肉眼都难以看清的珊瑚虫吸引了虫黄藻与其共生之后，经过千万年的努力，居然构建了如此绚丽多彩的海底花园、顶级的生态系统，成了几千种海洋生物的家园，使营养贫乏的海洋成了人类赖以生存的牧场——生命是如此美丽、伟大！

但同时，她也看到了由于气候变暖、海洋污染、人类的贪婪和愚蠢，这个美丽而珍贵的生态系统已遭受到极大的破坏。然而，无论全球气候变暖，还是海水酸化，根子还是人类活动增加了二氧化碳的排放。人祸大于天灾！也就是说,只有消除了破坏珊瑚礁生态系统的根源,才能保障它的繁荣、发展。

她常常凝视着考察笔记上写下的:天灾……人祸……人祸大于天灾……

她凝视着、思考着……终于有一天,灵感犹如电光石火,照亮了她的梦想。

既然封山育林、植树造林是恢复繁荣森林的有效措施,那么,海洋的珊瑚礁生态系统能否借鉴呢?

她对邹教授说的"珊瑚礁生态系统对全球气候变化和人类破坏的响应及其演变"有了更深刻的了解,她将其凝练成:封海育珊瑚——保护珊瑚礁。植珊瑚造礁——恢复、繁荣珊瑚礁。

她被自己的梦想吓了一跳。珊瑚虫并不是小树苗,虫体很微小,而且还要能吸引虫黄藻与它共生,要种珊瑚,谈何容易?简直是天方夜谭!

丰富的想象、澎湃的激情,是科学家的灵魂!因为它给了人们奋斗的目标,激励着人们奋斗,勇往直前!

皇甫晖用自己的梦想凝聚了科研团队,成了团队的灵魂,在蔚蓝的海洋开始了追梦之旅。

飞箭齐射

我们也选择皇甫晖考察珊瑚的起点，继续说她在大海中劈波斩浪的故事！

她选择了从福建东山开始，说起了对大海中珊瑚的认识：

东山珊瑚省级自然保护区面积有36000多平方千米，是我国珊瑚分布的最北端。它位于福建省东南端，南濒广东，与台湾隔海相望，属于东南亚典型的海洋性季风气候。

珊瑚分为两大类：一类为造礁珊瑚，又称石珊瑚，因为它与虫黄藻共生，生活在阳光充足的浅海水域，有外骨骼，能形成礁石；另一类是非造礁珊瑚，因为没有虫黄藻共生，大部分生活在较深的海域，很少有骨骼，无法造礁。

从广东沿岸的大亚湾往北一直到北纬24°的东山之间330千米的范围都没有造礁石珊瑚的踪迹，但东山有造礁石珊瑚群落带，分布的面积达到了500多平方千米，品种繁多。这当然与它得天独厚的自然环境有关。其本身就是奇迹，在科学研究中有着重要的意义。

考察的结果令人兴奋不已，发现珊瑚3目12科32种。

标准蜂巢珊瑚呈块状，其上布满蜂巢般的孔洞，是为了呼吸还是制造无数洞穴引诱其他生物居住？它们的色彩有灰白略映赭晕的，有淡绿的，有泛着浅红的。还有种与蜂巢珊瑚很相似的大块头，只不过身上全是方块形的裂纹，与其说像竹块凉席，倒不如说更像龟壳。还有名为盾形陀螺珊瑚的，它的形状倒是像盾牌,但难以找到陀螺的特征。是因为取得命名权的第一位发现者看到它的确有陀螺的神韵吗?

刚看到锯齿刺星珊瑚时,还误以为它是秋天荒地上的草丛,一簇簇呈棕黄色,被灰白色衬得非常显眼。

最艳丽的是猩红筒星珊瑚,如朵朵金菊盛开,层层条状花瓣中红色的花蕊怒放,娇柔艳丽。看得你直想俯身呼吸它的芬芳。

滨珊瑚多是褐色的大块头,常常像个小山包屹立在海底。它能记录历史上的海洋气候变化,因而受到地球物理学家的特别关注。

在这里生活着的6科10种造礁珊瑚,有7种是二级保护动物,也是世界《濒危野生动植物种国际贸易公约》所禁止贸易的。

造礁珊瑚不仅色彩绚丽多姿,其形状也是多种多样的。珊瑚也如一切生命,总是以变化多姿的形态来彰显生命的存在和美丽。它有枝状的、筒状的、块状的、杯状的……

东山的珊瑚尤以柳珊瑚最为丰富多彩,有小尖柳珊瑚、刺柳珊瑚、花柳珊瑚、全裸柳珊瑚、软柳珊瑚、小月柳珊瑚、印马刺尖柳珊瑚等,而刺柳珊瑚、小月柳珊瑚及小尖柳珊瑚数量最多。它们色彩多样、艳丽,又因生长在岩石上、水流湍急的海域,如风吹杨柳般婀娜多姿,构成了一道美丽的风景,是潜水爱好者最追捧、最迷恋的景观;它们还是海蟹、螺贝、鱼虾、浮游生物的栖息地,是重要的生态资源。当代医药学已从柳珊瑚中提炼出一种物质,对治疗癌症有明显的效力,受到了重视。

其实,从海洋生物中提取药物,治疗各种疑难杂症,造福于人类,已形成了巨大的产业。

当然,这里的珊瑚礁所遭受的破坏,还历历在目,有的地方甚至触目惊心。所幸,它离海岸较远,更幸的是建立了自然保护区。

东山珊瑚省级自然保护区生物资源丰富多样,在这一带海域,尤以白海

柳珊瑚,红艳如火;尚有黄色,称之为金柳。 (李珍英 摄)

豚和文昌鱼最为著名,都属一级保护动物。皇甫晖当然想见到它们,却无缘,这也就更激起她的渴望。

1999年我和李老师曾在厦门大学黄教授的带领下,去大海寻访过白海豚,也曾写下过这段文字:

白海豚是二次下海的哺乳动物。海洋生物登陆,繁衍了千姿百态的陆生动物。生存竞争、进化,出现了人类。可是,白海豚在进化的过程中,又回到了大海。是对大海的思念,还是什么更为神秘的原因?这对生物学家来说,就不仅仅是有趣了。

那天海况不太好,风大、有雾。我们去的海域,黄教授前天还发现了二十多条白海豚,可这天搜索了三个多小时,我们才如愿。虽然朦朦胧胧,但那拱背鱼跃、乘风破浪的雄姿,已足以慰劳在海上颠簸几小时的我们。

其实,正是老黄告诉我,这个海域还生活着另一种极珍贵稀有的物种——文昌鱼。它是脊索动物,是无脊椎动物向脊椎动物的过渡物种,是脊椎动物祖先的模型,因而它在研究动物进化发展史上具有重大的价值。我国在尚未发现文昌鱼时,都是从国外购买,以供教学和科研的需要。

我和古生物学家陈教授交情很好。那年,一个秋末初冬、阴雨连绵的日子,我到南京去拜访他。他向我讲述了在云南澄江的化石中,发现5.4亿年前寒武纪生物大暴发的证据:从采集到的动物化石标本看,那时的海洋动物丰富到几乎已涵盖了今天所有的动物门类,后来发现的新物种只是去填空。这很像门捷列夫元素周期表的预测分析。这些化石的发现,意味着对达尔文进化论的挑战。其实,达尔文曾说过,将来有可能对他理论形成挑战的就是寒武纪动物化石的大量发现。

这一发现震惊了世界,成了那几年的热门话题,也是我去拜访陈教授的初衷。他用澄江化石生动地说明了哪些动物进化了,哪些物种灭绝了,哪些动物至今依然和5.4亿年前一样。文昌鱼就是其中之一,现在的文昌鱼与5.4亿年之前的文昌鱼几乎没有任何的区别,成了活化石。其中究竟隐藏了什么奥妙呢?这是动物学家需要揭开的谜⋯⋯

从无脊椎动物进化到有脊椎动物,这是生命史上的一大飞跃。有了脊椎的动物，无论是掠食或运动，都取得了更大的生存空间，但科学家们没有找到这中间的过渡类型。就像鸟究竟是由哪种动物进化来的，一直争论不休，直到科学家们在化石中发现了长有羽毛的恐龙，才找到了鸟是由恐龙进化而来的实据。

19世纪俄国科学家瓦列夫斯基在研究了文昌鱼之后，宣称文昌鱼是脊索动物——是无脊椎动物向有脊椎动物进化的过渡类型，是两者之间的桥梁，为达尔文的进化论提供了实证，因而达尔文高度赞扬"这是最伟大的发现，提供了揭示脊椎动物起源的钥匙"。

文昌鱼通常只有四五厘米长，据说也有可能长到40厘米。它的肉呈红色，皮肤很薄，半透明，你似乎可以看到它体内从头到尾由一根脊索在背部支撑着全身，有弹性，能弯曲，但那不是骨骼。它的血液不是红色，而是无色。这就是脊椎动物的初期状态，也就是说经过千万年的进化，才有了脊椎动物。文昌鱼在世界上其他地方早被发现，但我国为什么发现较晚呢？这是因为它的生长环境很特殊。

其实，早在300年前，厦门渔民就发现了文昌鱼，因为它的肉质鲜美，营养价值丰富，经济价值高，成了厦门的特产。据说在20世纪50年代，年产量曾达到200多吨。但1956年以后，随着海堤的兴建，围海造田，引起环境的恶化，致使它成了极度濒危的品种。建立文昌鱼保护区之后，情况才有了好转。原来在我国的青岛、烟台的沿海也有文昌鱼栖息地。

这片海域的考察快结束了，皇甫晖深感有种遗憾，因为虽做过多种努力，却仍然没见到白海豚和文昌鱼。对于研究海洋生物的科学家来说，这两种珍稀动物具有极大的诱惑和美学价值。他们总是在研究动物的美。自然科学的美和文学艺术的美，虽然美的呈现各有其表现形式，但本质是相同的。

不知是什么触动了她的灵感，那天傍晚，她要小李、小袁跟她下海。他俩有些疑虑，不明白为什么天快黑了还要下海，因为夜潜会有很多危险，而他们并非专业潜水员。

皇甫晖说:"去碰碰运气吧,撞大运!"两人见她眼神中满含神秘,笑容中还流露出顽皮,就兴致勃勃地跟她下海了。

船停了,他们正在换潜水装,小李说:"这不是今天下午才考察的地方吗?"

"不是我还不来哩!"皇甫晖说。

"白天遗漏了什么项目?"小袁问。

"也是,也不是。或许……"她说着就"扑通"一声下海了。两人紧紧跟着。

这片海域的珊瑚,只有稀疏的小群落。五颜六色的鱼穿梭在漂浮的海藻中,忙着捕食,享用着晚餐。转了两圈后,她出水了,说:"分开搜索吧。在两点钟方向和四点钟方向可能有大片的海底沙地。我在中间,专找较洁净的沙地,只要发现就发信号。"

西天的晚霞正轰轰烈烈地铺展,映得大海一片辉煌。海水中也是一片彩色的光晕。

不久,皇甫晖把他俩喊来。这是海底的一片沙地,很纯净,足足有两三个足球场那么大,漂浮着稀稀落落的海藻,很像长有零零落落沙生植物的沙漠。鱼、虾、贝都是一些常见的品种,数量也不多,与珊瑚礁中鱼、虾、贝类数量之多形成了强烈的对比。根本没有发现什么异常。

小李有些纳闷。皇甫晖示意他注意沙地。

是的,这块沙地确有不平常,长了一些沙生植物梭梭、芨芨草的幼苗,短短的,疏密相间,似乎还在微微地点头哈腰。小李想往前去看得真切一些,却被皇甫晖严厉禁止。小李更纳闷了,难道那"茅草"是什么神奇或是有毒的植物?海洋中很多生物自卫或猎食的武器就是毒素。

一条红色缀着白色横斑的大鱼游来了。哇,像是一道无形的气场,那些短

短的茅草、梭梭顷刻之间消失了。

那鱼游走了。嗨！它们又从沙中钻了出来！

鱼游到哪里，哪里就缩回了沙中。

是虫？是鱼？反正是动物无疑！

这里盛产"土笋"，那是一种沙虫，也是一种美味。

花园鳗（选自壹图网）

镇上每天都有用小桶盛着卖的。可那是生在海边的滩涂中的。小李曾亲眼见过大嫂们在游泥中挖掘"土笋"……

他搜肠刮肚。乍看也像是鞭柳珊瑚丛。或者是花园鳗？它可是跳摇摆舞的明星，下半身隐在沙中，上半身在海里，婀娜多姿，将阳刚与柔美相融得天衣无缝。不，花园鳗的身材要比它大得多。

小袁来了，问皇甫晖："是文昌鱼？"

"要不，我会冒险带你们夜潜？"

小李悔得直拍自己的脑瓜皇甫晖笑着说。

它们跳摇摆舞,其实是在搅动海水,捕捉依靠水流带来的浮游生物和藻类。

大海已被淡淡的暮霭笼罩,西天一抹晚霞也要沉入海底。海面浮起光怪陆离的色彩。

小袁说:"趁着天还未黑透,还是回去吧。该看的已经看到了。"

小李也说,茫茫大海上就这一艘小船,夜潜很诱人,但危险也大。他曾遭遇过被海流冲走,浮出水面却找不到船的情况。

皇甫晖却兴高采烈:"最精彩的可能还在后面。我就是要等到天黑。看看这个沙地舞台上还要上演什么节目。看戏只看个开头,那不太亏了?"

充满悬念的话,很吊人胃口。两人立即充满了期待。

天黑透了,他们又潜入海底。

刚打开头灯,就见一只螃蟹横行而来。它行动诡秘,潜伏着,眼珠却聚精会神。

它接近文昌鱼了,就在文昌鱼闪电般地缩进沙中时,它已猛扑过去,一头扎进沙中。文昌鱼大概忘了,穿地打洞也是螃蟹的生存本领。待到螃蟹从沙中出来,大钳上却空空如也。那只运气不佳的螃蟹改变了策略,更加小心谨慎地向着目标潜行。然而,还是被文昌鱼发现了。等到螃蟹又从沙中拱出时,仍是懊丧的神情。

文昌鱼在沙中更为灵活、机警?它是纺锤形的,当然有其优势,而螃蟹的身形,决定了它在沙中的笨拙。

这次螃蟹从沙中钻出时,高高举着的右钳上,终于有一条文昌鱼在扭动,它有理由骄傲。

突然,海底沙地上像是发射出无数的飞箭。文昌鱼们如离弦的飞箭,向海面射去,他们几乎都听到了水里的嗖嗖声,前蹿后追的景象无比壮观。谁也没想到这些弱小的生命居然爆发出如此惊心动魄的力量。

小李突然悟出皇甫晖"更精彩的在后面"的语意,文昌鱼在白天只是悠闲地晒太阳,享受甜美的生活,到了夜晚才是它们尽情狂欢的时光——正值浮游生物群集。

嗨!它们那游泳的姿势,竟如竹蜻蜓。不是海蛇般曲身游动,而是旋转着向前,当然这就有了获取更多食物的机会。

螃蟹对文昌鱼这种高速运动无可奈何,但仍不甘地在水底潜伏,守株待兔。

他们正沉浸在欣赏文昌鱼特殊的生活方式的时候,一阵响亮的水激声从身后追来。

好家伙,二三十条大鱼,如水雷一般呼啸飞来。

骤然的变故,使他们本能地要浮出水面,可还未等他们蹬腿,庞大的鱼群已闪电般从身边游走。小李正在庆幸没有被撞到时,文昌鱼们已如雨箭一般降落,回到沙中。

是剑鱼?可它们并没挺出长长的利剑。是旗鱼?可它们并没有如旗帜般的背鳍。是金枪鱼?可肤色不对呀……

那群大鱼浮到了水面,立即散开,兴奋得又是嘶嘶叫,又是拍打激水,还有的鱼跃滚翻,灰的红的身影频频闪动。

所有的文昌鱼都藏到沙中了。

那些如鱼雷般的大鱼,有十多只在海面游动,其余的却潜到了海底,像是王者在巡视自己的领地。这使人想到山野中的云豹,当它们找到猴群时,并不急于下手,而是先巡视一番抱着头、被吓得瑟瑟发抖的猴子们,然后再挑肥拣瘦,一一攫取。因为云豹同样具有在树上飞跃腾挪的本领。

沙地上除了拂动的海藻,已空空如也。小鱼小虾早已闻风丧胆。

难道这群大鱼也有钻沙入地的本领?能钻沙入地的鱼为数并不少,但像它们如此庞大身躯的很少见。

奇事发生了。鱼雷般的大鱼们三五成群,排成一行,只听一声嘶叫,就见沙在翻涌,一片浑浊。

更奇异的事发生了,一条条文昌鱼惊慌失措地露了出来。大鱼轻松自如地将它们收拾得干干净净——原来它们是在吹沙——就像赶海人用锹铲起沙,往空中一抛,那些藏身于沙中的文蛤、腰蛤等就全都原形毕露,被赶海人统统捡到鱼篓中。

接着,这群大鱼忽然浮到了水面,参与戏水。在海面戏水的却潜到海底,玩着同样的把戏……对,赶鱼的、猎鱼的分工明确,配合默契,轮流作业。

皇甫晖和小李、小袁兴奋异常。海底漆黑,潜水头灯光照有限,他们使尽了浑身的解数,灵巧而快速地追逐、接近那些大鱼。那些大鱼竟然毫不畏惧,让他们看个够——看清了,看清了,它们鱼雷般的体形,肤色有的是灰白色,有的是粉色,有的红色更深。特别是那突出的像鸭子样的扁嘴。

水中响起了叫声。

小李看到皇甫晖正在撮唇弄舌。不知怎么一回事,神了,一条粉红色的大鱼径直游到了她的身边。她用手先是拍拍它的头,又在它身上抚摸;妙极了,那鱼居然用油亮的扁嘴亲她的脸。

她用手在它背上拍了两下,那大鱼竟游动起来,皇甫立即用右手环抱,乘上了鱼雷快艇,优雅而又潇洒地航行。

小李、小袁不傻,立即仿效;可他们发不出皇甫晖撮唇弄舌的声音,却各有门道与它们嬉戏。直到玩得尽兴,这才浮出水面。

"白海豚!"小李、小袁欢呼。

"不是它,我会费这么多的心思?"皇甫晖说。

不错,他们为了见到文昌鱼、白海豚,走遍了这片海湾、出海口,却无缘见到。谁想到今天竟有这样的奇遇!

小李很奇怪:"你怎么想到这里有文昌鱼?"

她说,是今天在珊瑚群落考察时,亲眼看到一个小动物闪电般地缩进沙中,触动了她的灵感。是的,是在沙地,但只是珊瑚礁边的一小块。文昌鱼只生活在海底的沙地。至于遇到白海豚,完全属偶然。她突然说:"岔路风景好啊!"

这没头没脑的一句话,似是对现场的总结,可又并不是全部。别看是大白话,却又充满了哲理。是说在科研中应有的思维方式,还是指……他们在日后研究珊瑚中,慢慢体味到其中的深刻含义,受用不尽……

待到他们决定返回时,却找不到船了。只有黑暗的茫茫大海和偶尔溅起的浪花。发现文昌鱼和与白海豚的嬉戏激起的兴奋、顽童般的欢乐,使他们没发现自己远离了小船。

三个人连忙聚到一起,将头灯对着不同的方向。

谁知道船长能不能看到。

南沙群岛有潟湖

美丽富饶的南沙群岛是由珊瑚礁形成的。也即是说,珊瑚创造了南沙群岛。这浩茫的海域是我国唯一位于珊瑚礁核心分布区的海域。

南沙群岛是我国最南端的海疆,岛礁最多,是一个浩浩荡荡的椭圆形的珊瑚礁群,但露出海面的只约占五分之一,其中有11个岛屿、5个沙洲、20个礁。南沙群岛的主要岛礁有太平岛、中业岛、南威岛、郑和群礁等。南沙群岛位于北纬3°40′至11°55′,东经109°33′至117°50′,北起雄南礁,南至曾母暗沙,东至海里马滩,西到万安滩。它周边自西、南、东依次与越南、印度尼西亚、马来西亚、文莱与菲律宾隔海相望。南沙群岛是连接太平洋与印度洋的交通要道,是来往东南亚、中东、非洲、欧洲必经的国际重要航道。

南沙群岛是中国人最早发现并命名的。中国人世世代代在此航行、捕鱼,从事生产、经营活动。古籍《异物志》《扶南传》《旧唐书·地理志》等多用"万里长沙""万里石塘"称之。南沙群岛是海上古丝绸之路的重要驿站,自古以来就是中国神圣的领土。2012年,我国成立了三沙市,统管西沙、中沙、南沙群岛。

由于当时条件的限制,皇甫晖无法单独组队,只有等待。那年初夏,机会终于来了,那是一艘综合考察船。尽管努力争取,最后只是争取到两个舱位,也即是说只能搭载两人。她仍然兴高采烈地接受了这个现实,并做了精心的安排。

大家都争着报名前往，各自都强调了自己研究项目的重要性，连聘请的潜水员小笪，也来软磨硬泡。最后却是没有报名的小杨被选中了。

皇甫晖和小杨一同从广州登船。尽管挑选了在东南季风尚不强烈，离台风盛行还有段时间的时候出海，但大洋上还是"无风三尺浪"。晕船的早已吐得山摇地动，皇甫晖和小杨的反应不算强烈，但还是挺不舒服的。

考察船在海上航行了几天几夜，越过了西沙群岛，穿过了中沙群岛。皇甫晖夜里做了个美梦——红珊瑚、金珊瑚环绕四周——醒来后走上甲板，眼前的景象让她热血澎湃——

阳光下的礁盘，霓霞弥漫，一颗硕大无比的梨形绿翡翠，绿茵茵地漂在无边无际靛蓝的大海上，温润、可爱，透出大海的灵气、妩媚和骄傲。

翡翠宝石上，屹立着丰碑般的高脚屋和楼房，五星红旗在蓝天中高高飘扬。摄人心魄的震撼力是无以言表的。

船长宣布：前方是渚碧礁。

一只白色的大鸟从二三十米的高空一头扎进了翡翠湖中，瞬间又钻了出来，嘴里钳住了一条红鱼，尖锐的扑啦一声，飞溅的银珠，将她从梦幻中惊醒……

渚碧礁是个暗礁，只有退潮时才露出海面。高脚屋就建在礁石上，它是20世纪80年代，用钢铁作柱石，在礁上撑起的小屋。当年战士们就在这里测风观云，记录、报告着气象资料，守卫着祖国的海疆。直到20世纪90年代才建起了钢筋水泥的楼房。它们犹如一座座丰碑，见证了我国国力的强盛，更见证了战士们对祖国的忠诚和热爱。

南沙群岛岛屿众多，时间有限，与其走马观花，不如挑选一个考察。皇甫晖经过反复思考，才选中了渚碧礁。优点是岛上有驻军，再是有潟湖，潟湖碧绿翠茵。

从卫星拍摄的地图看，它是一个不规则的多角形环形珊瑚礁，犹如翡翠梨子,礁盘大,面积有16.1平方千米,自东北到西南约有6.5千米,最宽处有3.7千米,环礁中间是个大的潟湖,面积有7.05平方千米,深水处有20多米。

珊瑚礁有岸礁、堡礁、环礁之分。岸礁为紧贴大陆或大陆岛基岩的珊瑚礁,如我国广东雷州半岛沿岸的珊瑚礁。堡礁是离岸数万至数十万米,坐落在大陆架或岛架、大陆坡和海山上的珊瑚礁,最著名的是澳大利亚东北部绵延2000多千米的大堡礁。兀立在大海上的岛礁,围成圆形或马蹄形等形状的,称之为环礁。

渚碧礁就是环礁,特点是有潟湖,这不是每个环礁都有的。

皇甫晖深情地看着孤悬在大洋中的礁盘,她和小杨要在这里十多天,探索珊瑚世界的奥妙。

科学考察船的到来,对守岛官兵来说,无疑是盛大的节日——祖国的问候、亲人的探望……他们受到了守岛战士的热烈欢迎。

对守卫在离大陆一两千千米,孤悬在茫茫大洋一块礁石上的战士的生活、心路历程、精神世界,没有这种经历或未身临其境的人是难以想象和理解的。

大海是壮美的,但如果365天都围在你的周围,审美疲劳是难免的。更何况大海还有另外的一面:狂风骤雨、惊涛骇浪、高温、高盐碱、高湿。虽然被水包围,但最缺的就是淡水;虽然礁石也是陆地,但是没有多少可以种植蔬菜的土地。淡水、蔬菜、水果等一切的生活必需品都要从千里之外的海南岛运来。

其实,这还不是最难耐的。最难耐的是礁上常年只有二十来名战士,清一色的男性世界。我们在西沙亲历的两个小故事,大约能从一个侧面反映这种无奈。

当我第一次从西沙群岛的永兴岛到琛航岛,快到时,同行的郭副司

航拍琛航岛。它和广金岛、金银岛、珊瑚岛等同在一个环形礁盘上。(某部队新闻中心供稿)

令郑重地对我和李老师说,上岛一定要和每个列队欢迎的战士握手。我说我们又不是首长。郭副司令说:平时很少有外界的人到岛上,能到小岛的都是亲人。

是的,战士们喜气洋洋的笑脸感动了我,握着他们的双手时,我看到了他们激动得眼里含着泪花;李老师更是难以说出话来,只是不断地拍着他们的肩膀。

还有个小故事。在最偏远小岛服役的小高战士,终于盼到了第一次探亲假。他到了三亚,一大早就提了个小板凳上街了。等到晚上回来,战友问他一整天干什么去了。他乐呵呵地说:"过瘾,真过瘾!两年了,都没看到过这么多人,老人、孩子、姑娘、小伙子,真是过足了瘾!咱们那岛上,只有三十多个小伙子成天跌打滚爬,响个屁,都晓得是谁屁股缝里蹿出来的。"

珊瑚礁上突然来了几位科学家,其中一位女将还是研究珊瑚的首席科学家,战士们的兴奋,那是难以言表的。指导员对她说,只要是能办得到的,将竭力支持、帮助;同时盛情邀请他们给战士们讲课,讲珊瑚,讲海洋生物,讲保护海洋生态。

皇甫晖发现大洋上的旭日是金色的,当它从靛蓝的大海升起时,东边天空溢满了辉煌,绿茵茵的潟湖瞬间弥漫起光怪陆离的色彩,如霓如霞,或飘荡或缠绵,如梦如幻。

皇甫晖最爱潟湖,这不仅因为它绿茵如翠,是潜水爱好者向往的天堂,更因为世界上珊瑚环礁潟湖并不多,几乎全是旅游胜地。想想看吧,小小的珊瑚虫竟用世世代代的奋斗,在浩瀚的海洋上圈起了一个湖泊,使海洋多了一种生命的色彩,更何况,潟湖中珊瑚、鱼类丰富。

她决定从潟湖开始考察。

潟湖是指被沙嘴、沙坝或珊瑚分割而与外海分离的局部海域。它分为两种:海岸类和珊瑚类。海岸类潟湖,是在滨岸坝与海岸间形成的狭长又不规则的水域。著名的杭州西湖和汕尾的品清湖,原来都是潟湖。珊瑚潟湖,是由环状珊瑚礁环绕或由珊瑚礁相隔而成的,水域多为圆形。渚碧礁上的潟湖,就是由珊瑚礁环绕而成的,平时这些珊瑚礁多在水下,但也有隐隐约约露出水面的,只有落潮时才有较多的珊瑚礁露出。但由于

圆冠珊瑚(杨剑辉 摄)

湖内水比外海要浅得多,因而现出绿茵茵的色彩,非常美丽。

皇甫晖选了个很合适的地方下潜。在岸上看到的绿水如茵的潟湖,从水中看却像是充满肥皂泡的童话世界,光怪陆离,色彩多重,如梦如幻,亦真亦幻。彩色的奇异的层层叠叠的珊瑚筑成的水晶宫,忽然使她想到昨夜的梦。

他们原计划是绕潟湖一周,先有个大致印象,然后再分区、划片,谁知没游多远,就发现一株晶莹、闪着酱色的珊瑚是那样抢眼。它硕大,如一朵花的花瓣,绿色的花蕊俏丽地坐落中央;但花瓣没有裂开,如裙裾相连,因而它又像一颗大大的野香菇依偎在沙地乱石中。

她游了两圈,认出了这是圆冠珊瑚。小杨立即选取了最好的角度进行拍摄。等到他们回到广州,这张照片成了人见人爱、辗转相传的艺术品。

小杨不是专业水下摄影师,不是硕士,更不是博士,但他是这个团队不可或缺的人物。因为他做一样像一样,总是让人无可挑剔。凡是与研究课题相关的要亲自动手实际操作的事,离了他就玩不转。

海洋研究,特别是海洋考察,危险、艰苦,选择这项事业的人,按小袁带有玩笑或调侃的说法,有的是全身心的热爱,有的是为了理想,有的是为了生计,有的是为了攫取财富。毫无疑问,小杨是全身心热爱的人。

层层叠叠、形态各异的珊瑚,犹如高明的建筑师,使得潟湖的海底好像密布了丘陵、峡谷、草地、森林,甚至楼台亭阁。多种多样的小环境,绚丽多彩的鱼虾,在五彩缤纷的珊瑚中游动嬉戏,犹如飞舞的鲜花。

离开圆冠珊瑚,拐个弯,山岩上一片灿烂。朦朦胧胧中,像是踏入了云贵高原的杜鹃花丛——到处开满了红的、绿的、金黄的、水红的、紫色的花朵。拂动飘逸的花瓣为丝,层次分明,犹如金丝菊。有的还在一张一合,像是在做伸展运动。

美得他们屏声息气,尽管小心翼翼地接近,但还是惊动了:有几朵金黄的"小花"居然快速地横行,向珊瑚礁的罅洞中移动;三四朵红色的"小花"虽是翩翩而行,但也行色匆匆。

嗨,原来"花儿们"竟是"骑士"!那横行的是小蟹,那踽踽而行的却是红头螺!那绚丽如花的是小海葵。金色的小海葵正骑在小蟹的身上,红色的小海葵骑着马蹄螺。它们组成了一个神奇的命运共同体。

我常常纳闷,无论是在陆地或海洋,一些动物在拟态方面,为什么都把自己模仿成植物,却少有植物秀出动物的模样?是因为要欺骗掠食的动物?

海葵长得很像植物,其实是动物,属六放珊瑚亚纲的一目,有1000多种。它体形有大有小,最大的直径有1米多。那像金丝菊花瓣的,其实是它的触手。它的触手也和造礁珊瑚一样,长在圆筒状的身上。如花蕊的口盘在中央。它是靠挥舞触手来掠取浮游生物和小鱼小虾为食。生存的智慧,使它触手上生有刺细胞,当触手抓到小鱼小虾,立即从刺细胞中释放麻醉剂,待到猎物麻痹,才送入中央的口盘。它也和水母一样,是个美丽而温柔的杀手。至于它的五颜

四色蓬锥海葵(杨剑辉 摄)

六色,则因为它体内也如珊瑚一样,共生了藻类。

它也是集群性的动物,尽管它与造礁珊瑚有着很多相似之处,但最大的区别是它没有骨骼。它总是要找一坚实的物体安营扎寨,然后分泌一种黏合剂,与对方缠在一起。因为它缺少自行生长的能力,为了弥补生存中的缺憾,它找到了螃蟹、贝壳、螺,附着在它们身上,让它们驮着——这些小动物也乐于与它结下牢不可破的友谊。

蟹和螺之所以乐意驮上它,是因为海葵很像给自己穿上了一身迷彩服,便于伪装,又借用它的含毒触手,使敌人望而生畏,达到狐假虎威的目的!于是海葵能"骑马走天下",得到了更多的掠食机会。

神奇的共生现象,使动物学家们如痴如醉。

不久,他们就看到更为奇妙精彩的一幕。这是一只更大的海葵,呈柠檬黄色,直径有八九十厘米,像是篷锥海葵。五六条红色的小丑鱼正在其中游弋,身上黑的、黄的、红的各色各形的斑纹,将黑背心小丑鱼、公子小丑鱼、金透红小丑鱼打扮得很另类。再看它们忽上忽下缭绕翻滚的游姿,竟然像万花筒。两人不禁哑然失笑。忽然,三四条小鱼慌里慌张地游进海葵触手中,大海葵立即挥舞触手。追来的青色大鱼只能变道,擦着海葵游开了。

小丑鱼对这种玩命的游戏,或许是胸有成竹,待到惊魂稍定,它们又游出了安全堡垒,四处游荡。没一会儿,小丑鱼们赶来好几只小鱼、小虾,眼看就要进入大海葵触手所能达到的区域,有两条小鱼立即逃窜。可是晚了,跟进的小丑鱼几乎是用自己的身子将它们顶了进去。

海葵的触手立即将它们抓住。小鱼挣扎,三四条触手一拥而上。时间不长,昏迷中的小鱼、小虾就被海葵送入口中。

小丑鱼恪守义务,诚信可嘉。另一批小丑鱼从海葵堡垒中游出了,刚才赶鱼的那几只却赖着不走,只是在海葵盘口周围巡游。是在休息或是邀功领赏?结果出来了,那条黑背心小丑鱼竟然游进了海葵的嘴中。不会是担心海葵没有吃饱,勇于献身吧?小丑鱼还有这种美德?

嗨,它游出来了,快活得摇头摆尾。

那小鱼、小虾似乎就在小丑鱼嘴边,特别是后来要逃窜的,小丑鱼只要张口,就能吞下,可为什么还要送给海葵呢?

原来是等海葵将小鱼消化成乳糜,它再去分一杯羹,这样营养丰富又省事。就像鲣鸟的雏鸟,总是用长嘴从妈妈的嗉囊中掏食半消化的鱼。

公子小丑鱼、金透红小丑鱼、黑背心小丑鱼们接二连三地从海葵口中进出,答案也就肯定了。

皇甫晖对动物共生的智慧有了更进一步的理解。这对研究珊瑚虫与虫黄藻共生有了更多的启示。

穿梭在珊瑚礁中的鱼成群结队,最美的是蝴蝶鱼,它们色彩艳丽,颜色或黄,或红,或蓝,缀以彩色的斑点和花纹,又喜集群,犹如花蝴蝶组成的仪仗队,庄严有序,翩翩游动。

皇甫晖和小杨正在欣赏时,忽然从火焰滨珊瑚那边蹿来一条美得惊人的黄色的大鱼,小丑鱼们纷纷惊恐地躲进了海葵中。海葵似乎感到不妙,挥舞起八九条触手。可那些触手刚碰到大鱼身上,就从鳞片上滑了下来;再抓,又滑了下来,好像只是给它挠痒痒。海葵一看不妙,立即想缩回触手。

可是迟了,大鱼张开大口就吃进了五六条触手,大快朵颐。皇甫晖看清了,这条大鱼不仅美艳,身形也怪异:长方形,像缩水版的翻车鱼,要不是还能看见黝黑的眼和嘴,还以为有身体而没头。橙黄的底色将银色的方块般的鳞片,直铺到下身,又突然淡出,留下银灰;再涂上一块月牙般的橙黄。那尾根不大,也是俏丽的银灰色,其后又是一块橙黄。

皇甫晖刚转向小杨,小杨立即回应:它是蝴蝶鱼!

海葵已变形——将所有触手缩回,抱成了球形。大蝴蝶鱼仍在埋头苦干!它知道海葵触手上的刺细胞奈何不了它,当然也就有恃无恐,吃得津津有味。

直到一条比它更大的鲷鱼游来,它才恋恋不舍地游走。这条鲷鱼身上由黑、淡蓝、浅黄相间的直线条纹装饰,像一位时髦的大阔少,目中无人地游行。

还有一种鲈鱼,挺着个翠蓝色的啤酒肚,黑色的头盖上缀了金色的斑纹,像个大蝌蚪。

最有趣的是鳞鲀科的鱼,印象中它们头小、尾短,瞪着两只大眼。海洋中的鲀鱼多是这种模样。但也有异想天开的——刺鲀喜欢栖息在海底,它身体扁平,当受到攻击时,突然膨胀成圆形,鳞片竖起,成了长刺挺立,瞪着愤怒的大眼,像个大刺猬,吓得胆小的却步,胆大的却无从下口。因而渔民又叫它气鼓鱼,说它爱生气。渔排上的餐馆,常用它表演节目,老板从网箱中将它捞出,要客人用筷子敲打,玩"变形金刚"的把戏,引得满座哈哈大笑。

小杨见到了一只鲀鱼,形状奇异,但色彩更诱人,黑蓝两色,梦幻一般。可刚想接近,它就隐匿到鹿角珊瑚中。小杨追了好几天,才终于有了机会,从下

叶状蔷薇(杨剑辉 摄)

面仰拍到一张它的绝妙肖像——漆黑的底色上,灰蓝的斑,灰蓝的尾鳍,灰蓝的尾纹;格外精彩的是腹部布满了不规则圆形的斑块,游动起来时像满天的星斗。

彩带刺尾鱼、镰鱼、颊吻鼻鱼等都如此花枝招展。

皇甫晖发现潟湖中的造礁珊瑚、软珊瑚、藻类、鱼类丰富多样,整体生态系统良好。仅造礁珊瑚就有八九十种,以鹿角珊瑚科和蜂巢珊瑚科为优势种。

鹿角珊瑚是造礁珊瑚礁的标志性物种。种类最多,全是群体性的一大片,它们的珊瑚杯都很小。一般人都以为既然叫鹿角珊瑚,它应是像鹿角枝状的,像鹿茸一般。其实,它的形态也是多样的。生长在水流较缓的礁群斜坡上的叶蔷薇,像绿色的钟乳石,它的叶片像荷叶,参差有序,层层叠叠,十分壮观。紫色的繁锦蔷薇珊瑚,乍看就像一棵大紫白菜,它喜欢待在浅水的礁台上。如淡

圈纹蜂巢珊瑚(杨剑辉 摄)

中华扁脑珊瑚（杨剑辉 摄）

辐石芝珊瑚（杨剑辉 摄）

黄色地毯一般铺在礁台或斜坡上的波形蔷薇珊瑚,却是扁平的块状。难得一见的多星孔珊瑚,像个紫色的绣球,小星犹如繁花盛开在珊瑚礁中。

小杨游得快了点,差点撞上了礁石。原来在礁石的边缘上,突然凌空伸展出一块如桌的珊瑚,闪着耀眼的银灰,其表犹如灌木丛,因而得名灌丛鹿角珊瑚。

蜂巢珊瑚科是个大家庭,遍布于太平洋和印度洋中。它们外形上的特点,是珊瑚体上大多都有如蜜蜂巢脾上的孔洞。

小杨看到一团浓淡不一的金黄色的珊瑚,连忙招呼皇甫晖。两人不禁会心一笑,太像贮满蜜汁的巢脾了!只不过它是团状的。这种圈纹蜂巢珊瑚虽然并不罕见,但色彩如此鲜艳,还是难得的。

最奇异的要算中华扁脑珊瑚,草绿色,像个球,直径在1米左右,密布着脑状的纹路。小杨曾试图找出纹路的规律,但总也找不到起始于何处。小小的珊瑚虫像是有意或无意地游走,织成了迷宫,比童话中的水晶球还要神奇。

在各种珊瑚密布处,隐藏着一块带有淡赭色的形如石笋的珊瑚,上面布满的圆圆的浅洞,让人想起天外来客陨石上的气斑。

石芝珊瑚科的珊瑚虫最大,无论是单体型的或群体型的,甚至肉眼可以看到。不知为什么,它的珊瑚虫要将自己的外骨骼制造成薄片,全部整齐排列在基座上。每片都锋利无比,犹如刀片。其形状更是匪夷所思,有的像开花的白蘑菇,有的俨如白玉盘,晶莹剔透。还有一种辐石芝珊瑚更加别出心裁,有上百个圆筒状的触手;与其说很像千手观音,倒不如说更像街市卖的长筒状塑料泡泡玩具。

我们与这种盘状的石芝珊瑚还有过一段奇缘。2012年,在从可可西里去阿尔金山的途中,小孙子天初无意在戈壁滩上见到一块风凌石。他当然不知风凌石是戈壁滩上的特产,近几年被藏石玩家炒得火热。天初只觉得是块奇特的美石,使劲一拔,美石出土了,他手上却割开了血口。从格尔木请来的司机也未认出是何种风凌石,是玉还是玛瑙?大家争论不休。待到我将它身上的沙土剔尽,李老师惊呼:"是珊瑚,石芝珊瑚。"

天初高兴得跳起来:"你们从西沙群岛海滩上捡到的,放在爷爷的书橱里的就是它,像个盘子。"

司机师傅很不解:"大海的东西,怎么跑到这大戈壁上了?"

"我知道了,几千万年之前,青藏高原原来是海洋。它就是证据!太有意义了!"天初有理由享受发现的快乐。

剑鱼疯狂

面对千奇百怪、气象万千的造礁石珊瑚,皇甫晖时时想起邹教授说的"三个螃蟹"的故事。从事分类学研究,得有特殊的定力,能耐寂寞,另外要明白外形只是生物的外在形态,更重要的是本质的同异和细微的变化,否则就很容易差之毫厘而谬之千里。就拿珊瑚来说吧,自然界现存2000多种,我国仅造礁珊瑚也不下百来种,仅记住它们的名字就够复杂,更何况还要记住它们之间的同异,没有坚韧的毅力是难以有成就的。而皇甫晖还是把区别细微的变化当作了智力游戏,从中得到了无穷的乐趣,为攀越自己的理想奠定了坚实的基础。

小杨的兴趣在另一方面,他的成果是将鲜活生动的珊瑚礁生态系统,在实验室中体现出来,或者说是他能在实验室中再造一个活的珊瑚礁生态系统供研究。他的另一特殊智慧就是从皇甫晖的眼神和表情中,知道要把哪些珊瑚以及栖息其中的鱼、虾、螺、贝等在实验室的玻璃缸中再现、养活。这不是哪个研究员都能做到的,而他就有这种本领、学识。因而两人在工作中总能配合默契,心有灵犀。他是皇甫晖在水族馆的同事,也是她力争将他招来加入科研团队的。

皇甫晖和很多科研团队的队员异口同声地称赞小杨。我们曾特意去研究所和实验室参观过他的作品,可以毫不夸张地说,他所制作的每一个水族玻璃柜都是艺术品。特别是摆放在门口的珊瑚礁生态系统的水族玻璃柜,不仅有数种色彩各异的造礁珊瑚、软珊瑚,而且有生活在其中的鱼、虾、砗磲和各种贝类、螺类,还有海藻在拂动,真是美轮美奂。其中一只海菊蛤上附生了四五种螺、贝,俨然是个多样性生物的微型博物馆。真是方寸之间涵盖了大海!它成了一张耀眼的名片。

皇甫晖曾多次提议他读个在职硕士或申报职称,可都被他婉言谢绝了。催急了,问急了,他才不得不说:"我就是喜爱,我已得到了很多快乐和享受,

赭色海底柏(杨剑辉 摄)

这还不值？"

热带鱼的饲养也是市场上的热门,很多人不仅靠其养家糊口,而且发家致富。因而有人曾劝他去养殖热带鱼,可他说:"要那么多钱干什么？能比我跟随大家去大海、大洋考察,碰到不明白的问题,可随时向这么多同事问清更高兴吗？"

他向我讲述考察渚碧礁的故事时,我在敬佩、激动中,冒出了一句:"你是草根科学家？"

他的脸红了。

1997年至1998年是全球珊瑚灾难时期,由于厄尔尼诺现象,水温变高,珊瑚受不了这种变化,特别是与其共生的虫黄藻,不是出逃就是死亡,形成了热白化,大批珊瑚失去了艳丽的色彩,成了毫无生命光彩的灰白的礁石。

潟湖内外的环境不一,因而他们常将潟湖内外交叉考察,全面了解这里热白化灾难的程度,以及它们的反应。

今天要去礁盘外的深海。海况很好,风和日丽。礁盘外是斜坡,他们挑选了一个坡度小又长的斜坡下潜,迎头就碰到一条隆头鱼冲来。这家伙个头大,游速快,好像还近视,直至相距一两米时,才发现小杨不是它要寻觅的食物,又擦着小杨的身子走了。小杨吓得不轻,被七八斤的大鱼撞上,不翻跟头才怪哩！这家伙肯定是把他从船上入水的哗啦声当成了鱼跳声。

海底堆满了破碎的珊瑚,与前两次看到的基本相似。南海多台风,这显然是被卷起的巨浪破坏的,但珊瑚很繁盛。斜坡构成了不同生境,种类也就比潟湖丰富。

小杨看到皇甫晖正在注视一团珊瑚,它犹如橙色的盆景,像是魔术师用锦缎折叠起的、参差不一的山峦。峦顶平缓圆润,下有峡谷,显得柔和、随意,给人温暖而亲切的感觉——这是一株圆盘石芝软珊瑚。

石芝珊瑚含有峻峭的美,软珊瑚没有骨骼,洋溢着温情脉脉的柔美。

小杨感动地围着这株软珊瑚转了几圈,他在思谋怎样将其移植到实验室内。软珊瑚与造礁珊瑚有着不同的掠食方式,因为它体内没有虫黄藻,缺少了共生的植物。当然,这株碾盘般大的珊瑚不仅带不走,而且他也不忍心去取下一块,他要去找株小的,让它为科学做出贡献。

一抹红色的光晕撩眼,是红珊瑚?他压抑着怦怦跳动的心,加速朝前游。皇甫晖立即警示他放慢速度——在海底激动,耗氧大,气瓶中的氧气很难支持足够的时间。

它当然是红色的珊瑚,红得深沉。它的根从礁岩上挺起,生出茂盛的枝叶,但树冠是平面的,如一把大扇平展,却布满了疏密有致的缝隙。它的枝叶太像扁柏树的枝叶。

它当然不是价值连城的红珊瑚,只是红颜色的珊瑚!它的真实身份是海底柏珊瑚。

小杨在心里一连说了几声"惭愧"!皇甫晖对他会心一笑。

小杨见过海底柏的照片,以为它是平躺在海中,犹如平铺伏地的地柏一样,能吸收更多的阳光。它的扇面状的树冠却和陆地上的树冠一样,是直立的。为什么?

皇甫晖问他:"它怎样才能得到食物?"

小杨猛然醒悟:它是被动地掠食浮游生物,就像守株待兔,直立着,犹如张开了大网,只要浮游生物随着海流而来,它就有源源不断的收获。

红色的海底柏珊瑚有着较高的审美价值,因而遭到了滥采,在近岸珊瑚礁中,已很难见到这样大的了。

皇甫晖在向小杨招手。他游过去了,在鹿羊星珊瑚、枇杷珊瑚中转了几个圈子,才游到她那边。斜坡上繁茂的珊瑚礁,给他们的行动带来了极大的困难,因为这些礁石都较锋利,若是擦伤、刮破身体,就得立即上浮,乘船打道回府处理伤口。

这是一片如竹的珊瑚，淡金色，亭亭玉立；黑色竹节生动而有趣，拟态得以假乱真。啊！这就是宝石级的竹节珊瑚！但也正因为它的经济价值高，近海的竹节珊瑚已极其罕见了。面积不小。这真令人兴奋、喜悦！他们还从未见过如此美丽生动、鲜活的竹节珊瑚。

正当他们考察它的生境时，突然冲来了一群鲭鱼，密密麻麻的，像蝗虫一般遮天盖地。个头不大，却不怕人，对他们的存在毫无顾忌，小杨已被几条鲭鱼撞了。

竹节珊瑚（西沙海洋博物馆供稿）

这种鲭鱼在市场上很容易见到，体态粗壮偏扁，呈纺锤形，喜群居，游速不慢。两人开始以为只是一群过客，谁知后续部队却绵绵不绝，成千上万。

他们欣赏起这难得一见的鱼群。其实，不等鱼群过去，也难以开展工作。

皇甫晖刚看到一个黑影冲来，她疾速躲闪，它已如一道蓝光闪过。刹那间那鱼伸出长嘴，惊得她汗毛竖起，立即上浮向小杨发了警报。

就在电光石火的瞬间，她已感到它的凶猛，虽然不是大鲸、大鲨，但在某一方面，它比它们更可怕。

是的，它的嘴很长。两三米的身长，其嘴就有七八十厘米长。她知道那嘴其实是它扁平的上颌，中间厚，两边薄，锋利如剑，所以叫剑鱼。这家伙游速极快,据测定每小时能游100多千米,比一般的火车要快两倍。据说它还是个喜怒无常的家伙,平时很温顺,但若是发起火来,管你什么军舰或木船,它都要挺身刺你一剑。二战中,同盟国一艘运输船在大西洋航行,船壳突然响起砰的一声,谁都以为是遭到德国潜艇的鱼雷攻击,但这颗鱼雷没爆炸。待上甲板一看,原来是条三四米长的剑鱼。人们乐得七手八脚把它捉住。

至今,大英博物馆还陈列着一件奇异的展品——34厘米厚的木板上,嵌进了一根长30厘米的剑鱼的"长剑"。那是从一艘遭到剑鱼攻击的捕鲸船上取下的。

待到皇甫晖浮出海面,心里更是一惊——乘坐的小船已在几十米开外——按理不会发生这样的低级错误,他们从来只在离小船一二十米的范围内潜水,是被海底柏、软珊瑚、竹节珊瑚引诱得游远了。

自责还有意义吗?两人只有快速地向小船游去。

还是迟了!

鲭鱼群赶了上来。

四五只剑鱼昂着头,挺着长剑,如闪如电,快速形成了包围圈。三角帆的背鳍似乎都在作响。流线型的躯体,钢蓝的肤色,扁平开叉的尾巴,像是具有无限的动力。

它们在包围鱼群。

皇甫晖看到小杨的惊恐,她心里何尝不是紧绷着?稍一冷静,她像是想起什么,立即要小杨下潜。待到潜入深水,正要庆幸可从水下突出包围圈时,突然感到一阵强烈声波袭来,震得耳膜发胀。本来水压就大,现在更是雪上加霜。

她连忙上浮。但从水底上浮时,速度要慢,每十来米时要有个停歇,否则很容易得潜水病,轻者也要口鼻出血。她只好用双手护住耳朵。

再次出水时,仍在剑鱼的包围圈中。只见剑鱼们在飞快地游动,不时跃起,再重重地落下,犹如炸弹落下,砰砰声此起彼伏。水花四溅,波浪翻涌。

玩的什么把戏? 把大海当竞技场了?

只能是一种解释:在赶鱼。就像渔民用敲竿在船帮上敲打……那横冲直撞中似乎有着另一种含义。但那长剑寒光逼人,她当然不愿被刺上一剑,心惊胆战中匆匆对小杨说:"它是上层洄游鱼。"

小杨明白,只有深水处才有突破包围圈的通道。水中的鱼,也像鸟儿一样,猛禽占据着高空,小型鸟多在树冠上,还有一些喜欢在地面觅食,组成一个立体的生存空间。

正要下潜时,皇甫晖像被魔法镇住,待在那里不动了——

鱼群有了变化。冥冥中鬼使神差,它们结成了圆阵,无数的鱼围着一个轴心游动、旋转,速度愈来愈快——变成一个快速旋转的球,就像蜂王带领着上万只蜜蜂——皇甫晖感到眼花缭乱!

小杨在水下没见到她,又浮上来了,催她赶快下潜,眼看一条剑鱼正向他们冲来,皇甫晖下潜了。她从水波中感到剑鱼已离去,又浮了上来,对跟上来的小杨使了个顽皮的神色——难得的机遇! 是的,在大洋考察中,很多机遇是可遇而不可求的。谁能命令一群剑鱼来狩猎呢?

剑鱼突然游到鱼阵中央,闪电般跃起,跳到海面上,再一低头,砰一声炸开。

鱼阵瞬间变化,像是一股旋风,在海中蜿蜒,希冀突出重围。

剑鱼还在腾起,跃上天空,再重重砸下……

鱼阵却突然向他们袭来,把他俩包裹在其中。头罩上是鱼,身旁是鱼,胆大的还想往潜水服中钻。他们眼前一片模糊,如魔阵。幸好两人都在水族馆中待过,才不至于神乱魂迷。

它们是想借助万物之灵的人来吓退强敌? 山野里的弱小动物常有这样的灵性。梅花鹿非常机警,要想在山野中一睹它们的芳容,就算老猎人也要挖空心思。母鹿产崽时,却总是能寻觅到隐蔽的居民点,借助于人的气场来躲避狼、狐狸的侵袭。可皇甫晖和小杨撑不起保护伞。若是剑鱼冲进来,难保他俩不被长剑刺穿,像穿羊肉串,慌得小杨使劲把她一拉,下潜……

剑鱼狂轰滥炸的效果显现了,鱼群旋转的速度慢了,阵形松开了。很多的鱼像是得了晕眩症,迷迷糊糊,歪歪趔趔。

剑鱼们冲进鱼群,瞪着神采奕奕的大眼,挺着利剑,张开大口,吞食着神魂颠倒的鱼们。对那些尚在快速游动的鱼,剑鱼只是一摆尾,利剑便刺向它们,待到剑上串了四五条才一口吞下。皇甫晖知道它没有牙,因而对这种吃相感到毛骨悚然。

大概是血腥味引来了鲨鱼。鲨鱼当然想捡便宜,赶现成的盛宴。再强大的动物也不想浪费能量。

剑鱼一见来了不速之客,闪电般地冲了过去。鲨鱼是近视眼,直到距离四五米的时候才看到了那柄长剑,慌忙转身离去。

皇甫晖原来还想等待剑鱼的下一个节目。鱼类行为学是海洋生物学家尤感兴趣的课题。但鲨鱼的到来警示了皇甫晖。只要剑鱼们吃得心满意足,鲨鱼肯定还要来,四五只剑鱼吞不完这样大的鱼群。她想还是尽快离开这个是非之地。

战士小张驾着小艇来了。他们从部队的瞭望台上看到他们遇到了危险,赶紧前来救援。

渚碧礁的考察结束了。皇甫晖在考察笔记上写下了如下的大字:"自然恢复能力很强!"

她写下这句话,连自己也有些吃惊。因为在传统的理论中,当珊瑚遇到气候变化而发生热白化或冷白化时,是不可能或很难再恢复的。而她的结论,显然是对传统理论的挑战,起码是一种置疑。其实,这种观念是在大海考察中逐渐产生的,即使只反映了某一地区的现实,那也是很有意义的。

渚碧礁给她留下了深刻的印象。潟湖是个特殊的生境,1997年至1998年的厄尔尼诺现象引起的热白化,对这里有影响,但不大。从考察情况看,大多珊瑚已经得到了恢复。潟湖外与潟湖内的情况基本一致,不同的是外海珊瑚多了台风巨浪的摧残。台风年年有,破坏性较大,但珊瑚恢复得也较好。当然,这里有特殊的因素,因为有着守礁的战士,他们在守卫祖国海疆的同时,也守卫着海洋生态。

这是什么原因呢?难道是厄尔尼诺现象对这片海域影响不大?虽确实存在着那次大灾难的遗迹,然而恢复的景象却是生动地展示在他们面前。只能承认这个铁的事实:自然本身蕴藏着巨大的修复能力!这构成了她提出的"封海育珊瑚"观念的理论和现实的基础。

当然,所谓的热白化,无外乎是海水温度升高,引起珊瑚虫及与其共生的虫黄藻全部死亡;或者是珊瑚虫死亡,虫黄藻只得离去;或虫黄藻出走,珊瑚虫只能苟延残喘,直至死亡。

怎么才能吸引虫黄藻重新回到珊瑚里呢?还需要解开这个谜。

皇甫晖的思路逐渐清晰。

寻找黑宝石

最近几天皇甫晖带领考察队在西沙群岛的金银岛、珊瑚岛一带考察。

这天,适逢大潮。退潮后,海面上露出了一个小沙洲。这里有不少沙洲都隐在水下,只有大潮退后,才能忽隐忽现。碰到难得的机遇,几人乘小船涉水,登上了沙洲。

沙洲的面积不大,沙滩上全是白色珊瑚沙和略带色彩的贝壳沙,在阳光下闪着奇异的色彩,风景别致,洋溢着自然的荒凉美。

踏上沙岛,又是另一番景色。他们当然识得鼓起的小小沙包下面,是海蛤隐居之所。最为生气勃勃的是沙蟹,个个都长得比近岸沙滩上的大,行动迅速。别看它们是横行的将军,只要有了风吹草动,你就能看到一个个银灰色的光点在闪,接着是沙起,忽然之间已无影无踪——钻进洞了。

看得大家童心勃发,开始了追逐的游戏。比赛谁先抓到它,谁抓得多。

沙蟹自有生存之道。皇甫晖在蟹洞边扒沙,扒浅了,洞还在下面;扒深了,沙往下塌,一切又得从头开始……扒着、扒着,她的眼睛亮了,出现了珊瑚的残骸,都不大。但凭着渊博的分类学知识,基本能判别出种类,刚好和考察的相印证。

突然,一粒黑色的石子,让她目光大放光彩,心潮激荡。它只有围棋子般大,而且被风沙磨砺得光滑。她翻来覆去地审视,又迎着阳光看,难以断定。

她的神态,把大伙都吸引来了。小笪看了一眼就传给后来的人,心想:不

黑珊瑚（李珍英 摄）

就是一粒黑石子吗？还灰不溜秋的。

几人围拢后，都拿到手里看了一遍，却没有人吱声。因为它失去了太多的特点。终于，还是小袁试探着说："是珊瑚？"

尽管皇甫晖不置可否，却引来了热烈的讨论："黑宝石？真的？""黑角珊瑚？"

黑珊瑚是极古老的珊瑚之一，属八放珊瑚，也就是说，它的触手都是八只或八只的倍数，捕食浮游生物，营群性生活，群体生有中轴骨骼。其组织色彩鲜艳，但骨骼呈黑色。它能被雕琢成各种精美的工艺品，民间又流传它的种种神奇之处，商业价值仅次于红珊瑚、金珊瑚。因其生长缓慢，每年生长3毫米左右，稀有，所以一向被誉为"黑宝石"。

渔民特别钟情于黑珊瑚，和他们在海上的生活有关。我第一次乘船到西

109

沙群岛时，从海口去文昌港口途中遇上一场小雨。上船后李老师一直担心可能有大风大浪。之前朋友们向她灌输了很多晕船的可怕故事。正当我安慰她时，竟有一个小伙子说："阿姨，我保证在最近三四天，风小、浪小、没雨。"

李老师说："你怎么保证？"

他拿起腰间的一个饰物，说："你看，它干爽爽的。要是有雨它会回潮的。"

"是随身气象台？"

他很得意："我们同船。要是不准，随你怎么骂我都行。"

我以为那饰物是墨玉，黑黑的，却不成形，倒像是根断树枝。正想问，他开口了："这是黑珊瑚，是我阿爸传给我的，是他的阿爸传给他的传家宝。都说它不仅能预知天文地理，还能辟邪保平安。"

确实，一路风平浪静，几天都没下雨。这个小伙子就是渔民阿山。从此，我们的友谊开始了。

大家的兴奋是可想而知的，但都眼巴巴地看着皇甫晖，盼着她一锤定音，可等来的是一句："返航！"

除了小笪还懵懵懂懂的，其他人都在心里说了声：有门。

我国珊瑚礁分布在三大区域：第一区域北起福建，南至广东、广西、海南近岸；第二区域即西沙群岛；第三区域是南沙群岛。西沙群岛上的珊瑚礁处于什么状态呢？

这是皇甫晖率队第一次到西沙群岛考察，毫不夸张地说，他们每天都处于兴奋之中。这里的珊瑚品种丰富，覆盖率大，基本上都在50%以上，有的区域能达到70%～80%。

尽管邹教授已向她描述过当年在这里考察的见闻，但亲眼见到这些鲜活的生命，感觉是另样的。譬如说，过去有人认为，西沙群岛的珊瑚若与海南和南沙群岛相比，似乎带有过渡性，但经实际考察，她已排除了这种可能。这不仅因西沙已处于热带海域,更因为这里的珊瑚品种丰富,生存状况已和南沙群岛有着太多的相似之处。这也被她后来去南沙群岛的考察结果所验证。

从已有的结果判断,1997年至1998年由于厄尔尼诺现象,海水温度升高,引发全球性的珊瑚"热白化"灾难,但对这里的影响不太大;或者是即使影响大,但经过几年自然的修复,珊瑚礁生态系统又充满了生机。当然还需要查阅这几年来的气象资料才能得出结论。但不管是哪种情况,都说明了自然力的巨大作用,为皇甫晖形成"封海育珊瑚,植珊瑚造礁"的理想提供了坚实的基础。

回到大船上,大家都围在皇甫晖身边。她正在显微镜下看那粒黑石子。没一会儿,她站起来了:"黑珊瑚!"

热烈的掌声,几乎要把舱顶掀开。发现是快乐,科学的发现,快乐的含金量更高。

还没等大家高兴够,她却换了一副神态:"别高兴得太早了。虽然它说明这片海域有黑珊瑚的生存,从发现它之处的沙的深度来看,被风浪打上来的时间也不长,但这片海域少说也有几十平方千米。再说,即使它只有小指头般大,也难以分清是主干还是枝干,可在这里生活了百年以上,一直没被发现,这说明要找到它的难度很大。"

然而,这盆凉水并没浇灭大家的兴奋,反而更激起了他们探索的热情,更激起从事科学研究的自豪。考察队的任务不就是探索未知的世界,揭开西沙神秘的面纱吗?不艰难,还要他们?更何况已发现了"矿苗",地质学家不就是先要找到"油苗""煤苗""铜苗"吗?

皇甫晖调整了考察计划,在完成主要任务的同时,也兼顾寻找黑珊瑚。实际上是根据已有的黑珊瑚生态资料,重新选择了几个考察点。

所有从事野外考察的都要建立营地。只不过从事海洋考察的营地不见帐篷,而是船。小张曾乐滋滋地说:"阿笪,我们也都成了疍家人啦。"

也像野外考察队一样,晚饭后是营地最热闹、最惬意的时候,互相交流一天考察的发现、困惑……甲板上的矮桌,就是队员们集聚的中心,一壶功夫茶散发着沁人的芳香,洗涤着一天的劳累。

正当大家说得兴起时,船边传来了鱼跳声。

"飞鱼!"小张惊呼。

真的,海面布满了飞鱼们跳出水面飞翔的身影,白花花一片。

"谁在追它们?"小李问。

飞鱼不遭到追捕,不会轻易起飞的。虽然南海透明度高,但现在是晚上,看不见猎手的面目。

如果是海豚,肯定会弓背跃动,然而根本没有它的身影。

"金枪鱼!"小李看到了,虽在水下二三十厘米处,但身形、游速暴露了它的身份。

"马鲛!"小笪也有了发现。

"怎么都来了?"

阿笪说:"看来是洄游的鱼群。这季节它们该到这一带了。"

珊瑚礁中的鱼类,原本就是考察内容之一。

这一发现引来了大家的兴趣。考察海洋生物,食物还能缺了海鲜?但时间一长,舌尖也产生了味觉疲劳,这才发现青菜、萝卜才是真正的美味。飞鱼是最易捕获的,不用钩,不用网,只要在小船上亮起一盏灯,就能捡来一小筐。但金枪鱼、马鲛鱼就另当别论了,它们身价高,肉鲜美。特别是马鲛鱼,更是海南人所爱,是大年三十饭桌上必备的美食。

队员们纷纷跑去拿家伙了。小袁钓鱼很讲究,备全了钓鱼运动员所有的装备。漂亮的海竿、遮阳帽……小李在农村长大,没那么多讲究,很实在,只要能钓到鱼就行。阿笪拿了根叉就下到小船上。小张只是个看客。

阿笪见皇甫晖根本没拿鱼竿,却找来一根钓线,正用刀切着鱿鱼做饵,笑了:"你像我们疍家人。"

皇甫晖将钓钩投到海中,手里握着线板。这是西沙渔民最常用的方法。优点是简单、实用。这里珊瑚礁形成的礁盘多。阿山曾带我们去钓过。驾了小渔船,开到不远的礁盘上,锚了船,他就穿起最简单的潜水服,戴了个头镜,下到齐腰深的礁盘上,推着浮箱,然后俯下,上半身入水,向鱼投去饵料、鱼钩。很快他就钓上一条小石斑鱼。神了,半天能钓二三十斤鱼。

时间不长,她感到鱼咬钩了,连忙提线,却被一挣,线板差点脱手。没想到它这样迫不及待。一收一松几个来回,终于出水了。

"石斑鱼,好大的一条石斑鱼!有两三斤重。"

触须蓑鲉(杨剑辉 摄)

这里多是小石斑鱼,三四两一条。这样大的石斑鱼,难得。

小张乐得像个孩子。他不钓鱼,是个完美的看客。谁钓到鱼他都欢腾雀跃,帮着拿鱼、取饵,比钓鱼的人都高兴。他得到的快乐最多。

要不是小张大呼小叫,恐怕谁也不知道小李钓了条马鲛鱼,五六斤的家伙,他一提竿就没松线,全靠内功将它提了上来,沉得钓竿吱吱响。小张忙去将鱼摘下,放到大筐中。它还不服气,蹦跶个不停。

只见小袁收线又甩钩,空空如也。他们都钓好几条了。小张调侃:"你的海钓竿太贵了,知道你是行家里手,哪条鱼还敢来?"

"这你就不懂了。不知道十网打鱼九网空,只要一网就算成功吧!看准了,上来!"

竿梢都弯了。出水的却是——朦胧中像一团刺。

小张看清,绝不敢下手,原来是个怪物。它浑身长满了尖利的长刺,不大的身子躲在刺丛中。长刺颜色还花里胡哨的,红呀、紫的,美说不上,丑也不至于。

阿笪感到有异样,从小船挪到大船上,对不知所措的小李、小张说:"狮子鱼,别动。它的刺有毒,挺凶猛的。遇到猎物,先向后退,等到对方以为它是害怕了,它却一侧身子挺出刺,凶狠扑去,百发百中。"

说完,阿笪已抽出了潜水刀。

"别,别。我想起来了。它就是蓑鲉。难怪有些眼熟。带回去给小杨,布置水族箱,点缀珊瑚礁生态系统。"小袁正说着,阿笪已割断了钓线。小张提着走了。

小张没走远,皇甫晖就感到手上有股大力,还没提线,线就绷紧,紧得她神情一凛,连忙放线。钓线板差点被挣去。还算她反应快,忙将线绕到船边的栏杆上。谁知砰一声,线断了……

这条鱼太大了,同时暴露了这种手钓的弱点,它不具备快速放线、收线的功能，也就失去了韧性，失去了与鱼周旋的余地。是什么鱼有如此惊人的速度？似乎是金枪鱼。这激起了她的兴致。如果说剑鱼是鱼类中的游速冠军，那么金枪鱼排位只在其后三四位。金枪鱼游速快，除了"身大力不亏"之外，还因它需要尽快吞食大量海水从中获取氧气。否则，它就会缺氧致死。

她换了重磅钓线，又采取了相应的措施，甩出了钓钩。

小李不声不响地又钓上了两条马鲛鱼，都是七八斤重的。小张忙得不亦乐乎，心想，马鲛鱼怎么就只看上了他？

小袁钓竿上的线盘飞速地转动，显然是有条大鱼上钩了。眼看线要放完，他连忙收线。可无论他怎么努力摇动手柄，都摇不动。海竿却像得了摆头疯。最少有两次，差点失了手。等到手柄能摇动了，却是轻飘飘的。那条大鱼肯定是在珊瑚礁中回旋，把钩住它的钓线绕到礁石上了。

眼看一条大鱼上了钩，却又逃脱，该是充满了懊丧，可小袁感受到的是另一种乐趣。或许这就是把钓鱼作为运动的魅力吧！能从得而复失的挫折中吸取教训、凝练成经验，有多少人能做到？

小袁的得而复失，没有逃过皇甫晖的眼睛，更坚定了她的推测。没一会儿，她左手已感到心动的来临，那鱼被钩住后，猛然撒野。游是游动了，它的自尊得到了满足，可又总是不带劲；它被钓线牵制了，正在烦躁得暴跳如雷时，却又可以任意游动——它胜利了。然而这胜利的喜悦只有片刻，它又使不上劲了……

"妙啊！你怎想起这样的绝招？"小张乐得跳了起来。

原来她一改常态，不是将线板拿在手里，而是把线板换成一个长圆木棍，卡在栏杆中间，钓线又还在栏杆上绕了一圈。开头，小张十分好奇不解，后来发现，放线时，那线棍就转动，敲得栏杆噼啪响，钓线又在柱上绕了一道，很有节制，这就形成了缓冲，不至于让大鱼猛然发力挣断鱼线。

钓线突然松了下来。

她连忙双手收线,将回头游的鱼再控制到手中。

她随势忽松忽紧,与那鱼展开了心理战、消耗战。只要鱼的游速一慢,她就提线。

小张明白了,她使的计是一会儿满足鱼的狂妄,一会儿又不断激起那鱼的愤怒,使它在愤怒和无可奈何中,耗尽精力,迷失理智。

"妙啊!你装了个最简单的缓冲器,借力打力!"小张非常敬佩她的机智。但他哪里知道,这套办法就是为金枪鱼量身定制的。

"金枪鱼!蓝金枪!"小笪在小船上惊呼。蓝金枪鱼是金枪鱼中的上品。他说着就要开动小船。

"别去,就在船上等。"皇甫晖说。

阿笪顿时醒悟:钓者,享受的就是与鱼斗勇斗智的过程。

蓝金枪的锐气、体能,就在这钓线的忽放忽收中逐渐损耗了,更何况她还故意激怒它,它在怒火中烧时,燃尽了理智。

它终于被皇甫晖拉近了。三十来斤的大鱼,她当然没办法凭着一根钓线提上来。

阿笪不傻,瞅准机会,猛然放出了鱼叉。蓝金枪一甩尾,阿笪被打落到海里。

船上一片惊呼,大家又喜又忧。还未等大家醒过神来,小袁却忙开了,他大概也是第一次碰到这样的大鱼上钩。经过20多分钟的搏斗,鱼最后出水了。这是一条蓝金枪鱼,它们有结群洄游的习性。

那一晚,人人丰收,个个尽兴。谁都在心中期盼着早日见到黑珊瑚。

他们在15号海域的礁盘上考察。这个礁盘隐在水下1米多处,与大海的蔚蓝不同,水色是绿茵茵的,走在其中,犹如在翡翠池中般赏心悦目。珊瑚生得很繁荣,尤以枝状珊瑚为胜,大家走得较谨慎。小张突然发现,有一片海水颜色变得格外深沉,蓝得发靛,他立即向队员们发出信号,召来了小船。

近前,大家才看出是个大的礁洞,直径有10多米。在山野中,看到山洞不足为奇。可在海洋的礁盘上这已是奇特的地质现象。更何况小笪曾听人说过,礁盘中的礁洞,是通向龙宫的通道,龙宫中放满了无以名状的稀世珍宝、多种多样的奇异生物。

小袁、小李都想潜水下去看个究竟。皇甫晖也想,但从海水深沉的颜色看,水应是很深的。何况,又没有必要的设备,太冒险了。这样的地质条件,很难生长黑珊瑚;只是说把这发现通报给所里研究海洋地质的同事,就劝说大家不要轻举妄动。

7号海域的珊瑚品种较多,从形态上和色彩上看,有的泛着灰紫色,像河滩上躺着的一堆鹅卵石,有的像一丛盛开着的淡紫色丁香花。

小李正在珊瑚礁中游弋,迎面一座大崖挡住了去路——黑褐色山体上有棱有角,他向后退了一段距离——说是一座小山包,一点也不过分,有四五米高。他沿着其基部游了一圈,其直径也应在三四米之间。是珊瑚,还是礁石?

他近前观察,又用手摸了摸,还是难以判断。他强抑着怦怦跳动的心去找皇甫晖了。

皇甫晖来了,看到这样大的礁体,已连连向小李竖起大拇指。近前看了一会儿,招呼小李浮出水面,大声宣布:"滨珊瑚!上部是活体!"

发现这样硕大的滨珊瑚,很难得。皇甫晖决定迅速采集标本。

小笪回到大船上取来了工具。小袁、小李、小笪三人按照皇甫晖的要求,在水下用钢锯采标本。谁知大风卷起了狂浪,真是天有不测风云。船长几次催促队员们快上船。因为风浪大,船停不稳,不仅增加水下工作的难度,而且很容易拉大与船的距离。

但机缘难得,皇甫晖采取了一切的措施,硬是完成了采集标本的任务。

风浪大了,最近的陆地是珊瑚岛,只好将船开到那里避风。

到了珊瑚岛,他们受到驻岛守卫官兵的热烈欢迎。盛情难却,皇甫晖应邀给战士们举办了两个讲座,讲珊瑚生态系统的意义,讲保护的必要、保护的方法。第一节课就引起了战士们的极大兴趣,提了不少的问题。因为珊瑚是战士们每天都能见到的,很熟悉,但不知道其中的科学、对海洋的意义。

皇甫晖灵机一动,何不来次调查研究呢？寻访寻访有谁见过黑珊瑚。

正是在调查中,战士小安说他捡到过一块黑色的石头。他说已给一位来岛避风的渔民要去了。

皇甫晖听得心花怒放,小安的话可信。最重要的是被渔民要去了,渔民当然识货。于是,她将发现黑珊瑚的两处做了比较,推测出在将要去考察的9号海域,发现黑珊瑚的可能性大。

大风过后,考察队直奔9号海域。小笪第一眼见到金黄色的金裸柳珊瑚时,有些喜出望外：难道金珊瑚就是它？比红珊瑚还要值钱！可又不相信这样的稀世之宝竟被他发现。但它确实是金黄金黄的,正想去掰下一枝……

小李是厚道人,看小笪那神色,对他心思猜到了八九分,顺手拉他浮出了海面。

"这是柳珊瑚的一种。金珊瑚最浅也要生活在300多米至600多米的深海。深水金珊瑚更生活在900米以下的深海。"小李说。

是的,这个海域的柳珊瑚很繁盛、多样,而且形成了群落。柳珊瑚像柳枝,在主干上派生出众多的枝条。由枝条较少的小月柳珊瑚与枝繁茂盛的金裸柳珊瑚结伴丛生。也有称之为海扇、海鞭的。在放大镜下,可看到它的捕食浮游生物的触手都是向一个方向漂动的,由此可判断出海流的方向。

这个海域的考察结束了,队员们都回到大船上。船长正要起航时,皇甫晖却下达了很重要的任务："抓紧时间给气瓶充气,还要再潜水一次。"

队员们不知出了什么事,疑问不断,可她就是不吱一声。

其实,她自己也很难说清,是因为柳珊瑚也具有硬的中轴吗？这让她联想到黑珊瑚不错,黑珊瑚确有中轴,但若要说有柳珊瑚生活的海域,肯定有或可能有黑珊瑚,未免太牵强了。然而,柳珊瑚的形象就是挥之不去……她不管怎样,仍然决定再去探察一番。好在今天还有时间。

她将人员分成了两组:"主要是寻找黑珊瑚。重点区域是水深20米至40米之间。在珊瑚礁形成的隐蔽处,一般普查难以看到的地方和海底崖壁的基部。"

队员们通常是轻潜,轻潜的装备比深潜简单得多。理论上,轻潜可潜到水下50米处,但实际队员们一般都在稍浅的海域活动。一是因为珊瑚多生长在这一区域;二是他们毕竟不是专业潜水员,安全第一。

小李在脑海里尽量搜索着曾看到过符合她说的具有这两个特点的地方,就和小笪一道去寻找了。在快要结束时,却发现一块大珊瑚礁有些异样,就从崖下钻了过去,又拐了两个弯,突然发现崖下有株黑色的珊瑚,有八九十厘米高。

他定了定神,平稳了情绪,生怕是水中的折射或想象中的幻觉……

他缓缓地游近了。啊!确实是黑色的,主干上分出了八九根枝条,树冠与陆地上的相似,而不是柳珊瑚的那种扇面形状。他贴近仔细观察,枝干上布满了刺包。

"啊,宝贝,你原来就隐藏在这里!"

若不是吸气管含在嘴里,他差点喊出声。是的,那枝干上的刺包,犹如小伙子脸上的青春痘,这一特征,证实了它确是黑珊瑚。

他要小笪去向皇甫晖报告。可小笪像被定神针钉住了,只顾盯着那株黑珊瑚,神情像是要一口吞下。小李正想催他快去,只见一道光晕射来,正是皇甫晖从另一方向游来了,两个组会合了。大家都竖起大拇指,庆祝胜利!

这一发现,带来了意想不到的发现:黑珊瑚在这里形成了大小不等的群落,多的有十几株,少者也有两三株。它们的挂头,都闪着隐隐约约的墨绿色荧光,说明正生机盎然!可喜的是,测量的结果,最大的一株竟高一米二三,小的也有五六厘米高,就像森林中有各个年龄层次的树,展示了永续发展的态势。难得的是,把所有群落的面积加起来,最少有一个篮球场大。

世界上曾发现一株黑珊瑚的化石,经放射性检测,其年龄当有4000多岁。以她对高度和粗细程度的目测,最大的一株,其年龄也应在千年之上,因为它的生长速度太慢了,每年只有3毫米左右。

她看大家做完了应考察的项目之后,决定结束潜水。

正当大家都上了小船,却发现阿笪没有上浮。小李不是粗心人,可怎么也想不起他是何时离开自己视线的,这显然有悖于潜水的规矩。既然小笪和自己是一个组的,他有责任去寻找小笪。

皇甫晖用眼神制止了他,气瓶中的余气已超过了警戒线。有人小声嘀咕,别是见财起意吧!这可是一笔巨大的财富,难免不使人猜测他失踪的原因。皇甫晖说:"别胡乱猜,要相信他的良知。"

没多久,小笪终于出水了。小笪一上到小船就忙说:"我又返回补拍了几个镜头,这次的发现太重要了!"

"这种敬业精神很难得!"

小笪微笑,但笑得很怪。

美 人 鱼

皇甫晖要实现她的"植珊瑚造礁计划",首先要解决珊瑚生态学中的种种问题。这个宏伟的工程包括两个方面:一是"播种"——在适宜珊瑚生长的海域,或者是在珊瑚已大片死亡的海域投放珊瑚虫,使其生长繁衍;二是移栽——在已遭到部分破坏的珊瑚礁海域,将活的珊瑚移栽过去,使其恢复、壮大,充分发挥自然本身的动力,犹如在菜地里补缺。无论是哪种方法,关键是珊瑚虫自身的繁殖,这就像植树造林需要种子和幼苗。

珊瑚虫的产卵时间因季节和地理纬度的影响而有差异。就像油菜,南方的油菜三四月已开花了,而在大西北的青海要到七八月才怒放。西沙的珊瑚虫产卵要早于海南的。

珊瑚虫的繁殖方式主要有几种:一是雌雄异体的有性繁殖。二是自我克隆的无性繁殖,这种方式的缺点是时间长了,会引起物种的退化,有些像近亲繁殖。还有一种是产出的卵已经受精了,容易成活,如鹿角珊瑚科的某些品种,也可以称为胎生的。

皇甫晖率领着科研团队,从西沙群岛开始他们的造礁计划。采种,当然要找好的种源。选择种源地是首要的任务。经过这么多年的考察,哪个海域的珊瑚礁生态系统较好,她基本上心中有数。

这天,他们在5号海域考察。皇甫晖带了小张博士和潜水员小笪,潜入大海后,三人畅快地游着,享受着潜水的快乐。海水如蓝色的丝绸,柔滑、透明。

那种无拘无束、自由自在的惬意，让人身心舒泰。正要到达目的地时，眼前一片灿烂，一群大鱼正从珊瑚礁中向他们游来。它们在蓝色的海水中像是一股柠檬黄的涌流，鳞片流光溢彩，头上还亮着一点艳红，像是印度姑娘的吉祥痣，使人眼花缭乱、晕眩。看那个头，个个都有两三斤重。

小张一时慌了手脚，连忙躲闪。小笪已往下潜去。皇甫晖却不动声色，只是停住。柠檬鱼纷纷从她身旁游过……奇了，眼看鱼群已经过去，却又调转回头，居然围着皇甫晖游了起来。有的只是打着圈圈，有的还轻轻地用嘴触着她的潜水镜、潜水服。她也怡然地抚摸着它们，乐得手舞足蹈。

皇甫晖轻松地突出了鱼群重围，游了起来。小张正在庆幸她摆脱了鱼群的纠缠，谁知那些鱼竟跟着她游了起来。她就像美人鱼，率领着鱼群在大海中游戏，一会儿在彩色的珊瑚丛中左回右旋，一会儿蜿蜒翻滚，如海龙腾挪，一会儿又加快速度，如冲锋陷阵……

直看得小张目瞪口呆，心旌摇荡，难道是鱼的欢腾，激得她童心大发，而不是要突出重围？他不再想下去了，而是快速地游到鱼群中。谁知小笪也跟来了。

小张引诱着鱼群，想领着一部分跟他去游戏，可那些鱼视而不见，不理不睬，只顾着跟皇甫晖嬉戏。小张对它们的目中无人愤愤不平，一头冲进了鱼群。谁知几条鱼骤然摇头摆尾地拍打着他，小张只得落荒而逃。小笪的遭遇也不比他好。

小张突然想起，皇甫晖曾在水族馆当过顾问，在她刚和鱼群相遇时，她似乎做了个小动作。是什么开启了她与鱼之间的信息通道？难道鱼也有语言？真是神了。

大约是尽兴了，皇甫晖做了个莫名其妙的动作，鱼群恋恋不舍地走了。皇甫晖停在珊瑚旁。等到小张他们靠近，她给每人指定了工作范围。

后来小张向皇甫晖表达愤愤不平时，她说："我说追我的鱼多嘛，你们还不信!"

这片珊瑚长势较好,团状的、块状的在底层,枝状的、杯状的高高耸起,形成了不同的群落。杯口都闪着荧荧的生命之光,显示着它们体内共生的虫黄藻正在吸收阳光,制造营养。

红色撩眼,皇甫晖游了过去,一丛珊瑚,粉嫩粉嫩,色彩鲜艳、柔和,犹如桃花,很美。她招来了小笪,要他摄影、录像。

小笪一见,异常兴奋,心想:苦心寻觅的红珊瑚原来就藏在这里?还不止一块哩!这块体积这样大!红珊瑚可是以克计价的啊!伸手就想去拾一块小的。

皇甫晖出手比他更快,抓住他的手猛然一拽。小笪差点撞到珊瑚礁上。

待小笪稍定,见黄甫晖虽然没有怒气冲天,但眼神严厉,这才想起队里有规定,水下考察时,不是特殊情况,严禁用手触摸活体珊瑚。刚才自己鬼迷心窍,差点坏了大事。

浮出水面,皇甫晖淡淡地说:"这是棘穗软珊瑚,不是红珊瑚。很美是吧?爱美之心,人皆有之。难得有这样一个群落,体积又大。你肯定是头次见到。"

听得小笪心里像打翻了五味瓶,检讨不是,辩白更糟,后悔莫及,只得一声不吭,小心翼翼地摄影。

小张博士发现,有一处黑色海绵较多。皇甫晖也看到好几处的珊瑚礁都是漆黑一片,像是贴了膏药。海绵曾被误认为是植物,其实它是低等多细胞动物,形状有各种各样的,色彩也不尽相同,红、黄、绛紫的都有。这种黑海绵像地毯,面积大。海绵没有神经系统、消化系统、繁殖系统;没有组织,没有器官,只是一团松软多孔的动物。它不是把细胞集中在一起掠食,而是各自为阵,从水流中获取食物和氧气。

皇甫晖用手撕下一块,发现珊瑚已变了颜色,暗淡无光。接着又撕,情况依然。是的,这些黑色海绵遮住了阳光,又粘住了珊瑚虫掠食的触手,对珊瑚危害极大。

两人忙着清除珊瑚上的黑色海绵。皇甫晖心里一惊,虽然在多年的考察中也偶尔见到过黑海绵爬到了珊瑚上,但没有这样集中暴发过。这里的生态出现了什么问题呢?是那种遏制的生物少了?很可能是猎食海绵的生物少了。

玳瑁就是以海绵为美味的。玳瑁的濒危已是不争的事实,这几天他们连一只都没见到,肯定还另有原因。她反复地、仔细地考察了这里的情况,也未找到黑海绵大量繁殖的原因,只好将其留作以后研究。显然这里不适宜作为采种地。他们又考察了几处,也不理想。

那天小杨来电话,向皇甫晖请示几件事,她提到了最近的困惑。

小杨说:"你不是说岔路风景好吗?"

真是一语点醒梦中人。她想:前几次可能犯了急于求成、直奔主题的错误。她在脑海中搜集着考察过的海域,终于选中了一个地方——3号海域。

没想到这次"岔路风景",最后却"言归正传",对她将要实施的计划构想和实际操作,都产生了重要的影响。

她对小张、小笪说:"今天先考察大环境,再考察珊瑚。"

她并没急于下海,只是在小船上观察着海面。小笪有些不解,又不是来捕鱼的,即使是来捕鱼,她也很难从海面的浪花判别有无鱼群。

船长应皇甫晖的要求,驶到了指定的地点。下海后,她只潜下两三米之处,然后就作水平游动。鱼的密集度在增加。

黄色的带有直纹的蓝黄梅鲷正在追逐一条小鱼,只见它一摆宽阔的鱼尾,就将小鱼咬到嘴中。九丝天竺鲷却像剑客,蓝黄的条纹更显出来去时的果断。像一道白光闪过的是马夫鱼,鱼体好像会发光。

有条黄色的鱼从她面前游过,从外形看应是圆口海鲱鲤。但圆口海鲱鲤的身子应是灰的,直到背鳍末端才露出青色斑块。可这条鱼也有两条触须。但这身上明明是黄黄的鳞片,怎么回事?皇甫晖围着它游了好几圈,还是不能确定。回到研究所,她请来了专门研究鱼分类的孔教授,放了小笪的录像,才确定是圆口海鲱鲤,是条黄化的个体。就像老虎、狮子也有白化的一样,鱼类有时也"变脸"啊!

看到鱼雷般的金枪鱼,他们连忙回避。她就像孩提时代听鬼故事一样,既想看到鲸鱼、鲨鱼,但又怕真的遇到,游了几圈虽然都未碰上,但这里上层鱼以凶猛的大型鱼为主,已给了她深刻的印象。顶层猎食者较多,说明了这里生态系统良好。

她转入了中水层。海洋生物和陆地生物相似,各自占领着上、中、下三层生存空间。

中层有不少都是草食性动物,大型的藻类摆着优美的身姿,常常像阵风吹过草原,也为海景平添了姿色。有些海藻上布满了颜色不一的卵状物,是各种动物的产房。她看到了在高耸的珊瑚礁和海藻中游弋的篮子鱼科的鱼。鹦嘴科的鱼好认,很远就能辨别。刺尾鲷科的鱼也不少,粗略地估计一下,密度较好。

到了底层,就是软体动物和低等动物的世界了。珊瑚礁下爬着笋螺、水字螺、蝾螺、虎斑贝、鲍鱼、海参等。南海的海参个头比北方的要大得多。黑乳参有四五十厘米长,梅花参长得像黄瓜一样。但螺、贝都是夜行性动物,黑夜来临时才狂欢。

小张停在一株高大的蔷薇珊瑚边。皇甫晖游过去了。那里有一群黑色的海胆,圆圆的身子都挺出了长棘,旁边还有几只红色的。黑红相映,组成了另一种风韵,但其形状无外乎两种——"正形"和"歪形"。所谓"正形"的是指外形是球形的,"歪形"的是指外形呈饼形或心形的。

海胆也是珊瑚礁中常见的动物,被发现的化石有四五千种。海胆是研究生物学史方面最早被使用的模式生物。它的卵子和胚胎对早期研究发育生物学做出了重要的贡献。有些海胆标准化石,还是地质学家们研究地层年代的

长着长棘的黑色海胆,在海里组成了美丽的图案。(李珍英 摄)

鹦鹉螺,世界四大名螺之首。螺旋形外壳,形似鹦鹉嘴,故名。(李珍英 摄)

重要依据,因为它们记载了进化的历程。海胆有很多的骨骼板块,这些骨骼板块互相愈合,形成了一个坚固的壳,很像拼图游戏。

别看壳不大,结构却挺有意思的,骨骼板块有各种组合。奇异的是海胆口内复杂的咀嚼器,被称为"亚里士多德神灯"。亚里士多德是古希腊伟大的数学家,可见其众多骨板组合、拼装隐藏着数学的奥妙,难怪科学家将其作为重要研究对象,揭示生命的神奇、伟大。

海洋生物中有的生命进化中的印迹,就揭示了自然的奥妙。如鹦鹉螺,很多人都知道它在仿生学上的意义——世界上以电和核为动力的潜水艇,第一艘都被命名为"鹦鹉螺号"。其实,天文学家还从它的化石上看到了宇宙的演变。它在5.4亿年前就在地球上生存,在无脊椎动物出现之前,是海上的巨无霸,身长可达10米。在它火焰纹的壳上,每天长出一纹,每月长出一格,很像树木的年轮。从已发现的化石来看,最早的是每月有18条纹,也就是说那时每月只有18天。随着时间的推移,鹦鹉螺化石上的条纹在逐渐增加,每月的条纹逐渐增加到20条、24条……直到今天的29条多一点,也就是现在农历每月的天数。每月天数的增加,说明了月球离地球越来越远,佐证了宇宙正在膨胀。

一条炮弹鱼在黑海胆群中游弋,有时擦着长刺,有时竟从林立的长刺中穿过……嘿!它居然毫不在乎长刺的尖锐,更不怕刺的毒液。有的海胆身上的刺有毒囊。小张想,可能是因为炮弹鱼的皮较厚吧,因为他见过从事海钓的渔民,将炮弹鱼的皮包在钓钩上做饵。

炮弹鱼发起攻击

黑海胆当然感到了危险,已在移动,可速度慢得惊人。上苍只给它满背的长刺作为吓唬敌人、保卫自己的武器,却没给它像兔子一样快速跑动的腿。平时,它每天移动的距离最多只有几十厘米。

看情景,炮弹鱼已选中了目标——一个最大的黑海胆。黑海胆吓昏了?怎么不赶快跑,竟然像是在打转转?

小张还没看清炮弹鱼是怎么移动的,黑海胆却一下跳了起来,又平稳地落到混浊的水底。炮弹鱼还在那里。黑海胆又跳了起来,这次跳得更高,落下时也还算从容。海水更浑了。炮弹鱼毫不气馁,不急不躁,很淡定。黑海胆又跳了起来,这次就没前两次的镇定了。它虽然竭力想稳住身子,但仍然在空中歪歪趔趔,忽上忽下,忽东忽西,摇摇晃晃,像在"风洞"上玩冒险。虽然这些都是瞬间发生的,但小张还是看清了,原来是炮弹鱼在朝黑海胆猛烈吹气。

突然,像是狂吹的风力骤停。黑海胆掉下来了,翻倒在海底,露出柔软的肚皮。炮弹鱼上去只是在它肚皮上咬了一小口,品味了一番,才很有风度且优雅地进食。没一会儿,它又去选第二个目标,只留下黑海胆的一堆长棘、板块。几条小蝴蝶鱼连忙拥来收拾残羹剩饭。

小张惊叹炮弹鱼的"气功"——你用长剑武装,让猎手无法下嘴,我就把你掀翻在地;虽然没手,可我有嘴。有个成语不是说"不费吹灰之力"吗?你当然不是灰,我只要用力吹,还不能把你吹翻,露出你的软肋?

每当海底有沙腾起时,黑海胆立即跳起,就是炮弹鱼运"气功"的证明。

小笪、小张直叫"大开眼界!大开眼界!",常说一物降一物,太经典了。

黑海胆营养丰富,是食客眼中的一道美味,饭馆里常将鸡蛋打入其中,上笼蒸。正因为如此,它遭到了疯狂的捕杀。皇甫晖曾看过一则报道,说是检查到一艘渔船,上面装的全是黑海胆。

海胆的大量消失,导致海藻疯长,从而抢夺珊瑚生存的空间。

珊瑚礁中每种生物都是这个生态系统中的一员,组成了共同命运的生物圈。

他们又考察了这里的珊瑚,发现不仅数量丰富,而且品种较多。这个海域的生物立体空间分布,给了皇甫晖深刻的印象。上、中、下层的鱼、海藻、螺、贝、珊瑚……构建了一个以珊瑚礁为主体的良好的生态系统。可以做决定了,这儿是采集珊瑚虫的种源基地。

珊瑚虫的繁殖行为各有各的特点,产卵的时间也不尽相同,如大规模繁育,当然不可能每个品种都采集到。好在资料中显示,在一年中,它们有时集体产卵,但集体产卵的时间不是固定的,只有一个约数,似乎它们是从浩瀚的宇宙中得到了某种神秘的指令,然后才纷纷赶场,集体分娩。

皇甫晖主持了讨论,几乎没有任何的争论,只有一个办法,就是在一定的时间里,每天加强观察,其实这也是最稳妥的办法。

珊瑚虫的生活和很多海洋生物一样,都与太阳和月亮有关。它是夜行性动物,因而皇甫晖他们需要夜潜。夜潜虽然充满了浪漫,亦幻亦真的海底世界非常诱人,但他们不是专业潜水员,又不在旅游地的潜水点,而是在浩瀚的大海,更没有专业的潜水船,只是租来的一艘大木船,因而也就充满了危险、挑战。

危险的事,皇甫晖总是责无旁贷地第一个去做。头次夜潜,她就带了小张、小笪、小袁下海了。大家也都愿意跟着她。因为她毕竟经验多,主意多,能够稳定军心。她向每个人交代清楚各自的任务,强调了纪律,就下海了。

炮弹鱼（来自壹图网）

谁知第一次夜潜就出了事。皇甫晖选了一株容光焕发的蔷薇珊瑚。它枝头饱满，触手分了几层，像是紫色的节节花，每条触手都欢畅地舞动，洋溢着旺盛的生命力。她选了一截掰下，可一看横截面并没有色彩的变化，只能隐约看到卵痕，说明卵子正在发育阶段。她连忙用专用的黏合剂，把它再栽到珊瑚礁上。她连掰了两株不同品种的珊瑚，其横截面的形象都相似。她招呼同伴上浮，一检查，却少了小笪。再看大船的灯光，却离得远了，无法要船上的人参加搜寻，只好连忙下潜去寻找。

可三个人根本没寻到小笪的影子。夜潜时必须打开头灯，但是他们在视野范围内连一点光晕也没有发现。

小笪是专业潜水员，不应该犯离开同伴的低级错误。

尽管惊出了一身冷汗，皇甫晖还是从容地安慰大家，强调了纪律后，再下潜寻找。她多了个心眼，要小张留在海面观察。他们又下潜了两次，还是没找到小笪的踪影。小袁、小张有些惊慌,小笪还能是被鲨鱼吞食了?可谁都没发现鲨鱼。鲨鱼体大,游速快,若是它来了,不会一点声音都没有。再说,若是小笪遭到它的袭击,作为一个专业潜水员,不可能不防卫。他有潜水刀,格斗起来,仅是水的泼喇声,都会响彻周围。小笪还能被鲨鱼一口吞掉吗?尽管是轻潜,但仅仅背上的两个氧气瓶也够鲨鱼受的。"不可能。"皇甫晖用这些话去安慰他俩。

她看了看手表,从时间来看,氧气瓶中的氧气也不多了。于是,她做了个决定,不下潜去找了,干脆三个人都留在海面,只是各人注视一个方向。

没一会儿,小袁发现了海面上有灯光,可距离最少有百米。他怕是发光的鱼或发光的浮游生物,揉了揉眼再看,确认是灯光,才高兴地喊道:"灯光!在那边!"

皇甫晖确认那是灯光后,心里的一块石头落了底。可小笪怎么会漂到那样远的地方?她拼尽全身力气,大喊:"小笪——"

隐约中有了应答声。可声音怎么那么微弱?小笪受伤了?她刚落下的心又提了起来。小袁说:"虽然海面平阔,但正处逆风。不会有事的,注意看,他正在奋力游哩!"

皇甫晖看了一会儿,说:"可能是碰到海流了,又带着分量不轻的摄像机。我去接他!"

小袁已像飞鱼一样游了出去:"我力气大!我去!"

皇甫晖和小张连忙向大船发信号,要他们赶过来。

海流是大海中并不罕见的海水运动方式,有的强劲,有的却可以不动声色地把潜水员带走。

小笪看到灯光向他游来,心情安定了许多。否则,孤身一人在黑暗的大海上,说不恐惧,不心慌,那是骗人的。

等到两人能听到声音了。小笪大喊一声:"别再过来了!这里有股海流,别把两人都搭进去！"

小袁一听这话，眼看他游得很费劲，还是憋足了全身力气，向他冲去。

海流确实强劲。小袁尽量抬高身子，减少接触面。待够得着时，小袁一把抓住小笪，拖着他就走，将他带出了海流。

小笪确已筋疲力尽了，小袁拼尽全力带着他。

待到与皇甫晖会合，大船也赶到了。皇甫晖催他们赶快上船，小笪却赖着不上，说："我把摄像机弄丢了，休息一下就去找。"

皇甫晖朝他头上就是一掌："丢了就丢了！命重要还是摄像机重要？我来赔！"

三人硬是拉的拉、推的推，把小笪架上了船。

待到三人都缓过气来，小笪才说出了原委："我正在拍摄一片鹿角珊瑚，它至少分成了三个层次，底层的如小鹿群卧，中层的如灌木丛，高层的像是雄鹿昂角，色彩有绿的、白的、淡黄的，层峦叠嶂，气势壮观——为了拍得清晰，我打开了大灯。

"只拍了五六秒，突然镜头紊乱，只见几条海鳗从珊瑚礁中蹿出。它们又粗又长，龇着锋利的牙齿就向我扑来。我知道它们的凶猛，连忙闪开。可有一条竟向我的腿咬来。只要挨到一口，肯定是个口子。我得拼命游。可在海里怎能游过它？只能使用防身武器，等到抽出潜水刀，好像碰到了它一下，它才稍稍收敛一些。我瞅个空子，突了出来。正想上浮给你们发信号，它却又追了上来，我只好再逃。只要发现它接近，我就停下，挥舞猎刀。它一畏缩，我就逃。我突然想起很可能是头灯惹的祸，给它指引了目标，当机立断应该关掉。可它没了目标，我也会失去方向，陷入黑暗。这样的剧烈运动，耗费的氧气特别多，只顾逃命，连看气表都来不及，但估计氧气瓶中的氧气也不多了。反正都是在劫难逃，不如拼了，我随手就关了头灯。还未来得及庆幸，谁知又遇上海流……"

魔鬼很淘气

首席科学家是研究团队的灵魂。事故给皇甫晖敲了警钟,她决定暂停3号海域的夜潜。但珊瑚虫产卵时间又迫在眉睫,讨论了几次,也未找到好的办法。可大家并没有看到她愁眉苦脸,她仍和平时一样,该笑笑,该玩玩。小袁他们知道,她正在苦苦思索着解决的办法。他们想起平时碰到难事向她报告时,她总是不急不躁,只有一句话:"想办法呗。"

这天晚饭后,大家在海边散步。走着走着,皇甫晖眼前一亮——是被海浪打上来的鹦鹉螺壳。螺壳上火焰般的花纹闪出了绚丽的色彩。

鹦鹉螺生活在100米的深海,平时很难看到。一般人只知道它的美丽,是四大名螺之首,但被风浪打上海滩来的更属罕见。

小袁弯腰将它拾起。

小张说:"头壳都碎了。"

"里面隔仓还在。"小袁说。

小张拿过去嗅了嗅:"臭了。"顺手就把它甩掉。

皇甫晖却去拾了过来,在海水中洗了洗,说:"回船。"

她的脸上闪过一丝狡黠、顽皮而又得意的神情。

皇甫晖泡了壶功夫茶,坐在甲板上。大家也都坐了过去,心里都在想,她肯定有了新的重大的发现。

直到茶过三巡,她终于开口了:"谁在大海中见过活体的鹦鹉螺?"

原来是这样简单的问题,不会吧?

皇甫晖又问:"谁知道鹦鹉螺什么时间喜欢到海面上来?"

小张是研究珊瑚生态的,说:"我见过一个资料上说,某人看到成片的鹦鹉螺漂浮在海面上,集聚的场面宏大、惊人。那正是个月圆之夜。它们最喜月圆之夜到海面上开派对……你是不是说,珊瑚虫产卵也可能有这种习性?"

"茶也喝出味了。就从这方面拓展思路、调整方案吧。"说着,皇甫晖就走了,"都累了一天,快进舱休息吧!"

其实她没有点明月球的脉动是大海的呼吸,潮起潮落与海洋生物息息相关。相信小袁他们会想到这层,这就是鹦鹉螺触发的灵感。

很多成名的自然科学家都说,激情和灵感是科学研究的灵魂,而并非文学家、艺术家的专利!

她在当天的考察笔记本上重重地写下了"鹦鹉螺的启示"几个字。

刚写完,一个绝妙的主意跳了出来:何不来个"智力游戏"?

第二天一早,她给大家安排一个智力游戏,参与者有奖,她在记事板上写下"鹦鹉螺的启示——月圆夜的玄机"。

连她自己也没想到,之后的几天,常有队员们写下文字。

调整后的方案,可用一个成语"守株待兔"来概括。这很像猎人在追踪野兽,总要等到追猎的对象"有路"时,才选择下弓、下吊或潜伏狩猎。所谓"有路",就是指掌握猎物的行动规律。否则漫山遍野地跑,不累死才怪!

离月圆还有几天。小袁他们夜晚有时也去礁盘考察珊瑚虫卵的成熟状况。礁盘上的水浅,比较安全。采种准备工作正紧张地进行,一切都在等待那振奋人心的时刻。对皇甫晖他们来说,那也是虎口夺粮的战斗,充满了渴望,充满了挑战。

小笪第一次听到别人说"虎口夺粮"时很不解,不就采种吗?小小的珊瑚虫还能吃人?荒唐!他问小袁,小袁说到时候别吓得尿裤子就行了!

追梦珊瑚——献给为保护珊瑚而奋斗的科学家

这天,他们乘了艘小船到沙岛考察。小船锚在海湾处。渔民说有海龟在上面产蛋。大白天当然不可能看到。

海龟是种神奇的动物。它出壳后就向大海奔跑,这时常有海鸟群集,跑慢了或跌到坑里爬不上来,那就成了海鸟的美食。幸运者在大海中成长后,不管千里万里,总要回到出生地去产蛋。卵如乒乓球大小,要在沙中自然孵化六十多天,小生命才能成长。盗猎分子正是利用这种规律捕捉、掏蛋,给保护工作带来了很多困难。渔民小郑保护海龟岛的计划已在实施,不知是否能兼顾这边。小袁在海滩上看到有蛋的沙窝基本上完好,只是有两三个窝不知被哪个家伙掏开了,满地碎壳。小袁做了一些处理后就往回走了。

蝠鲼（选自壹图网）

135

刚看到海边,他们个个都惊呆了——大海有庆典?啥时铺起了黑地毯?地毯上布满了白色的花点,弥漫着朦胧的钢蓝色。那面积总有200多平方米。总有两三分钟的静场,只有海风轻拂。第一个回过神的,嘀咕了一声:"鱼?"

"是水上鬼怪式飞机?三角形的'翅膀'。"

"它不是地毯。"

"它有头有尾。"

"它在游动。"

它像长了"翅膀"——像蝙蝠展开的皮翼。吓人得很,总有七八米宽。头有异样,长了两个角。尾巴也怪,又细又长。只见它"翅膀"一扇,没溅出一丝浪花,就已滑到10多米外。好大的身躯!总有三四吨重!

"魔鬼鱼!"小笪带着颤音说。

"蝠鲼!"皇甫晖证实。

大家全都乐了。它是现存的古老的海生动物之一,是极稀有的物种,虽然资料上记载了它在东海、黄海的踪迹,但目前已处于极度濒危之中,很难见到。但关于它的童话、传说,倒是不一定罕见。

今天,是什么风把它们吹来了,而且是一群!两条体形较大,两条体形较小,难道是一个家族?有一条竟游向小船,低头两翅一夹,已从船底游到这侧。忽然之间,小船已动了起来。

它居然能拖动小船!最少也有几百斤呀!

"坏事!"小笪边说边要跑过去。皇甫晖厉声说:"别惹它!"

小笪担忧:"把船拖去,我们怎么回去?"

"没了命,要船有啥用?"皇甫晖说。

小笪有些不服:"看样子它们挺温驯的,也不像传说中那样吓人!"

"大熊猫温驯吧?惹急了,黑熊都怕它。大熊猫轻轻一掌就把黑熊打成脑震荡!不信,你就去试试。它正玩在兴头上,借小船找找乐子也不许?"

那条蝠鲼拖着、推着小船,玩得挺高兴,引来了另一条体形较小的也来参与。闹剧开始了:你往这边拖,它往那边拉。小船一会儿歪趄,一会儿打转转。

另两条体形大的,只轻轻一夹"翅膀",犹如箭一样射出。姿势随意而优雅,说它随意是因为翅膀呈波浪形,与一般鸟儿翅膀扇动的形状不一样,速度像闪电一般。黑色翅膀上星星点点的雪白,透出别样的风韵。

它们向海湾口游去。玩船的见到伙伴出行,连忙弃船追随。小笪纠结的心放下了。船离海边不太远,他想游水去把它拖回,看了皇甫晖一眼,她的神色依然严厉。

为什么?难道他是海上神仙,能脚踏水波回去?坏了,它又折回来推着小船走了。小笪心中叫苦不迭。它们已游出了海湾口,影影绰绰。小张的脸上立刻充满了失落,小笪却是更加惶恐、焦急。

只有皇甫晖聚精会神地注视着。

阳光灿烂,浪花上不断闪出金星,海风忽紧忽慢地拂面。只见一条蝠鲼突然蹿出大海,翻了个跟头,留下一抹无比优美的弧线,落到水面,轰然雷鸣震耳,浪花四射。

另一条蝠鲼也一跃而起,没翻跟头,只管重重地落下,将海面砸出1米多高的浪头,几人不觉一凛。

谁惊叫一声:"真是如雷贯耳!"

这是在五六百米开外,据说其声能传一两千米。

"千万别往小船上砸。要是落到小船上,还不粉身碎骨?"小笪的担心不无道理。

"别只管看热闹。鱼类行为学是重要的学科!"皇甫晖说。

那两位弃了船的也参与到"狂轰滥炸"中。它们似乎是换了一种玩法:跃出海面飞行,滑行了几米,才飞掠入水,扑着翅膀,一路拍打。虽然它们没有飞鱼长距离飞行的本领,但更加震魂慑魄。霎时,海面上四条大鱼纷纷飞起,电闪雷鸣……

海湾喇叭口形成了一道弧形的水浪。

最有趣的是那两只玩船的蝠鲼,腾飞之后,总也忘不了把落后的小船拖出,这对小笃多少是个安慰。

看来场面纷繁,皇甫晖却悟出了其中的奥妙:它们组成的是散兵线,散兵线在海湾口的弧线上。散兵线上的每一位都在履行着自己的职责。

"针鱼!"小笃有了新发现。

追梦珊瑚——献给为保护珊瑚而奋斗的科学家

天上掉下个小蝠鲼

一群针鱼飞快地游进了海湾,仓仓皇皇。针鱼苗条细长,10多厘米长,特殊在于嘴也长,有四五厘米,当然绝不能与剑鱼又扁又阔又厚的嘴相比。它们的嘴又尖又细,如针,这个特点只要见一次,就再也忘不了。

针鱼和沙丁鱼习性相同,喜爱结群。小鱼结群是将种群利益看作至高无上的生存智慧。在弱肉强食的海底世界遇到强敌时,以团队的力量和对手周旋,这样,再强大的敌人,也不能将整个鱼群扫荡干净。只要能存一部分,就保

针鱼(杨剑辉 摄)

139

护了生命的种子。

针鱼挤得密密麻麻。小笪乐了:"原来它们是在赶鱼!"

"鱼能不以食为天?"小张调侃。

小笪心想,一网兜下去,不装满了才怪哩!

针鱼的防卫方式之一,是"结阵",阵形或圆,或线,或旋,或难以名状,以变化多端的阵形迷惑敌人,使得群体中有的同伴能伺机突围。其实,小型鸟也具有这种生存智慧。椋鸟常常结群数万只,当猛禽如游隼等攻击时,它们立即结成古里古怪的阵形,忽而为陀螺,忽而如旋风,忽而如急流……比鱼阵花样繁复。据有的鸟类学家说,一只椋鸟要同时兼顾到身边七只同伴的动作,才能保证阵形在忽闪之间完成改变,才能使冲进鸟群之中的游隼无论如何都无法锁定攻击目标!

至今,最优秀的飞行员,对它们的飞行技巧依然只能望洋兴叹!

怪事,这些针鱼好像不会排阵,或是忘了祖宗留下的阵图,都变得傻乎乎、晕乎乎。蝠鲼们进入了海湾,缩小了包围圈。海面上骤然沉静,只有海浪的起伏。

哈哈!蝠鲼们正用头上的两只"手"扒着已昏头昏脑的针鱼往阔嘴中送,就像用扫帚把鱼往簸箕里扫。有鱼企图突围时,那"手"却灵活地将它们拢了过来。

蝠鲼嘴边的两只"手",当然不是手,而是头鳍进化而成的。因为只吃小鱼、浮游生物,所以蝠鲼头部的进化最为成功。乍看头型很特殊,很像海牛,嘴呈长方形,阔大,很像非洲河马;牙齿没有那样大,而是细密的。其实这种结构有利于捕食小鱼小虾和浮游生物。食物决定了它们器官的进化。

当然,那所谓的翅膀,也是由胸鳍进化而来的。飞鱼的翅膀薄如蜻蜓羽翅,其上还有黄蓝色的花纹。多了一种生存的技巧,就多了一个生存的机会。

生命为了适应环境,为了生存发展,曾做过多么艰难、勇敢、不屈不挠的努力！一部生物进化史，就是一部最壮丽的生命奋斗史诗！

四条蝠鲼很有次序地吃着，神情优雅、闲适，吃得津津有味。不像皇甫晖在南沙群岛看到的剑鱼们，它们横冲直撞、穷凶极恶，如狂风扫落叶一般。只有那两条玩船的蝠鲼，不时还要去光顾一下小船，或拖或拉或推。

皇甫晖看清了。有些针鱼趁蝠鲼们大快朵颐时，突围而去。其实，被震得昏头昏脑的不光是针鱼，好像还有螃蟹、红鱼、蝴蝶鱼……

"它们的吃相都温文尔雅的，怎么落下'魔鬼鱼'的恶名？"小张为蝠鲼抱不平。

小袁说："仅仅是庞大的身躯和奇怪的模样就够吓人了。它还从你头上飞过，雷声砰然，就连你我都会被吓一跳。"

在几人的小声议论中，蝠鲼们掠食的节奏逐渐慢了下来。

玩船的又去拖着小船，在海湾中遛圈。另一只却腾地飞了起来，从空中越过小船，才落到海中。

看得小袁也乐了："哥们，再来一个！"蝠鲼有灵性，竟然真的从那边飞了过来。"鱼跃滚翻，再来一个。"别说，还真像体操运动员在表演。另一条也来参加了。一个从小船这边往那边跃，一个从那边向这边飞——它们从蓝色的大海中凌空而出，阳刚而俊美。黑色的背影上是雪白的斑点，似繁星闪耀，到最高点时，低头弓背。它们跃起时在蓝天中划下一道柔美的弧线，再轰然雷鸣，重归大海。

它们飞跃腾挪、纵横交错的身影，洋溢着迷人的缭乱……看得皇甫晖像个小姑娘似的跳起、欢呼。是人的欢腾雀跃感染了大海，感染了蝠鲼？

一条一直似是闭目养神、体形较大的蝠鲼，突然游动起来。它扇动双翅，甩起尾巴，闪电一般，如一块巨型的魔毯在蔚蓝的大海中疾驰！它行动诡秘，时而侧身，时而抖动，显得有些躁动不安。所到之处，其他蝠鲼连忙闪开。

蝠鲼是著名的快乐流浪汉，用现在的时髦话说是"慢生活"，悠闲、怡然自得,可现在……皇甫晖没揣测出什么原因。难道是感知到有大鲨、大鲸来袭?她观察了海湾入口处,没发现任何踪迹。再说,若真的遭遇大鲸、猛鲨,这些海中的霸王都会对它退避三舍,因为它虽然没有又大又锋利的牙,但体形大,还会跃出水面采取泰山压顶的反击,更要命的是它长长的尾巴暗藏毒针,犹如钢鞭,挥动起来威力无穷……

难道是感知到有另一种"身怀绝技"的家伙?或者是已经遭殃?大海中不乏身怀绝技的动物,如小小的刺鲀能战胜庞大的鲨鱼。有的芋螺暗藏毒针,杀伤力极大,能致人死亡。是的,最强大的动物也有致命的弱点,最弱小的动物也有生存的本领。

皇甫晖正在百思不得其解时,那蝠鲼却打起了旋旋。令人难以置信的是几米长的翅膀竟然能灵巧地做出如此高难度动作,它越旋越快,就像在不断给发条铆劲。突然,它蹿出海,飞上了天空,还没看清它是怎么动作的,腹部猛然掉下一团肉。怎么?被谁咬掉了?它受伤了?

正在大家惊恐之际,谁喊了声:"小鱼!"

小鱼落到水中就游了起来——哈哈!也是黑黑的三角翅,怪怪的头,长长的尾,黑翅上也闪着银亮的星星……不是小蝠鲼又是谁!

大家先是一惊,惊愕了片刻,又是欢呼,又是雀跃,又是热烈地鼓掌!庆祝新生命的降临!

"祝你生日快乐!祝你生日快乐……"皇甫晖唱起来了,小袁唱起来了,小张唱起来了,小笪跟着哼起来了……

"真是从天而降!"

"神奇。闻所未闻!还有这样生孩子的?"只听说过树蛙,把卵袋挂在池塘、小溪上空的树枝上,小蝌蚪一出来就成自由落体,掉到了水中。

"它为什么要做旋转运动?"

"很可能是加速运动,才可能得到腾空的动力,在跃起的瞬间,借力将孩子分娩出。"

"难怪它焦躁不安,或许是产前的阵痛?"

"它一生下来就这样大?总有米把长!"

"妈妈用'手'去抱它了!"

"还在亲吻哩!"

"是要给它喂头乳?"

"它是卵胎生,怀的是卵,一出壳就降生,不是哺乳动物。"

"再来一个!"

"不可能。它每胎只怀一颗卵。不像翻车鱼,一次要产一亿多颗卵。这种繁殖行为,加上人类的滥捕,它就成了极度濒危物种。加强保护更为重要。"

正当大家议论时,蝠鲼们已拥到小蝠鲼这边。

"原来体形大的,才是雌性!大小很明显。"小笪为发现而高兴。

这就是海洋探险的无穷魅力!

妈妈带着孩子游走了,小家伙跟前跟后。妈妈不时回头顾盼,有时还用"手"环抱共游,充满了亲情、温馨。蝠鲼们尾随而去,就像簇拥着英雄凯旋。是喜悦,还是玩腻了?小船留在了海湾。它们的身影渐渐远去,在蔚蓝的大海上,开满银花一片……

皇甫晖送别了蝠鲼,从澎湃的思绪中醒来:"它给我们带来了好消息,还给我们上了预备课。虎口夺粮也就是明后天的事了!快去把小船拖靠岸,火速回去准备。应急方案要调整。"

"它和珊瑚虫是亲戚?珊瑚虫也是卵胎生?"小笪给说蒙了。

小袁、小张忽有所悟,但还没理清头绪。然而,从皇甫晖满脸的阳光灿烂看,她肯定有了新发现。

是的,蝠鲼的到来,印证了她的伟大猜想!

她在考察笔记上写下"蝠鲼到来的预示",又走出舱房,在记事板上的

143

"智力游戏"一栏,接在"鹦鹉螺的启示——月圆夜的玄机"之后,写下"蝠鲼来了"几个字。

好不容易盼到了这月的十五,是皇甫晖挑选的"黄道吉日",印证她猜想的好日子。

傍晚时落雨了,雨给热带海岛带来了清凉,可带给皇甫晖他们的是坐立不安。虽然风并不大,但阴云遮住了月亮。别说雨中夜潜风险太大,没有了圆月,采种计划也就泡汤了。说"万事俱备,只欠圆月"也不为过。

皇甫晖不时走出船舱,察看着风云变幻,终于说:"看来是过路雨,吉人自有天相。要是谁能把月亮急出来,就使劲急吧!"那股天真顽皮劲,连船长都被说笑了。热带的雨,来得快,去得也快。顿时蓝天洞开,阳光如金子般洒下。

"启航,3号海域!"皇甫晖说。

尽管蓝天上还有疾驰的乌云,高空却是白云悠悠。西天晚霞绚丽,鲜红的霞光、金色的云朵、紫色的霓彩辉煌壮丽,映得大海犹如一块调色板。

"彩虹!我架起了彩虹!"皇甫晖兴高采烈。真的,一点不假。她的身上镀着红橙黄绿青蓝紫的光泽,连满头秀发都是彩色。彩虹凌空,落到远方,蔚蓝的大海中顿时映出彩带。

一船的人都异常惊喜。如此幸运,有几人能碰上?大自然太神奇了!

"好兆头!"小袁也很兴奋。

"我们正驶向童话世界。"小张感觉太美妙了。

在霞光迷离中,他们到达了3号海域,下了锚。人们都在甲板上欣赏着海浪的变幻,霞光随着浮气聚散而聚散。东边映出一片银辉,圆月缓缓地升上了海面,朦胧的乳白瞬间无声无息充溢在海天之间。幽深的天幕上生出闪烁的明星,显出了浪的波纹。大海显得尤为浩瀚。

随着月亮的升高,小张的心情开始演变:晚霞消失了,茫茫的大海,朦胧的天地之间，只有一叶小舟在上下起伏。没有人，没有车马，更没有小鸟的一声啾啾，空寂、孤独从四面八方涌来，就像刚踏进沙漠，金色的世界、沙山的流动，都使旅人心中震撼。然而，不知不觉中，眼空了，心空了。为了防止灯光的干扰，或趋光性动物的贸然而至，船上只在舱内留下一盏照明灯。

"听，大海在说话了。"皇甫晖短短的一句话，充满了睿智，还带有哲理的韵味。是的，栖息大海的动物们开始了神秘的夜生活。这里那里响起了鱼跳水的声音，远处时而蹿起大浪，为焦急的他们带来了抚慰。

小张拍了拍脸颊，从迷幻中醒来。四周有了同伴们的声音，大海有了呼吸。其实，他刚才的情绪，正是孤身探险人常遇的心情。可是海上仍然没有珊瑚虫产卵的征兆，一丝一毫也没有。

大家的情绪，当然逃不过皇甫晖的眼睛。

"小袁，你在船那边，低于甲板的地方吊个一千瓦的灯泡，看看有没有客人要来，说不定还有意外的收获。闲着也是闲着。比赛一下，要是两手空空，明天就只能吃洋葱炒土豆丝了！"一句话，活跃了一船人。

渔猎生活可以使人成长，人类的基因中深深地烙着印痕。至今，渔猎还具有无限的魅力召唤着人们。难怪真正的钓手会把钓上来的鱼立即放生，只是为了享受捕猎的快乐，追忆着童年的足迹。利用某些鱼的趋光性，用灯光诱捕，是渔民们常用的一种捕猎方法。灯光把鱼诱来，有时一网下去能收

渔猎（李珍英 摄）

获几百上千斤。

　　皇甫晖就有这样的本事,把最无趣的事变成兴趣盎然的乐子。难怪平时大家都愿跟她共事。难怪她常说"追我的人多得去了"。

　　她泡了壶功夫茶,坐在甲板矮桌边,密切地注视着海面上的波纹变化。灯光被控制在船那边。

　　没多会儿,船那边就响起了扑喇声,以及小袁他们的惊喜的喊声。

　　"海蟹！好大,快捞！别只拿着捞网傻看。"小袁急得对小张大喊。

　　"真笨,迎着鱼头捞。追着它屁股,还不跑掉？这条红鱼有两三斤重。"

飞鱼（选自壹图网）

突然,一阵扑哧声连连响起。

"飞鱼,飞鱼!"

真是一群飞鱼,眼看捞网逼近,纷纷蹿出水面,展开翅膀,在水面飞翔——准确地说,应是滑翔——连翅上的黄蓝花纹都看得清清楚楚。

皇甫晖不觉偏头向那边瞥了一眼,只见银光一闪,接着就听到吧嗒几声,几条飞鱼竟然落到了船甲板上。

这引得她童心大发,但育珊瑚造礁的宏伟计划使她想到了自己的职责。是的,从鹦鹉螺给予的灵感和蝠鲼到来的预示,再加上对珊瑚虫的研究,这个计划应该是可行的。但等来了这月的十五,珊瑚虫却好像忘了产卵,连一点迹象也没有。除了小袁他们的快乐,海天一片寂静。是哪个环节出了问题?

皇甫晖一边注视着海面的变化,一边苦苦地思索。

"海鳗!"小笪惊叫。

"别把表兄弟看错了。海鳗的头这样小?"小张提示。

"海蛇!"小袁说。

一听是海蛇,喜得小笪伸网就去捞。

小袁不容分说,伸手夺过捞网。

"干吗?干吗?上百元一斤,味道比海鳗还鲜几倍!"

"所有海蛇都有剧毒!这时不能惹它!"

皇甫晖也坐不住了,到了这边一看,她也吃惊:这是海蛇群,黑压压一片,像是一股黑色的海流,闪着幽灵般的气势,看着都起鸡皮疙瘩。海蛇群体庞大,前呼后拥,还不知灯光外究竟有多长的队伍。若在平时,他们会采取另一种措施,但在这重要的节口,她不愿横生枝节。

"把灯关掉!注意它们的行动!"

海面顿时陷入黑暗中。

月上中天了,还是看不到珊瑚虫的任何动静。

皇甫晖问船长："退潮是否已近尾声？"得到了肯定的答复后，她宣布："返航！"

空等一夜，就这么空手而返？

"珊瑚虫会不会在下半夜产卵？"不知谁冒出了一句。

"不可能！"她回答得干脆、坚决。

皇甫晖当然理解队员们的心情。其实，她下达了返航命令也是经过思想斗争的。她相信自己的判断，科学实验很可能要失败一千次，但在一千零一次时成功了。关键是坚定自己的信念。

"是不是哪个环节出了疏忽？"小袁试探性地问。

"怀疑自己？这个方案讨论多次了。别忘了，还有十五的月亮十六圆一说！"

"我去采两个标本吧！"小袁建议。

"不会出错的。停船！我也去。"皇甫晖想，工作做细点也没错。其实，她心里想的是，根本没这个必要。坐了大半夜，松松筋骨也很好，想了想，她对小袁说："博个彩吧！谁输了，回去请大家喝咖啡、跳舞。"

小袁立即伸手与她击掌。

好在船没驶远，掉转头就到了3号海域。

他们潜到珊瑚礁处，小袁刚折断一枝珊瑚，虽在水下，但横截面的卵已成了粉红色，圆形的虫卵饱满得发亮，他立即竖起了大拇指。皇甫晖也察看了两个品种，那粉红的横截面如含苞待放的桃花。用黏合剂将珊瑚复原后，他们就上浮出海了。

小张问："谁请客？"

皇甫晖说："你也想博彩？"

"谁敢和你打赌？我肯定没有赢的机会，除了月亮从西边出来！"

"学乖了。你们哪次赢过我？"皇甫晖那副扬扬得意的样子，把船长都逗笑了。

　　满船的焦急与失望,顷刻化为嘻嘻哈哈。在这随意的笑谈中,洋溢着信心、坚定。

海上漂起红带子

今天的海况依然很好,清风微浪。蓝天晶莹,一丝云也没有。

到达3号海域,船刚停下,落日的余晖还映在西天,皇甫晖惊呼:"金月,金色的月亮!"

真的,圆月如一块金饼冉冉升起了。西天的一抹余晖却不像落日,倒更像金月的辉映。西边太阳、东边月亮……奇异的天象,将神秘和温暖散布到探海者的心里。

船长说:"好兆头!"

难道多少个日日夜夜的搜索,多少份无限的期待,就要在今晚揭晓?

紧张、兴奋。船上一片寂静。

微波、细浪声中传来了鱼跳声。今晚的鱼跳声要比昨晚热烈,像是一幕大戏开始前的热场锣鼓。海面上弥漫着诡秘的水汽。

天空中微微的穿行声惊动了皇甫晖,她刚抬头搜索,便见几只披着金色月光的白色海鸟已映在海空。海鸟的反常,激得皇甫晖原已平静的心荡起涟漪。

"海鸟怎么突然变成了夜行客?平时难得在夜间看到它们。"喃喃低语的是小笪。

皇甫晖却下达了命令:"打起精神,注意监测水面的变化!"

其实,海鸟的出现和皇甫晖的神情,小袁、小张已心领神会。然而,像是有意考验他们的耐心,海鸟的身影却消失了。只是,大海似乎比刚才要喧闹。

皇甫晖也在等待中,她问船长:"潮水是否开始退了?"

"快退了。"

"黄甫晖老师,我这边的海面似乎有些变化!"

是的,小张监测的海面确有细微的变化。是什么?好像是海水的颜色有些异样。

"潮水在退了。"船长说。

天空飞来了几群海鸟,不管来自哪个方向,都向这边海域匆匆赶来。

"会不会是红海藻?似乎还发光。"小袁说。

皇甫晖没有回答。

过了一会儿,小张说:"冒红的速度很快,感染的面积大。无论哪种海藻都没有这样的繁殖速度。"小张也研究过海藻。

"会不会是从海底浮到海面的?"小袁又问。

"不可能,这是大洋,不是出海口的近岸。几大监测站的资料都说明水质很好。"小张说得斩钉截铁。

"那就是珊瑚虫产卵了!"

船上响起一片欢呼声!最难忘的奇迹出现了。

珊瑚虫像冥冥之中接到了指令,从自己营造的城堡——碳酸钙的外骨骼中游出来,纷纷向集体产卵场集合。

"我们开始吧!"小袁提议。

"再等等。"皇甫晖虽然心潮澎湃,但作为科学家,她自有足够的定力。

圆月金色的光辉洒在正在冒红的海面上。涌起的波涛、白色海鸟飞掠的身影交相辉映出一幅充满无比神秘、奇妙的画面。

是的,珊瑚虫群集产卵的日子,也是其他海洋猎手赶赴盛宴的日子。生存竞争就是如此。

只是眨眼的工夫,那些红点子已汇聚成飘忽的红带子。两三米宽的红带子竟蜿蜒八九米长,还在蔓延。

"登小船!虎口夺粮。安全第一,严守纪律!"皇甫晖指挥大家。

小船行进得并不顺利,遇到涌浪——像是从海底喷涌而出。是什么在海中涌动?

小船终于到达了红带子处。皇甫晖要小船停了下来。然而,小船却摇晃个不停,像在惊涛骇浪中,掠食珊瑚虫卵的鱼儿们根本没把小船放在眼里,反而加快了进食的速度。珊瑚虫卵可是高蛋白、富营养的美食。

就在小船的颠簸中,皇甫晖看清了:大海中冒出了水泡,水泡刚到海面,立即炸开,如一朵玫瑰怒放,花粉回扬,红了一片。一个个水泡,一朵朵怒放,就像从海底涌向海面的桃花雨……

生命如此诗意般地降临!它没有蝠鲼分娩惊天动地的壮观,但在无声中启动了轰轰烈烈!

"下海捞吧!迟了,凶狠的玩意儿都会赶来。"小张说。

"注意察看卵带。"这样千载难逢的机遇,无论从哪方面说,皇甫晖都不愿放过。

小船随着潮水漂流。月光似乎也亮堂起来。红带子仍在漂动、蔓延。

皇甫晖借着头灯,终于看得比较清楚——当然,是知识,将朦胧的景象变得清晰了。

远看是红色的海流,其实其中有着白的、乳黄的斑块,她相信那是不同品种珊瑚虫所产的卵。她告诉了小袁他们,待会就收集这样的。

珊瑚虫卵个体很小,小得连肉眼都难以见到。难以置信的是,她似乎看到了珊瑚虫卵的形状,难道是想久了出现的一种幻觉?

不管怎么说,珊瑚虫有如此大规模的排卵量,不仅使她惊讶,而且也证实了她的"封海育珊瑚"理念的正确和可行。因为排卵量大,足以说明补充量大——有足够多的生力军——即使珊瑚礁生态系统受到大气变暖或海水酸化或人为破坏,只要不是毁灭性的,就有恢复、壮大的可能。这也是珊瑚礁遭到长棘海星残害后,只要把造成破坏的源头切断,没多长时间,珊瑚礁又得到恢复的原因。

"不能再等了。你看那边的海浪!"小袁提醒。

月光下,不远处的海浪有些变色了,就像风暴来时,海上涌现出一条黑线。

皇甫晖下达了采集珊瑚虫卵的指令:"你们都下去,按要求采集。"

她转身向大船发出靠近的信号。为了减少干扰,大船之前没有跟来。

不知什么时候,天空已一片白色,海鸟们俯冲而下,纵横飞掠,不时发出尖厉的叫声。皇甫晖从叫声中发现了秘密——争夺小鱼小虾——原来它们主要的兴趣,并不是密集度高的珊瑚虫卵,而是正在吞食珊瑚虫卵的鱼虾!应了"螳螂捕蝉,黄雀在后"。

小袁他们刚下海,正在寻找采集点时,鱼群也赶到了。既然是"虎口夺粮",他们已有思想准备,未曾想到来的却全是大家伙;虽然看不清它们的全貌,但个个都是七八斤的身坯,似乎还有金枪鱼、马鲛鱼的身影。

小袁急忙闪开,可鱼群太稠密了,惊得他大喊:"退出,离开红带子!"

鱼群张开大嘴,在红带子中上下翻腾,吞食着珊瑚虫卵,以及追逐珊瑚虫卵而来的小鱼们。就算这些大鱼畏惧人类,但在这种狂热的掠食中,难免神经搭错,若是给撞上,即使再好的水性,也会人仰马翻!特别是金枪鱼,它的游速很快,比剑鱼差不了多少。要是给它撞上,犹如给炮弹击中,再说,它的尾巴特别锋利。小袁见过它在船帮上划过的痕迹,像刀锋割过一样。小笪很紧张,开始理解"虎口夺粮"的含义了。三人在海上手足无措,焦急、恐惧又无奈。

小袁思索了一会儿,说:"你们先在海面监视,我瞅准机会去采。"

其实,这是自我安慰。就是看到鱼群来了横冲直撞,通知他又有何用?他能比鱼游得更快?

但还有好办法吗?红带子既能悠然而现,谁能料到它何时消失?这么多天的辛苦、等待、冒险岂不全都付诸东流?

小袁瞅准了一处较为平静的海面,猛然下潜。待到露头时,快速而准确地采集珊瑚虫卵。他拖了一大袋送到了小船上。皇甫晖立即将它放到了大桶中,手却在桶中不停地搅动,促使虫卵尽快受精。小张这时也在密切关注色彩斑斓的卵带,迅速地入水,采了一袋。小笪正在尽着自己的职责,端着摄像机,记录着卵带的变化。

眼看再有几次采集,任务就圆满完成时,忽然听到皇甫晖扯着喉咙大声喊:"快回船!有鲨鱼!"

小袁反应快。

不远处,三四只三角鳍露出海面,正悄无声息地向这边游来。不是鲨鱼,谁有这样的背鳍?小笪惊出一身冷汗。小袁、小张更是急速地游动。

小袁眼看小笪神情不对,一个侧身,夺过他手中的摄像机,顺势推了他一把。待到他们靠到船边时,皇甫晖已启动了小船。三人连滚带爬,跌进了船中。

小船已靠到大船边,船长和水手连忙来拉他们。危急时,大家还是先将采集的珊瑚虫卵送到大船上。待到皇甫晖刚爬上大船时,鲨鱼们也到了。小笪吓得半天也没回过神来。他听到皇甫晖说"虎口夺粮",觉得太夸张了!现在只才刚刚尝到了味儿。

船长和水手,直对他们竖起大拇指,还说了句:"没有枪声的战斗!搞科学研究还有这么大的危险!"

皇甫晖微笑着说:"别看它们五大三粗的,却没我灵巧!"

鲨鱼们霸气冲天,追逐着鱼群。鱼群当然不甘心放弃这场盛宴,因为这样宏大丰富的美味佳肴并不是天天都有的,或许每年就只有一次。小型鱼类的自卫武器并不多的,自有一套策略,无外乎"敌进我退""声东击西""潜伏偷袭"……像金枪鱼之类的,自恃占有速度快的优势,只要不与鲨鱼正面冲突,便可我行我素地追逐着猎物。

皇甫晖在船上观察着大海变幻的风云。

大海上演着一场生存竞争的大戏,展示了生命的美丽,同时也演绎了生命的悲壮。

现在连小笪也逐渐明白了:珊瑚虫集体产卵,引来了食客云集。开头的海鸟是来捕猎鱼虾的。正是小型鱼虾,又引来了大鱼。鱼的聚集,招来了凶狠的鲨鱼。这就是这些科学家常说的"食物链"。

小袁、小张在船中处理采集来的珊瑚虫卵,不时在桶中慢慢搅拌。待到他们回到甲板时,才看到几条鲨鱼的背鳍依然忽隐忽现,随着退潮海流,红带子似乎有些变色。珊瑚虫如此阵势的集体产卵,是种独特的奇异的繁殖行为,是保证种群繁荣的生存智慧。它们当然知道自己的孩子刚到人世就要遭受的磨难。

他们尚不清楚这种集体产卵能持续多长时间,他们为了等待这个机缘,经历了充满危险的考察、不眠之夜的思索、充满激情的猜想,如若它们产卵匆匆结束了,他们岂不是失去了最好的机缘?不仅又要重复漫长的等待,而且最麻烦的是今年的计划又要延长一年。

小袁看了看注视海面的皇甫晖,她虽然还算淡定,但眉宇间透出了不易察觉的揪心。他们共事多年,亦师亦友,于是小袁说:"只差四五袋了。争取时间完成吧!"

"再等等。现在下去太危险了。鲨鱼还在尽情捕猎,它没吃饱,攻击性强,只有吃饱了才会懒洋洋的。人命比什么都宝贵!"皇甫晖说。

"要是珊瑚虫结束产卵呢?"

"不是没这种可能。但应该还有段时间。这个海域的珊瑚礁面积比我们预想的要大。你注意到没有,卵带随着退潮海流漂动,所到之处,似乎有新的卵包冒出了海面。"皇甫晖说。

今晚的月亮太奇妙了,快到中天的月亮真圆;虽然已不像升起时金光四射,但月光中仍融合着淡淡的金黄,显示了暖意、温馨,使红带子变幻出另一种迷离。

在焦急中等待,等待便像无名火,烧得大家更焦急。

突然,皇甫晖凝神,问小袁:"你听到没有?"

"听到什么……"

砰!砰砰……

"谁下海了?"船长突然大声问。可明明所有人都在船上,大家面面相觑。

砰砰!砰砰!砰砰!声音更响。

谁在拍打船底?出鬼了?传说中的海魔?

又是几声。

在这辽阔的大海,在这茫茫的月夜,只有一艘大船拖着一艘小船,只有他们几个人。虽然大家都是无神论者,但听到拍打船底声,他们不由得毛骨悚然。

正在大家惊恐、纷纷猜测之际,皇甫晖笑了:"下小船。抓紧时间完成任务!"

可谁都没动。

"我们的朋友来了,傻愣着干吗?"她已敏捷地跳到了小船上。小袁第一个跟了下去……

"谁来了?"不知谁问的。

"我说,追我的人多了去!不信,等会看吧!"

小船刚离开大船,小张惊叫一声,充满惶恐:

"看那边!像个幽灵。"

皇甫晖看到海水下有一个庞大的黑影,依稀闪着白斑,她的喜悦油然而生。自己的猜测被证实了。

"幽灵、魔鬼只藏在人的心里。大海中从来就没有幽灵、魔鬼。听我指挥，放心大胆地去采集。"皇甫晖语调洋溢着调侃。

小张依然忐忑，虽然那魔影已经消失，但不知道皇甫晖哪来的十足底气，还是故作轻松，给他壮胆。

小袁对皇甫晖有绝对的信心，更有满腔的豪气。他甚至在设想着如何从纵横的鲨鱼中，以最快的速度抢出几袋珊瑚虫。

小船已靠近珊瑚虫红色的卵带，可皇甫晖还是没发出下海的指令，她明亮而犀利的目光在海面上搜寻。

小袁追寻着皇甫晖的目光，终于看到了鲨鱼背鳍，从形态看，它们似是在避让什么。

突然一个左转弯，鲨鱼闪电般逃逸，消失得无影无踪。

啊！一个巨大的黑影向它游去。月光下，那黑影有着"翅膀"，"翅膀"上闪着繁星般明亮的斑点。

"蝠鲼？"

"不是它，还真有人拍船底？谁有那样的大'手'？传说它喜爱恶作剧，我看是天真、顽皮。它在找乐子呢。"皇甫晖说。

小张悔得直拍脑瓜。巧遇蝠鲼的经历，怎么忘得干干净净？从船底出来的不就是它吗？真让皇甫晖说着了，心里有鬼才可怕。

是呀，为了以浮游生物、小鱼、小虾为食，蝠鲼的嘴才进化得这样阔大，还有双"手"去挪拢，珊瑚虫不就是浮游动物？它当然要赶来参加豪华的盛宴！

最少有两条鲨鱼的背鳍消失了。鲨鱼虽然是近视眼，但感觉系统很敏锐。既然蝠鲼来了，还不躲开为妙？

突然，稍远处爆发出响亮的水击声，激起一柱巨浪。那里显然发生了争斗。

一般来说，鲨鱼见到蝠鲼是会主动避让的。在海洋世界，动物靠实力说话。无论从哪方面讲，鲨鱼绝不会轻易对蝠鲼下手。那天观察蝠鲼时，它深厚的母爱曾留给小张深刻的印象。因为在月光下，又还有着一段距离，难以看到全貌。但从种种迹象推测，应是鲨鱼犯傻了，贼心不死，妄想对刚生下不久的小蝠鲼下手或是误将小蝠鲼当成来掠食的鱼了。不管哪样，它遭到了蝠鲼妈妈的反击。

皇甫晖似是看到蝠鲼拍了下"翅膀"，那本能或随意的一拍，居然给鲨鱼造成如此痛苦的伤害！它的本意并不是伤害，它憨拙，但正因为它憨拙，爆发出的威力反而格外浑厚、沉重。

鲨鱼在海面翻滚，时而露出雪白的肚皮——只有痛苦不堪才有这样的反应。海面上不见了鲨鱼特有的背鳍。那很可能是已受伤的鲨鱼，正在海面浮沉。

"能下海了。速战速决！"皇甫晖下达了指令，可连小袁也没动作。个个面面相觑。

她想也没想，就说："我去会会蝠鲼。等我到了它那里，你们立即下海！"说着就跳进了大海。小袁紧跟上去。

皇甫晖见状，说："你拉后一点。只要我到了设定的警戒线，你就立马指挥采集。"

"你……"小袁说。

"还有时间说废话？"

其实，从海况看，蝠鲼离这边还有一段距离，但从它的巨大的体形和鲨鱼的惨象来看，说不害怕，不担心，那是假话。

皇甫晖已游到自认是警戒线的地方。小张、小笪也下海了，但他们的动作都变了形。

是因为月夜中看不清蝠鲼的位置，还是因为蝠鲼的游速太快？不管是哪种,他们缺少的是安全感。如此一想,她丢下一句话:"我去找它。"她向蝠鲼所在的地方游去了。

是的,她看到蝠鲼正在优雅地进食,两只又大又厚的肉"手",一记记地将珊瑚虫卵扫进了嘴中,它的嘴,它的"手",似乎天生就是为了吃虫卵的。不错,那个小家伙就在妈妈的腹下,有模有样地学着掠食——一幅母子情深的画面……然而,作为保护珊瑚的专家,看到成千上万的珊瑚虫卵就这样被吃掉,心里苦涩,她只能用珊瑚虫的生存智慧来安慰自己。

她虽自恃有水族馆工作的经验,虽然自恃对待失常的大型海生动物自有秘诀,但仍和蝠鲼保持着距离。

她的视线也不敢离开蝠鲼毫厘,但仍然忍不住迅速瞥了小袁一眼。

然而,正当她收回视线时,一根又长又细的黑鞭已甩上了天,接着听到了嗖的一声呼啸,落到海中鲨鱼的背鳍上,发出啪的一声……

真是诡秘极了!鲨鱼啥时来的?是有意偷袭还是追逐猎物忘乎所以?但显然是鲨鱼和蝠鲼正面交锋了。它绝对没想到蝠鲼的绝密武器——又细又长的尾巴能闪电般地越过头顶,向敌人抽去。

蝠鲼却像什么事都没发生,照样进食,照样优雅,一副十足的绅士派头。

皇甫晖不知鲨鱼是否被击中,更不知毒针是否已经注入鲨鱼身上。有一点是肯定的,鲨鱼的背鳍消失了,消失处水花冲天,旋起了水窝……

皇甫晖不禁打了个寒战。

"任务完成了!撤!"

小袁边喊边来迎接她。

待大家全都上了大船后,皇甫晖对船长说:"全速前进,回永兴岛实验站!"

她仰望天空,俯视大海。十六的月亮是那样圆满!淡金色的月光如少女的面容,无限娇艳、柔美!红带子是那样浩荡,赞颂着生命的伟大、神奇!

到了永兴岛实验站，小张说："都去换衣服休息吧。这里的活全交给我了！"

但是谁也没有离去，直到大家忙完所有应该做的功课。

皇甫晖在就寝前，打开了考察笔记，在表中写下加写了"——食物链——红带子"几个字，第二天，皇甫晖在记事板上看到"智力游戏"的栏目下几乎写满了文字：

鹦鹉螺的月光晚会，说明海洋生物与月球有关系，触发了你的灵感。你联想到珊瑚虫的繁殖行为是否也应该与月球运行轨迹有关。于是，产生了伟大的猜想。

鹦鹉螺在月圆夜群集海面，很可能就是一种繁殖行为。谁能给出答案？

月亮是大海的灵魂。月球是地球的卫星，它的运行规律引起了海洋的潮起潮落。月圆夜即是大潮来临的时间。珊瑚虫需要借助潮水将它的卵带到更为广阔的海域。就像柳树的种子结构呈絮状，需要借助风力为它播种。生命繁殖的智慧，令人惊叹。

难怪你问船长是否退潮了，你在掌控采卵的最佳时机。

蝠鲼的到来，不仅使我们看到海洋生物的美丽和奇异，还让我们看到它长时间进化的结果——特别是它在生存竞争中，为了捕食浮游生物和小鱼小虾，已将头鳍变成了双"手"，把嘴长成阔大的四方形。而珊瑚虫卵应该是它的最爱。它洄游到此，预示着珊瑚虫产卵期即将到来。

珊瑚虫卵营养丰富，又如此集中，这就形成了巨大的食物源，当然引来大批的猎食者。

其实，珊瑚虫卵只是食物链中的一个环节：它引来了小鱼，小鱼引来了大鱼，大鱼引来了顶层掠食者——鲨鱼。

追梦珊瑚——献给为保护珊瑚而奋斗的科学家

智力游戏接龙：海鸟、金枪鱼、蝠鲼、鲨鱼是从哪里得到珊瑚虫准确的产卵时间的？海洋生物是否还有更复杂、更神秘的信息网络？

皇甫晖也没想到居然一石激起千层浪，讨论很热烈。从字迹看，小袁、小张都参加了，可喜的是还有小笪的见解。看得她心潮起伏，思绪绵绵，揭开自然的奥秘是如此充满魅力、激动人心。

她最高兴的是小袁的接龙，他提出的问题，也是她苦苦思索的问题，简单归结为食物链，显得肤浅。她相信各种生命之间存在着信息网络，否则很难解释一些现象。就拿食物链来说，从表象看很清楚，其实你无法说明海鸟、蝠鲼、鲨鱼能够准时来此群集的原因。

科学研究就是使人们逐渐接近神秘的事实。

过了十多天，回到研究所之后，她很痛快地请了大家喝茶、跳舞。皇甫晖多想让大家休息一天，但根据考察计划和研究的项目，更为紧张的工作在以后的几天。小张要留在岛上做珊瑚虫卵的人工孵化，还要将一部分孵化的虫苗投放到珊瑚礁已遭到破坏的海域。而她要带着小袁、小张去3号海域观察珊瑚虫卵的受精、生长、附着的情况，并将它与人工孵化的情况进行比照。

今天的海况没有昨天的好，风浪大了，灰白的云在蓝天上移动得有些快，不知船长是因为心疼他们太劳累，还是觉得海况不宜这样的木船航行，有些犹豫。但在皇甫晖的坚持下，还是出航了。

皇甫晖躺在甲板上，想借航行的时间养精蓄锐。海况不佳时，潜水更累。

潜水前，皇甫晖特意强调："都再检查一遍气瓶、连接管，装备不要有一点问题。"

待相互检查完了，她才布置任务："今天主要是观察珊瑚虫卵受精的状况，三个点位就行了。海况不好，不要恋战。"

刚潜入海下，她突然感到浑身舒坦，精神一振。这或许就是潜水的魅力之

丛生盔形珊瑚（杨剑辉 摄）　　　　　　　　　　　　　盘枝鹿角珊瑚（杨剑辉 摄）

一吧！海底的自然景观美不胜收。珊瑚礁发育旺，成片的丛生盔形珊瑚犹如春天的灌木丛，红的、绿的、紫的交相辉映。脑状珊瑚、蜂巢珊瑚、鹿角珊瑚、滨珊瑚有的横卧，有的凌空，组成了层次分明的珊瑚礁，层峦叠嶂。软珊瑚和海葵柔美多姿。肥叶、细叶海藻随波拂动，蝴蝶鱼穿梭在珊瑚礁中，似乎正在玩着捉迷藏的游戏……

是的，珊瑚虫卵漂浮着。是的，它太小了，肉眼难以看清，但凭着皇甫晖已有的经验足以大致分清哪些是浮游生物，哪些是珊瑚虫卵。

她看到已受精的珊瑚虫卵了，小小的圆形的珠珠，闪着肉眼难以察觉的晶亮。她数着，计算着。她指到哪里，小笪拍到哪里。回到大船上，小袁很兴奋，已受精的卵比例很高。

第三天，她看到珊瑚虫卵已出苗了，因为它们不再随波逐流、浮浮沉沉，而是自己在游动。时而移动，时而停下小憩，犹如精灵在漫游。任何生命有了

波形蔷薇珊瑚（杨剑辉 摄）

自行运动的本领，也就迈出了成长的重要一步。

小张在显微镜下，看珊瑚虫苗已有0.2毫米大了，划着绒毛般的触手。它们的体内呈现出一些隐约的斑点，是虫黄藻？如果是，是它从母体中带来，还是虫黄藻已经进入？只有虫黄藻与它共生，提供营养，珊瑚虫的生命之树才会常青。

第四天，皇甫晖已能稍清楚地看到珊瑚虫了。它们有的仍在漫游，有的已附着到珊瑚藻上。珊瑚藻是黏合剂，是形成珊瑚礁必不可少的藻类。珊瑚幼苗生存的条件，第一是必须与虫黄藻共生才能得到营养；第二是必须找到立足之地，才能将生命之根扎下，才能有了自己的生存空间。虫黄藻可以从母体中带来。从另一方面说，虫黄藻为了生存、发展，必须寻找到珊瑚虫。因而可以认为，珊瑚虫主要在寻找立足处。从观察到的情况来看，有的珊瑚、珊瑚礁上已经有了附着，有的附着数较多。

什么样的珊瑚藻、珊瑚礁才能吸引珊瑚虫苗来安家落户呢?换句话说,珊瑚虫苗又喜爱在哪里安家落户?这是珊瑚生态学中的重要课题,更是实施"封海育珊瑚,植珊瑚造礁"的关键。

小张显微镜下的珊瑚虫苗,已长到0.4毫米了。实验站的水池中,珊瑚虫苗的附着情况,与皇甫晖在3号海域观察到的基本一致。

皇甫晖将两边情况对照后,决定第二天去寻找答案;虽然科学研究并不能仅仅根据一地一事来下结论,但经验的积累,对当前的工作具有指导意义。

今天的海况仍然不好,浪高近两米,灰色的云,时而将阳光遮去,大海时而阴沉。但时不我待,机遇难求,皇甫晖仍以她惯有的干练、勇往直前的精神,决定出海。但她要小笪留下,因为他毕竟是聘来的潜水员,没有跟他们去冒险的义务。虽然说得很委婉,但遭到了小笪的强烈抗议:"我不是你们团队的一员?你一个女同胞都敢,我还是男人!笪家人以大海为家,见过他们怕海吗?要不要我立个'生死状'?"

见此,小袁说:"要想得到好的影像资料,只有靠小笪。小杨没来。"
皇甫晖再一次检查了安全措施,强调了安全第一,就起航了。

3号海域的风浪比港口似乎更大一些。皇甫晖叮嘱了船长几句,就下海潜水了。小袁紧跟在她身后。海面上风浪大,但潜到深水之后,反而平静了不少,只是涌流有些让人捉摸不定,像在荡秋千。皇甫晖再一次示意:千万别拉开距离。

从整体情况看,大多数的珊瑚虫苗都已着床,开始安家落户的生活,但仍然还有一些在浮游、寻找。看着它们那种漫游的姿态,像是精灵们在寻找理想,皇甫晖心中油然生起写诗的冲动——这是一首充满浪漫情怀、充满追寻理想光辉的生命之歌,不禁使人想到哲学家最经典的命题:我从哪里来?我要去哪里?

她看到了洁净的珊瑚藻上已附着较多的珊瑚虫苗。礁石上,珊瑚虫苗们纷纷占领了没有活体珊瑚的空地。但在涌浪掀起泥沙、海水有时稍稍浑浊的礁石上，却根本没有虫苗的踪影，甚至有的虫苗一碰浑浊的水，就立即转身游走。依傍活体珊瑚安家的也不少，或许它们原来就是一个家族的。

她对这个区域有了总体印象，也印证了她的一些判断。但是，她还要去另一区域考察；因为那里地形复杂，形成了多样的环境。

待小笪工作完成，她浮到海面，巡视了一番，没有发现那边有异常情况，就领着他们向早选好的区域转移。小袁示意她注意气瓶的仪表。气瓶中的氧气可是他们的生命保障啊！

他们要越过一条沟，海沟中水深。海底地貌也和陆地一样，有平原、丘陵、山地、陡峭的峡谷……潜水时过海沟并不复杂，更不需架桥，但当他们正越过海沟时，突然从海沟中涌出一股涌浪，冲散了队伍。皇甫晖努力保持方向，尽量向小袁他们靠拢，奋力向目标区游去。

小袁突然感到有些异样，刚转过头去，头灯亮光所及处是一张大嘴，上下两排白森森的锋利的牙齿，正向他和小笪冲来。他们吓得冷汗直冒，幸而小袁还算镇静，没做出什么夸张动作。

那个灰色的庞然大物，却慢条斯理地擦着小袁的身子游过。小袁、小笪刚浮出水面，就看到了露在海面上的三角形背鳍——小笪惊得手足无措，本能地退回到海沟这边。小袁看到鲨鱼已游远了，才向皇甫晖发出信号。

其实，她在寻找失散的队伍时，已看到了鲨鱼，虽已远去，但威胁仍然存在。小笪已退回去了。是继续作业，还是放弃这难得的机遇……真是让她难以决定。

突然，那条大鲨鱼又游回来了。刚看见它的背鳍，它灰青色的脊背、巨大的扁形头、雪亮的牙齿就依次显现出来。海面上响起一片惊呼声。

皇甫晖看到小袁他们已游近了小船，悬着的心才稍稍放下，才意识到自己应该怎样行动。显然，若是冲过海沟，回到小船，很可能与它相撞。与其这样,倒不如静观其变,反正采取哪种行为都冒险。两年水族馆的工作没有白做——水族馆中就饲养了一条较小的鲨鱼。

她看到船长有意要将大船开来救她,连忙发出"坚决别动"的信号。小袁明白了,若是机器轰鸣,难保不惊动鲨鱼。受惊的鲨鱼要采取什么行动,谁也无法预料。船上的人心急如焚,可又束手无策,不敢轻举妄动。

海上的她在浪潮般的紧张、惶恐过去之后,一面紧紧审视着鲨鱼的一举一动,一面在脑海里搜索着鲨鱼的种种:它平时喜欢在中、上层海区猎食,有意无意将背鳍戳在海面,好像在说"大王我来了",宣示其存在。可它今天怎么是从海沟深处冲出来的?

"不好!鲨鱼向她游去了。"小笪马上要下海。小袁毕竟老辣些:"你能打败鲨鱼?要是能去,船早就开去了。"

眼见鲨鱼向自己游来,皇甫晖不害怕是假,但她没有做出强烈的反应,只是抽出了潜水刀,紧紧握在手里。

奇怪,鲨鱼并没接近她。只在离她四五米开外,游出一个圆圈,又游出一个圆圈,似乎一圈比一圈小……

干吗?是在选择攻击时机,还是打量从哪里下口?水族馆中的鲨鱼,有时也围着食物打量一番,难道它们猎食前还有一套仪式?

有个细节她看到了:有条青鱼从鲨鱼嘴边溜过,它只要稍稍一动,那鱼就肯定到它肚子里了,它却让青鱼闪电般地溜过。之后还有一条鱼,也是一样,只不过是条印有黑色横纹的红鱼。

难道它正处于饱食期?连渔民都知道它在胀饱后很慵懒,斗志消失。她曾听渔民说过一个故事:兄弟俩发现一处礁盘上的鲍鱼特多、特肥,可鲨鱼赖在那里不走。鲍鱼经济价值高,不捞吧,舍不得;捞吧,有鲨鱼。还是弟弟有决断,将捕来的一大筐鱼全倒下去了。鲨鱼吃饱了,鲍鱼也被他们捡走了。

皇甫晖想,若真是这样,当然很好,这里的工作有二三十分钟就完了。正想潜水时,却多了个心眼——因为它的游姿、神情不太像是饱食后的安逸,倒是有些烦躁、不安——那白森森、尖锐的牙齿仍显出了强烈的震慑力量。

可它怎么总是围着自己转?是寻求抚慰,还是遭到什么伤害,前来求助?水族馆的动物表现过这种情绪。可她仔细审视,鲨鱼身上并没有受伤的痕迹……哎,它的嘴怎么总是那样张着,龇出锋利的牙齿?是吓唬强敌的?但也用不着焦躁不安呀!

有个火花闪电般在她脑子里闪过,照亮了谜团……不,还要再观察,考察任务迫在眉睫,但人命更重要,世界上还有比人的生命更重要的吗?

她看清了。鲨鱼的嘴一直没有合过,即使是习惯,那也早就骨酥筋酸了。她在心里笑了,做出了大胆的决定,立即高喊:"下海!到我这边来!"

看到船上的人不明究竟,谁也没动,又可着嗓门呼叫:"快下海!鲨鱼的嘴合不拢了,危险解除!是来追我的朋友!"

看到船上的人仍然不动,她优雅地向鲨鱼游去,在它身上抚摸、挠痒,慢慢地向它的嘴边移动。但双眼紧盯着那两排锋利的牙齿,若是无意碰上,非拉开血口不可。她知道那两排牙齿的厉害,因为鲨鱼时不时就要换一次牙,是动物中换牙最频繁、次数最多的。大象因每天要吃掉几十千克的植物,牙被磨损得厉害,一生要换五六次牙。而鲨鱼几十天就要换次牙。

小袁、小笪来了。皇甫晖守着鲨鱼,安抚着鲨鱼。这个区域的工作完成了。她让小袁、小笪先回船,可船长已将大船开来了。

直到大船开动,鲨鱼还恋恋不舍地跟着游动。

七嘴八舌,潮水般的问题向皇甫晖涌来,她笑眯眯,神情狡黠地招架:"我常说,追我的人多了去!这下信了吧?"

"你现在有资格神吹!才见到它时怎么也吓呆了?"

"是我一时没认出它!"

"它得了什么怪病,合不拢嘴?"

167

"是高兴啊。不是常说'笑得合不拢嘴'吗？"

"别神吹了。说真的吧，我们也长长见识。"

问急了，她又用"天机不可泄漏"搪塞。这样的搪塞太苍白，谁也不依不饶。她只好说："当个智力游戏吧。该我问了，谁知道它嘴为什么合不拢，从医学上思考。"

"给鱼骨卡的。"

"神经麻痹。"

她说："说到点子了。它的神经为什么被麻痹？"

"产生了病变。"

"再想想，有没有别的可能？"

"食物中毒。"

"这就对了，是食物中毒！"

"它只是合不拢嘴。若是食物中毒，怎么还能游动？就这么巧，刚好是嘴的功能中了毒？"

"真相就在你的问题中。进食的第一道关口是嘴和牙齿，因而它们首先中毒，毒性不小。毒素发作时，刚巧它正张着嘴，所以就麻得合不拢嘴了。可以推断，含毒的食物应该是条鱼，很可能是底栖动物。譬如舌鳎鱼。它的皮肤就分泌毒素，若是吃了它，就会出现这种症状。"

听完了她的话，大家又是钦佩，又是赞扬，直闹得她红了脸："太夸张了吧？就这么一件小事，值得上纲上线吗？"

小袁感慨："科学、理智的冒险，才是真正的勇敢，不然就是盲目、鲁莽了。"

"跟你们出趟海，长了不少知识。古人说，一个人要读万卷书，还要走万里路，说的就是这个道理吧！"船长说。

我和李老师去过几次他们的野外实验站。

皇甫晖科研团队将它设在永兴岛,其主要任务和设在三亚鹿回头野外实验站基本相同——根据研究项目,同时进行野外考察和室内研究,两相比较,得出科学的数据,保障课题和项目的顺利进行。例如珊瑚虫的产卵、孵化、生长、移植、繁育……都是野外考察和室内研究同时进行的。

第一次去实验站,只是与陈司令去看他的朋友玳瑁,玳瑁的精彩表演吸引了我们。等陈司令让小张把他的宝贝都展示展示,我们才大饱眼福。

当看到水池中悬挂着一块块褐色礁石时,我非常奇怪。我在海边见过养殖牡蛎,也是用绳索将它们吊在海中,可这只是一块块礁石。

小张大概是看到了我满脸的猜疑,说:"试试,能不能看到水里游动的?"

我看了半天,也没新发现,于是我很没自信地说:"好像有些小沙虫、浮游

大圆菊珊瑚(杨剑辉 摄)

生物。"

"你观察得很仔细。再看这些悬挂的礁石的特点。"小张微微笑着，从工作台上拿来了一块和悬吊的相似的褐色礁石给我看。

经他一提示，李老师说："吊着礁石的前端是乳白色的，晶莹闪光。这种石头能长？你们是在培养一种能长的石头？"

李老师喜爱有特色的石头。家里存放着她从珠穆朗玛峰、柴达木盆地、帕米尔高原、黄河源头、印度洋等地捡来的各种美石。她说是要办个小型展览，给孩子们讲每块石头的故事。

"李老师说得对，它们确实是能长的石头。但不是喀斯特溶洞中经过千万年长出的石笋。"小张对这种启发式谈话感到得意，乐得像个孩子。其实，他也只有三十刚冒头的年龄。

"那荧荧闪光的，真是它自个儿长出来的？"李老师更惊奇了。

"对极了。这就是珊瑚虫的伟大作品。实验站从大海中采集来的珊瑚虫卵，看它怎么孵化。孵化出珊瑚虫苗之后，要取出绝大部分投放到海洋中珊瑚贫瘠的海域，让它在那里生长繁育，实施我们'植珊瑚造礁'计划。再留一些在实验站，观察幼苗怎么寻找礁石。生命都需要找到安身立命的地方。然后看它们怎么生长、发育。再和海洋中投放的幼苗比较，寻找出'植珊瑚造礁'的最佳方案。"

"你们是研究珊瑚的？"李老师问。

小张很自豪，接着说："其实，珊瑚虫很小，肉眼难以看到。在显微镜下，就美妙极了，它们是圆筒状，长着细细的小鲜肉触手。看它在海中浮游，比浪漫抒情诗还要美、还要朦胧。你们看到的五颜六色的珊瑚，只是珊瑚虫的外骨骼。别看珊瑚虫很小，却很有智慧，它一选定了安家落户的地方，就分泌出一种物质，给自己建城堡，让自己安全、安逸。"

"它不把骨骼长在身体内，却长到身体外面？神了。"

"不错。一代珊瑚虫走完了生命历程后,就留下了外骨骼。新生的一代又成长了,生生不息。它们又喜欢集群在一起,经过千百万年的堆积,外骨骼就越堆越高,有的终于露出了海面,成了海岛。我们脚下的永兴岛,就是珊瑚礁岛。西沙群岛的几十个岛,绝大部分都是珊瑚岛。"

我在心里赞叹着生命创造出的伟大奇迹!

"它们怎么会五颜六色呢?"李老师好奇。

"生命都发出光辉。它体内有虫黄藻。虫黄藻是植物,利用光合作用制造营养,排泄的废弃物刚好是珊瑚虫生存所需要的;而珊瑚虫的排泄物刚巧又是虫黄藻所需要的。这是共生关系,珊瑚的缤纷的色彩,是由不同的虫黄藻决定的。"

"匪夷所思!太富有哲理了。如果人类能悟通其中道理,大约也就不会有战争了。小张博士,它们用了多长时间长了这么一节?"李老师问。

"也就一个多月吧,时间长一点,会长得更快。它也会经历幼年、青年、老年。"

"实验站的成绩能说说,不保密吧?"我关心的是这方面。

"说成绩不如说经验。就说这种悬浮式育苗吧,对'植珊瑚造礁'就很有启发。因为悬浮在海中,避免了沉积物的覆盖,削弱了因海水流动导致海底浑浊泥沙对它的影响。珊瑚虫只生活在洁净的水里。另外,长棘海星也爬不上去,这家伙专吃珊瑚虫,是它的大克星。这样有利于珊瑚虫幼年期的发育、成长。我们在三亚采取了这种方式,取得了良好的效果,正在推广哩!"

小笪的故事

小笪终于瞅到了机会，几次想找皇甫晖，不是人多就是她在忙活。今天将最后一批实验站孵化出的珊瑚虫苗投放到了珊瑚礁贫瘠区。紧张了这么多天后，大家都想放松放松。小笪却放松不了，心里像压了块石头。

皇甫晖坐在甲板上的矮桌边，泡了壶功夫茶，披着月光，吹着海风，轻啜慢饮，闲适、惬意。小笪看着她的神态，不忍心马上就去找她。这些天皇甫晖太劳累了，无论是精神上的、身体上的。看起来海洋考察很诱人，谁知道却充满了那么多的危险。他甚至不明白皇甫晖的父母、先生怎么忍心让她从事这种工作。她心里的石头太沉重了。再说，工作已近尾声。后面已没有他的事，明后天就可以回家了。他想再等等。

小笪是疍家人。身处北方的人，大多不知"疍家人"的含义。南方人对神秘的疍家人充满了好奇。其实，疍家人不是一个民族，而是汉族一个特殊的族群。他们聚居区主要在广东、广西、海南等省的沿海地区。清朝光绪年的《崖州志》谓："疍民，世居大蛋港、保平港、望楼港濒海诸处。男女罕事农桑，惟辑麻为网罟，以鱼为生。子孙世守其业……"这说明疍家人是沿海地区以船为家的居民的统称。有人认为他们的船小，犹如蛋壳漂浮于海浪之上，因而称他们为"疍民"或"疍家人"。也有人认为，他们是古越族的后代，是古代的航海家。虽然众说纷纭，但不难看出，这个族群的主要特点是以船为家，以打鱼为生。

小笪家在海南陵水新村港那边。如今新村港港湾中，已挤满了鱼排，既做海水养殖,也做水上餐厅。这儿就是疍家人后代的聚居区。今天,他们的生活与历史的记载相比已有了巨大的变化。但若是仔细观察,尚能寻找到疍家人文化的传承。以服饰说,这里的男女多穿唐装,尤爱美玉,象征着对幸福、吉祥的追求。现在,服装已现代化了,但姑娘们对碧玉和翡翠的喜爱依旧,她们爱打"脑髻",耳上吊着金色细链,细链上缀着翡翠环,金光闪闪。犹如清晨的大海,洋溢着妩媚、灵秀。疍家人以大海为家,以波浪为伍,足见其勇敢、勤劳、坦诚。在封建社会,他们是弱势群体,受尽欺凌,甚至明文规定不准其上岸居住。但他们用自己的智慧,围海养殖。据记载,疍家人还创造了咸水种植法。

小笪选择了专业潜水,也就继承了传统。他尤其看重诚信。正是这一点,让他心上压了一块沉重的大石。

小笪走到皇甫晖前。她给他倒了杯茶。

"我是来向你坦白的。对不起,有件事我一直瞒着你。"小笪说。

"喝茶。太夸张了吧,轻松点。别吓我。我还有事要感谢你哩!"皇甫晖说。

她没有一丝惊诧,依然如平时一样。

"真的,我要坦白,心里难受。我违背了疍家人的诚信。"

"干吗这么严肃!披着月光,吹着海风,喝着茶,说说家常话,不是很好吗?"

小笪心里像打翻了五味瓶:"你还记得那次发现大片黑珊瑚的事吗?"

"它是珍贵的品种,不记得是假话。你不是又回去补拍了些镜头吗?我很高兴你敬业。"她说得很诚恳,看不出丝毫的做作。

可他更是愧得慌:"可那是我受人之托。是珠宝公司吴老板,你认识的。他要我把你们找到的珠宝级的红珊瑚、黑珊瑚、金珊瑚的地方,都告诉他。"

"你不是没对他说吗?还差点砸了饭碗。这正是我要感谢你的。"

"可我差点说了。"

"疍家人把诚信看得比命都重。我很敬佩。"

"可我还是差点说了。"

"君子爱财,追求财富并不为过……"

"可后面还有'取之有道'呀!可我差点就忘了这一点,铸成终身大错。"

"你说的'差点'很好,善、美和丑、恶的选择有时就在一念之间。"

这像在讨论哲学问题了。

"你不想知道我为什么没说吗?"

"这还用说?"

"要说。原来我就以为你们是寻宝的。你们对这些珠宝级的珊瑚最清楚。就说那片黑珊瑚吧,要是拿到市场上,你们个个都是富翁,可你们连采集个标本,都那么费工夫,只去找已断在海底的残枝。这不像端着金碗去讨饭吗?你们冒着那么大的险,还坚持下海科考,遇到鲨鱼也不放弃,一心一意只做研究。为什么?我渐渐明白了,是为了科学,为了保护大海,为了子孙后代。我们疍家人最容易体会到海洋和人类的关系,所以之前的事我很愧疚,真是没白跟了你们这么多天。"小笘很感慨。

"你对我们的理解,让我很高兴。你要说的事我都知道。真的,小笘,我很感激你。你还曾有意提醒过,要我提防着那个吴老板,你差点为这事丢了工作啊!当时我就想,只要你被解雇,我就把你请来,跟着小杨当学徒。压在心上的石头落下了吧?"

不知是她的睿智大度、亲切,还是倾诉了心中的郁结,小笘原以为这是一场艰难而痛苦的谈话,现在心中的郁结像被一阵大风吹走,他感受到全身的轻松,也感到了做人的尊严。

短短的谈话中,其实隐藏了一个海洋反盗护宝的神秘故事,如果写出来,肯定能拍成惊险大片。

还是那个鹿回头？

建立自然保护区是为了保护生态，保护物种基因库，建设生态文明以保障人类的可持续发展；从另一方面来说，也是人类对破坏自然的忏悔。

三亚珊瑚礁国家级自然保护区是1990年建立的，是我国建立的第一个国家级珊瑚礁自然保护区。位于三亚市南部近岸海域，总面积85平方千米。

徐闻珊瑚礁自然保护区位于广东雷州半岛的西南部，原为省级珊瑚礁自然保护区，是皇甫晖带领团队考察，于2007年晋升为国家级自然保护区的。

皇甫晖将我国珊瑚礁分为三种类型：大洋典型分布区，如南沙和西沙；过渡区，如海南岛沿岸；北缘区，如华南沿岸。对于承上启下的过渡区，她格外地关注。

三亚是我国著名的旅游度假胜地。那里珊瑚礁生态系统是海底一道如梦如幻的风景线，在如此佳境开展潜水运动，是人们梦寐以求的向往。

2006年至2008年，皇甫晖率队到三亚考察。调查的结果令她忧心忡忡。专家们估计我国近岸珊瑚礁已缩减80%，也包括了三亚。特别是与1963年至1965年的考察结果相比较，三亚珊瑚礁所遭到的破坏令人担忧。

1963年至1965年的考察，就是她的老师邹教授进行的。那时的珊瑚礁欣欣向荣，覆盖率高，在最好的海域竟达到了百分之八十几，为什么在建立了保护区之后，情况反而越来越严重了呢？

首先是人口的增加。20世纪50年代，三亚只有2000多人。1990年发展到10

万人。2008年,拥有户籍的已达到54万多人,而过夜游客竟有600万人次之多!城市污水、垃圾统统向大海倾泻,加上过度的开发,造成了严重的污染。

其次是过度捕捞,特别是非法炸鱼、毁礁,造成了极大的破坏。

再次是海水污染后,造成了珊瑚天敌长棘海星的暴发。

更为严重的是,保护措施不到位,保护区管理条例形同虚设。保护的人少,破坏的人多。多年保护的成果常常毁于一旦。

考察中,甚至有人提出:三亚的珊瑚礁还有保护的价值吗?

皇甫晖却有自己的观点。她特别注意到三亚珊瑚礁中珊瑚小个体的补充量高,也没有发现珊瑚病害和高死亡的现象,说明三亚珊瑚礁有良好的补充来源。一旦海洋环境适合珊瑚生长,珊瑚礁的恢复是有希望的;再加上她将实施的"封海育珊瑚,植珊瑚造礁",珊瑚礁的恢复将大有希望。

针对这一情况,考察队提出了应对措施:

首先是当地政府应认识到保护珊瑚礁的紧迫性,失去珊瑚礁这美丽的风景,旅游城市的光环将大为失色,殊不知"绿水青山就是金山银山"啊!应有决策,应有壮士断腕的勇气,解决开发与保护的矛盾,把保护工作放在首位。

加强保护区的管理,将规章、条例落到实处。特别要加强珊瑚的监测,因为珊瑚生活在海中,所以不易发现问题。

……

2015年3月,我们跟随小袁、小李博士再去三亚考察。那里有他们的野外工作站和恢复珊瑚礁的实验基地。其实我第一次到三亚是1983年,那次主要是参加对尖峰岭热带雨林、霸王岭黑冠长臂猿、大田坡鹿及红树林自然保护区的考察,以后也多次参加考察。

到了三亚,第一眼就让我触目惊心——白压压的一片船只组成的游艇码头,就摆在三亚河的入海口的附近。三亚河原本就不宽,这个码头至少占据了河道的三分之一,其外靠海还有一个更大的游艇码头,游艇也更多。

小袁博士说,这些游艇全都价值不菲,每艘都在几百万、几千万,甚至有上亿的。能购得起游艇的,当然得有一般人难以有的财力。记得1991年,我在法国的尼斯海边,看到那么多的游艇,我一边赞叹这里富人之多,一面想着自己祖国的海湾何时才有这样的景象。因而当我看到这些游艇时,一面赞叹着经过20多年的奋斗,国强民富了,一面却对它破坏海洋环境感到深深忧虑。我想起在永兴岛上,皇甫晖接电话时的冷峻神色,很可能说的就是这两个码头。码头离居住区确实很近,但在方便游艇主人的同时,是否考虑到对自然——人类赖以生存的根本的破坏!

我们往野外实验站赶。它在鹿回头下的海边。

1983年,我第一次来海南时,就拜访过鹿回头海边的珊瑚、坡鹿,那些美丽的生命给我的震撼,至今还激励着我在山野中跋涉。

《鹿回头》是黎族流传的民间故事,讲的是一位猎人与鹿的故事。

于是,我沿着想象中当年那位年轻猎人逐鹿的足迹一步步登山。到达山顶了,万丈悬崖下是波澜壮阔的大海。

故事说,猎人将鹿追到了悬崖边。那鹿却蓦然回首,闪着一双美丽的大眼,天地瞬间灿烂辉煌,五彩缤纷,照亮了猎人的心灵。鹿也化作了少女,两人结成了夫妻。

生命的美丽,战胜了残酷的猎杀。

海南只有一种坡鹿,都说鹿回头故事中的主角就是坡鹿。它珍贵稀有,因而建立了两个保护区,一在大田,一在邦溪。可是等到我们到了邦溪之后,却怎么也寻觅不到坡鹿美丽的倩影。最后,他们才如实告诉我:这里的坡鹿已被偷猎者赶尽杀绝,连保护站的人也被打伤。多年之后,我在柴达木盆地听到过相关的故事。那是麋的故事,它也是鹿科动物。那结局却是迥然不同的。

小杨是我们去沙漠中考察胡杨林的向导。柴达木曾是野生动物的家园,野驴、羚羊、麝、野骆驼有很多。可我们穿越盆地时,根本没见到这些狂野的生命。然而,我在胡杨林中却发现了麝的踪迹,那份喜悦之情可想而知,足以把烈日的烘烤、缺水的干渴、吃人不吐骨头的沙窝的危险、迷路的凶险统统置之度外。人们知道西部的古丝绸之路,但很少有人知道同时还存在着一条香料之路,柴达木盆地就在这条路上,曾以盛产麝香而闻名。据说意大利的旅行家马可·波罗就是靠贩卖麝香成为巨富的。

麝是美丽弱小而机警的动物,体型比梅花鹿、马鹿要小,与毛冠鹿、黑麂大致相当。它被人类看重的是肚脐与肛门之间生有的香囊,香囊中装的就是麝香。麝香是动物香料之王,其香沁心透骨,悠远而长久不变,至今还是法国高级香水中的定香之物。我们现在常说的书香,就是因为著名的徽墨配方中有麝香、冰片之类,而古代刻版印书用的当然是徽墨,有了墨香才有书香。再是它的药用价值高,具有活血去淤、疏络开窍的神效,是治疗心血管疾病的特效药。正因为它对人类有如此大的贡献,才遭到灭顶之灾。小杨说,当年在市场上,麝香是摆摊卖的。但没几年,麝香的价格已飞涨到与黄金同价,麝香却越来越少,直到我们去时已见不到野生的麝了。

可是,当我发现麝的踪迹时,小杨总是编造各种理由,说那绝不可能是麝,因为它已被偷猎者赶尽杀绝了。凭我的山野经验,在经历种种危险之后,终于看到了隐匿在胡杨树冠上的雄麝。我领悟到"野火燃不尽,春风吹又生"的真谛。这当然是这么多年保护工作的成就!

小杨是个聪明人,当然意识到我对他"骗"我的疑惑,于是说了他的故事:

他在当知青时,也是一位狂热的猎手。他发现了一只雄麝,从它留下的油桩等踪迹来看,是只体格健壮的大家伙,香囊肯定大。雄麝似乎也发现了他,就是不和他照面。费尽了周折之后,小杨终于逼着它现身了。就是那闪电般的一瞥,他证实了自己的估计,决心要把它拿下。

雄麝有足够的聪明才智与猎人周旋。但是,经历过多次挫折之后,小杨终于把雄麝逼到绝崖上,下面即是空谷。雄麝反而没有恐惧,没有惊慌,只是高昂着头颅,浑身闪耀着金色光芒。

就在小杨要开枪时,一只母麝却自天而降,挡在雄麝的前面。梅花鹿也有这样的习性,当雄鹿被猎人追得无路可走时,常有母鹿神不知鬼不觉地来和雄鹿相伴,搅乱蹄印,掩护雄鹿逃路,或为雄鹿遮挡子弹。

小杨说:"雄麝坚决把雌麝推开,回头对我狠狠盯了一眼,深情地瞥了一眼雌麝,慢慢转过身去,提起后蹄,闪电般地轮番在肚子上掏挖。天哪,那正是香囊的部位。鲜红的血在阳光下飞溅,红得耀眼的血肉掉了下来。它没有痛苦地尖叫,只是无比愤怒,疯狂地用蹄子辗碎掉下的香囊、血肉。对我狠狠剜了一眼。那眼神怒火熊熊,充满仇恨,无比犀利,直戳我的心窝。还未等我回过神来,它昂头长啸一声,向前纵身一跃,在天空留下一道愤怒的身影。雄麝毁香跳崖了!我瘫倒在地,大汗淋漓。我将心爱的猎枪砸了,砸得稀巴烂!"

生命是如此悲壮!

小杨现在是野生动物保护协会的会员,与其他会员轮流参加保护麝的活动。

下车后,我们穿过了几条巷子,才到海边的实验站,我真的傻眼了。

"这是鹿回头吗?"

"怎么不是?"

哪里还有30年前的样子?那时,这里有条路,很远的地方才有零星的房舍,离路最少三四十米才是沙滩、大海。

30多年过去了,这片海滩和美丽的珊瑚还常常在我的梦中出现。那时,大海对我的诱惑,是无边无际的蔚蓝,是沙滩上五光十色的贝壳,是一首豪放与婉约浪漫相融的诗。

一天傍晚，我独自拎着贝壳和珊瑚。贝壳拾了不少，可珊瑚呢，总也没找到像我拥有的那样完整的——前几年，在海南的亲戚曾送我一株珊瑚，其形如雄鹿头上的茸角，整体洁白晶莹，妙在基部一片绛红，鲜艳欲滴。我爱不释手，特意做了个架子放在案头，照亮了那时我的灰暗生活……

不知不觉中走来了个小男孩，只穿了短裤，黝黑的脸膛、黝黑的脊梁，像是上天派来的天使。长长的沙滩上，只有孩子和我。他用海南普通话说："叔叔，这些珊瑚都是风浪打上来的，是死的。鲜活的在大海里。你一定是从北方来。明天早上你来，我带来下海的镜子，我们一同去看真的珊瑚。"说完就提着小鱼篓走了。鱼篓里是他钓到的鱿鱼。看来，他已观察我很长时间了。

我如约去了，他如约来了。在他的带领下，我看到了美丽的海底花园，红的、绿的，都是盛开的珊瑚，虽然我区分不了它们的名字，但多姿多彩的形象已够让我心花怒放了。

可现在这里全是造型不一的房舍，钢筋水泥已切断了它和大海的相连。路没有了，沙滩也只剩下三四米。海边被填，还筑起了高坝，防止潮水。人类总是掠夺着其他生物的生存空间。

我虽在辽阔的大海边，却感到无比压抑。

鹿回头海域20多年前的珊瑚礁是那样繁盛，覆盖率达到80%。当我听皇甫晖说前几年，它已沦为重灾区，只剩下了百分之二三十的覆盖率时，我很难相信，可仅仅是鹿回头的大变，已使我忧心忡忡了。

实验室很大，摆满了各种养殖缸。门前一个水缸突然响起了水声。靠近一看，原来有一只玳瑁和海龟生活在其中，把这两个性格迥异的朋友放在一起，故事还能不多？它们都是一个大家族的，属海龟纲，因而常有人将玳瑁误认为是海龟。玳瑁性格暴躁、凶猛；而海龟成年后，体形是玳瑁的一二十倍，却较温顺。

"快看，看玳瑁的脖子！"李老师惊喜道。

被陈司令救下、在实验站疗伤的玳瑁。(李珍英 摄)

是的,它脖子上有条明显的疤痕。我也乐了,大有他乡遇故交的喜悦。

"这不是当年陈司令救的那只玳瑁吗?"

小李只是憨憨地笑。

"是你把它从西沙带来的?为什么没放回大海?"李老师问。

"放了。可没过两天,又被渔民阿山送回来了。大概是在实验站的时间长了,还不适应野外的生活,经常在海边,还往沙滩上爬。大概是想家了。阿山认识它,担心被游客逮走,或者遇到敌手,又把它送回来了。"

玳瑁外壳很漂亮,近似琥珀色,印有奇妙的花纹,观赏价值高,古人早就将它的背甲做成戒指、手镯等装饰品,还说其有驱热、凉血的作用。正因如此,玳瑁才遭到了灭顶之灾。过去,我国沿海都能见到它的情影,现在已很难见到,玳瑁成为濒危物种了。

奇了,我们看了好一会儿,玳瑁和小海龟却相安无事。说它是小海龟,是与成年体重七八十斤的成年海龟相比较而言的,其实它与同居的玳瑁相比,并不小。

"嘿,你们发现没有?小海龟的眼睛总是跟着李博士转哩!"李老师说。

还真让她说着了,只要小李一走动,它的眼神总是追着他。小李站在哪里,它就含情脉脉地看到哪里。

"它是我捡回来的。去年我在西沙七连屿考察时,看到一窝海龟蛋被什么动物扒开了,一片狼藉。我仔细翻,竟然还有一只蛋完好无损,劫后余生,就带回来,人工孵化出来。所以它跟我们特别亲,不像玳瑁,动不动就发脾气。"小李说。

实验站主要承担室内的实验,他们好几项重大的课题都是在这里进行的。

我们走出实验室,小李指着一艘大船说:"看到它旁边的网箱了吧?有三四百平方米的面积,是养殖户养石斑鱼的网箱。过去多是固定的网箱,现在先进了,有船拖着走,一有机会就开到保护区的核心区,等到你发现去驱赶,它才慢慢地拖走。这样的活动性网箱不少,破坏性不容小觑:面积大,遮去了珊瑚生长时需要的阳光;再是投放的饵料污染了水体,富营养化带来了藻类的暴发。珊瑚礁的形成,离不开藻类。但有的藻类的疯长直接危害珊瑚的生存。我正在研究的绿藻过去在三亚很难发现,可现在经常暴发。你往前走一点就看到了!"

海边一片翠绿,有的浮在水里,有的粘在礁石上。我在青岛海边见到过浒苔暴发,铺满了海面,乍看还以为是一道风景。可知道它对海洋生物的危害,会使你毛骨悚然。

小李说:"珊瑚生活在海底,它的状况在岸上看不到。但你们只要在这里——鹿回头,原来珊瑚礁发育得最好的地方——看看游船和网箱养殖,就能推测出这里珊瑚的生存状况了。"

正说着话儿,一条大游轮从保护区开过。据小李说,那上面有一两百名游客,都是到旅游景点进行潜水、海底观光,或乘摩托艇、空中拖伞、滑水等各种水上娱乐活动。不久,又是一艘。不到一个小时,竟有五艘大游轮经过这里。船上不时有垃圾抛向海里。

不知什么时候,小袁已做好了潜水准备。他们要去察看人工珊瑚礁生长状况。慌得我赶紧要去换潜水行装。自从在永兴岛看过他们夜潜,我就缠着他们教我潜水。好在我是在巢湖边长大的,扎猛子还是强项。但他俩列举了种种危险不让我去,最后又用"总有机会的"这话安慰我。

后来,我还是潜到了海底,看到他们培育的美丽的海底花园。

遭遇轰炸

小李说起那次海底遭遇炸弹的历险——

那年,这里长棘海星大暴发。景象惨不忍睹,大片大片的珊瑚被吃,最后死亡。珊瑚成了灰白色,有的白化带绵延上千米。

珊瑚中的天敌不多,与它争夺地盘的有海藻。吃它的有鹦鹉鱼、核果螺和长棘海星。我们考察了多年,发现核果螺不多,它对珊瑚虫也没造成很大的伤害,甚至他们发现它只是吃健康状况不好的珊瑚。如果这是普遍的规律,那还

截尾鹦嘴鱼(杨剑辉 摄)

要给它平反,正名,因为它起到了清洁工的作用。鹦鹉鱼呢,它长有鹦鹉状的嘴,又名鹦嘴鱼,方便啃食珊瑚礁。

关于鹦鹉鱼吃珊瑚,我有过一次奇遇。

那天我跟欧阳东潜水——突然感到头上有了异样。惊诧中一看,灰白色的颗粒如雨纷纷落在头上、身上。

"别动。往上看。"他做了个往上的手势。

嗨!一群彩色的鱼正在我们头顶一两米处游动,块头在一两斤重,鱼尾一摆,撒下一粒粒白白的东西。产卵?想要我们代你孵化?那我们也得掂量掂量有没有这种本事。

好不容易才用手接到两粒,手指轻轻一搓,虽然硬碴碴的,但碎如粉末。绝对不是什么鱼卵!这要做成鱼子酱,还不满嘴嚼沙?一千个一万个不可能!除非是鱼卵的化石。

难道是海里下沙?或者是它们刚刚在沙里打了滚,就像鸡呀、鸟呀喜欢做沙土浴,清除身上的寄生虫……要么就是刮起了海底沙尘暴,怎么可能呢?刚刚出海时还是朗朗乾坤、风和日丽呀。

欧阳的手语意思是说:悄悄地跟在我的后面。要想解开你的谜团,千万别做大动作。

欧阳毕竟有经验,他浮在海中,慢慢地跟着鱼群。

我也看到那些鱼,有的把绿、红、橙色搭配得很匀称,有的却是蓝黄相间。欧阳说,前者是雄鱼,后者是雌鱼。但全都色彩鲜明,游动时闪着虹光。

它们在一丛蔷薇珊瑚边停下了,欧阳领我到了侧面。

它们怎么在珊瑚上啃起来了?没看到那里有小鱼小虾呀!但确实有珊瑚的碎屑往下掉。不错,它圆钝、隆起的头上,长出的嘴像鹦鹉嘴。还能是鹦鹉鱼?我毛估带猜,瞎蒙黑撞。欧阳用手做了个"OK"姿势,那意思是指我说得对。

这下看清了,它们真的在啃珊瑚。那鹦鹉嘴好像是专为啃珊瑚量身定制的,啃后留在珊瑚上的印痕很清楚。

怪,难道它们也像鸡一样,要吃点沙、小石子,放在肫里磨碎食物,帮助消化?还从未见过哪种鱼长了肫哩!它们只有肠子。

或许只是偶尔啃两口,磨磨牙吧!

这时,鱼群又撒下一片卵状物。我抢到了几粒,手指一捻,心里一顿、一惊:"它们真的在吃珊瑚?"

"你再仔细看看。"

一点儿不错,绝不是海水的折射引起的误判,的确是从它们的泄殖腔中排出的,有两只正边啃边拉,可怎么消化珊瑚虫呢?

浮到水面后,欧阳揣摸透我的心思:"我们做过解剖。鹦鹉鱼的咽喉处还长了一排牙齿——但这牙齿是槽状。你见过乡下的石磨吗?磨面上下有凹凸的槽子,石磨转动,把麦子碾成面粉……"

"你是说它们先用上下颌那些细密尖锐的牙齿啃下珊瑚,再用咽喉处的牙齿再磨碎,肠道就将珊瑚虫的营养都吸收了?"

"当然!"

"它们也和长棘海星一样是珊瑚天敌?"

"它们在掠食珊瑚时,虽然异曲同工,但作用截然相反。长棘海星一吃一大片,暴发期能使大片珊瑚死亡,虽然骨骼都还在那里,却是一片死白。我们已观察了几年,还做了样方,发现被鹦鹉鱼啃食过的珊瑚,却长得异常好!它们刺激了珊瑚的生长。"

"像狼群在维系生态平衡、繁荣自然中的作用一样?"

"我们正在研究。"

追梦珊瑚——献给为保护珊瑚而奋斗的科学家

小李说:"最可怕的是长棘海星,它个头大,身上竖满了戳起的刺。第一次见到它,就吃过亏,被刺中,手疼了好几天。棘刺是它的防卫武器,有毒。按理说,珊瑚虫很小,又还藏在自造的碳酸钙的石头城堡中,谁又能吃到它呢?就是我这样学习海洋生物的,不是亲眼见到,也难以相信。但珊瑚虫是集群生活的,成千上万地在一起,受到了长棘海星的喜爱。

长棘海星(杨剑辉 摄)

"我吃过它的苦头,也就特别留意它的行动。见到它用触手爬着,正瞅着一团多孔同星珊瑚。多孔同星珊瑚很美,闪着紫莹莹的光彩,是球状的,乍见还以为是朵绣球花,但它比绣球花大得多。原以为长棘海星正在犹豫是不是能爬上去,或是畏惧,因为多孔星珊瑚也棱角锋利。谁知它一伸出触手,就像攀缘高手,几次一挪动,竟然上去了。

"它调整了一下身子,好像是要趴得更舒服一些。奇怪,它怎么就那样趴着,像母鸡趴窝一动也不动?不,没多久,只见它的腹部有了轻微的动作。它终于移动了。它又换了处珊瑚,难道它吃不到珊瑚虫?

"它刚刚趴的地方,却完全失去了紫莹莹的色彩,成了毫无生气的灰白色。而那灰白的印痕,正印了个长棘海星的模样。

"眼前残酷的事实说明,它把那一块的珊瑚虫连同虫黄藻吃得干干净净,

多孔同星珊瑚(杨剑辉 摄)

因而失去了生命的光彩。"

"我惊讶得瞠目结舌。难道它有神功,根本用不着用嘴去啃食?

"我连忙游过去,用潜水刀将它翻过来,景象让我更加惊讶——原来它已将胃翻开,紧贴着珊瑚——只有一种可能,它将胃液注射到珊瑚礁中,用胃液杀死珊瑚虫,再吸收!

"它的猎食技巧竟如此高明?难怪这片海域的珊瑚礁遭到如此大规模的残害——白化。这既不是热白化,更不是冷白化,是'吃人不吐骨头'的吃法。令人不寒而栗!

"长棘海星只有在适合的环境中才会大暴发。所谓的大暴发,是指在短时间内,繁殖的速度特别快,数量猛然增加,这当然是环境遭到污染的恶果!生物是相互制约的。每种生物既是掠食者,又是被掠食者。在生物圈中,失去了制衡的力量,就失去了生态平衡,形成了灾难!

"长棘海星就没有克星?这是不可能的,凤尾螺就是它的克星!

凤尾螺很美,和唐冠螺、万宝螺、鹦鹉螺并称为南海四大名螺。凤尾螺呈金黄色,缀有黑色的花纹,富丽堂皇。成年的凤尾螺体形较大,螺口呈喇叭形。对了,你一定见过吹海螺,是佛教做法事时吹的,浑厚洪亮的声音富有感召力,所以又叫法螺。

"我听说过凤尾螺喜食长棘海星,如果说它吃黄海星、蓝海星,我相信。但长棘海星背上长满了红刺,就像个海底刺猬,凤尾螺有什么特殊技巧刀枪不入?

"清除长棘海星是个大工程。那时我们每天都要潜水下海清除长棘海星,因为凤尾螺经济价值高,已遭到滥捕滥杀,很难见到。

"机会终于来了。那天,我刚潜到海底,就见一条蓝色的小鱼慌里慌张。身后是只凤尾螺,从螺壳中伸出鲜嫩的肉体,花纹比螺壳还要漂亮。好家伙,肉体是那样大,像个硕大的肉块。我还是第一次见到,它伸出了两角,角端有两

唐冠螺（李珍英 摄）

万宝螺（李珍英 摄）

凤尾螺（李珍英 摄）

粒黑豆，那是它的眼。它正从容而淡定地踽踽爬行。就你这速度，这模样，还想追上长棘海星？但我知道，它的猎物名单中是有螃蟹的，肯定另有绝招。

"遗憾，它没去追小鱼，却向长棘海星爬去。旁边有两三个长棘海星正趴在硕大的厚丝珊瑚上。这种珊瑚是叶状的。

"离它最近的长棘海星好像有了感觉，正准备有所动作时，凤尾螺已伸出了触手，搭到它的触手上。长棘海星像触电似的，浑身一颤，立即缩回。接着就像陀螺一样转起身子，躲避着凤尾螺的触手。说时迟，那时快，凤尾螺已按住了它。怎么，它不怕又尖又长的刺？不是有句歇后语"狗咬刺猬，无处下口"吗？那细皮白嫩的触手戴了副钢铁手套？我确实没看清，从长棘海星背上看来，很可能是凤尾螺想法子把它按下去的。

"凤尾螺对长棘海星的挣扎，不管不理。只是将身子往它贴在珊瑚的体下拱。那肉体伸缩自如，不断变形、调节。长棘海星使劲扒住珊瑚，像抓

追梦珊瑚——献给为保护珊瑚而奋斗的科学家

正在掠食珊瑚的长棘海星(西沙海洋博物馆供稿)

住救命的稻草。长棘海星的一切努力都是徒劳。凤尾螺终于用庞大的肉体顶翻了它,长棘海星露出了它灰白色的柔软的肚皮,躺在珊瑚上。凤尾螺异常从容地压到长棘海星的身上,它立即成了块肉饼。只看到凤尾螺的肌肉收缩、鼓动。没多长时间,凤尾螺离开了,向另一只长棘海星爬去。珊瑚上留下一堆长棘海星的红刺。

"它是以其人之道还治其人之身,也是用胃液将长棘海星液化?当然不是。从长棘海星残留的遗骸看来,肉被吃得干干净净,只剩长刺,肯定是另有绝招。螺类嘴里有齿舌,这种齿舌就像钳工的工具箱,有锥,有刀片,可刺,可刮,可削……就看对付哪种动物。生存之道是绝对奇妙!

"凤尾螺的大量减少是长棘海星大量出现的重要原因之一!人祸大

于天灾。

"我们开始清除长棘海星,原先是用刀去砍。不久就发现,这反而帮了它的忙。你把它砍成两块、四块。它却变成两只、四只,全活了,生命力特别强。只有一个笨办法,去捡,将它们捡到网兜中,带到岸上处理。"

小李领我们走到另一处,海湾不大,但娱乐项目不少。风景很美,典型的椰风海韵,山上林木葱茏,绿树红花。海水浴场的人也不多。几处半潜海底观光点,人也不多。我正想说这里的开发还算是适度的,珊瑚礁的保护还算好的,就听小李说:"这里炸鱼厉害。我们几个人在这里差点送了命。现在想起来,都后怕得冒冷汗。"

"那次,我正和小袁带着实习生在这里潜水,清理长棘海星。突然听到轰隆一声,开头没注意,接着又是一声,震得耳膜发胀。我心想大事不好,连忙招呼他们上浮,好在那天潜水的深度只有八九米。浮到海面一看,不远处还有水花在往下落。我们手忙脚乱地爬上船。那些人正在捞鱼,我却吓得一身冷汗。想想看,钢铁打造的潜水艇都怕深水炸弹,更何况我们这些凡体肉身?吓得我们几天不敢下海!"小李接着说。

是呀,渔民找到鱼群富集区,一炮炸去,几十斤、上百斤的鱼就漂上来了,还用在惊涛骇浪中去捕鱼?他们绝没有想到,一炮要炸毁多少珊瑚礁。没有了赖以生存的珊瑚礁,还能有鱼?

小李说他曾在海底看到被炸毁的珊瑚礁有千米长!

我问:"保护区的管理人员呢?这是非法的呀!"

他说:"防治大气污染、水污染的法令不是早就有了吗?雾霾仍然频发!偷着排放嘛。再说,保护区管理人员才几个?怎么知道渔民在哪个海域炸鱼?执法不严是个严重的问题。我很赞成刘老师说的,关键是要培养人们树立生态道德,只有人们知道应怎样保护自然,保护我们的命运共同体,并且自觉地遵守,才有可能建成生态文明。"

追梦珊瑚——献给为保护珊瑚而奋斗的科学家

小李说:"我曾听说一个故事。有一位老太太到美国去帮助女儿照顾孩子。她用水冲洗家门前水泥地。不一会儿,围来一群孩子对她叽里呱啦说着什么,神情很激动。老太太不懂英语,等到女儿回家就问是怎么回事。女儿说,肯定是说你不该用自来水冲地。因为我们这个州是缺水的州。对于节约用水有很多规定。尽管自来水是你花钱买的,那也不允许!这就是生态文化对孩子的潜移默化。看来,我们对建设生态文明教育要从孩子教育抓起,要从培育生态

砗磲和珊瑚 (李珍英 摄影)

193

文化抓起。现在,一般人都以为保护生态是环保部门的事,其实只有从每个人做起,只有培养、树立了生态道德,才有可能建成生态文明。

"皇甫晖老师在2008年的考察报告中,就建议政府、全社会加强保护生态教育。她甚至组织进行了一次大规模的问卷调查,了解大众对保护珊瑚礁的认识水平,宣传保护的重要性。从回馈的信息看,大众对珊瑚礁生态系统的认识还是处在低水平的……"

我问:"炸鱼状况有好转吗?"

他深深叹了口气:"在某些地方更疯狂了。"

"还有这样的事?"

"我们往那边走走。可能让你看到更心疼的事。你不是一直在问螺化玉的事吗?到那边,可能会看到。"

拐过山嘴,走到那边海岸。这边较为偏僻,大山把脚伸到了海里。我们只得在山岩中寻路。前面杂树、草丛中堆满了珊瑚礁,显然是从海里捞上来的。是为了烧石灰?我第一次来海南时,就见过有人将被海浪冲上来的珊瑚礁装车,一问才知是用它烧石灰。但这里的珊瑚礁全被砸碎了。再说现在也难见石灰窑了,大多是用水泥。我很纳闷。

小李说:"再往前走走,有段时间没来这边了。"

又发现了六七处,全是砸得粉碎的珊瑚礁。

我一再追问下,心情沉重的小李才说:"你只听说过螺化玉,绝想不到它藏在哪里。"

我只知道砗磲又被玩家称作"海玉",价格飞涨,它的工艺品很昂贵,因此在劫难逃。虽然国家已三番五次严令禁采、挖砗磲,但市场上砗磲的工艺品依然绵绵不绝。对于啥时又闹出个螺化玉,我确实知之甚少。

小李看我满脸的茫然,说:"是谁无意中从珊瑚礁中得到一个小螺,乳白色,温润,晶莹如玉。很可能只是一种化石。其实,玉即是美石,被玩家得知,感到有开发价值。一是它生在大海中,更稀奇的是隐藏在珊瑚礁中,很稀有,物以稀为贵。我曾看过一眼,印象中似是管延虫的一种。管延虫喜欢凿空钻岩,在珊瑚礁中觅食,死后就留在其中,成了化石。所谓开发就是热炒,炒到现在市场上一块螺化玉,动辄几百、上千元。那些想一夜暴富的人就开始炸礁了。你看,炸了这么多珊瑚礁,还不知能找到几个。想想看吧,仅仅是我们科研团队就花费了几百万元在这里造礁。有了礁石,珊瑚虫才有立足之地,才能植珊瑚。有人却为蝇头小利疯狂炸礁。这种得不偿失的蠢事也有人干!保护总是跟不上破坏的!"

我们只能心酸、苦笑,回程的路上也说不出一句话。

警报：海底躺着核弹

海洋面积占地球的三分之二，是人类赖以生存的蓝色家园。不仅提供了各种丰富的资源供人类生存发展，而且维护着整个地球村的生态平衡，仅废弃的二氧化碳，它就吸收了30%。海洋是一个受到各种物理、化学和生物学过程制约的复杂生态系统。原本它自身有着一套自我净化、维持生态平衡的功能，但由于受到了破坏、污染，生态失去了平衡，情况就相当糟糕，成了灾难。

海洋污染是指什么呢？根据联合国教科文组织下属的政府间海洋学委员会下的定义是："由于人类活动，直接或间接地把物质或能量引入海洋环境，造成或可能造成损害海洋生物资源、危害人类健康、妨碍捕鱼和其他各种合法活动、损害海水的正常使用和降低海洋环境质量等有害影响。"

大气变化、温室效应当然是个原因，但海洋的污染源主要来自人类生产、生活过程中产生的废弃物，它们以固态、液态、气态三种方式进入海洋。近来的资料我没查到，但见过二十多年前的一份资料，那上面说，据不完全统计，每年流入大海的石油约1000万吨、氯联苯25000吨、铜25万吨、锌390多万吨、铅30多万吨、汞5000吨，留存在海洋中的放射性物质约2000万居里。在我国，仅仅是粗略统计，沿海地区工业废水和生活污水就有200亿吨！现在，情况肯定更为严重。

最骇人听闻的是，还有核弹至今依然躺在大洋深处。

1963年4月10日，美国的"长尾鲨"核潜艇，在南非离好望角408千米的大西洋海域进行水下核武器试验。在接到发射命令之后，随之是一声巨响，核潜艇被炸成两截,艇上129人全部遇难。核动力燃料、核弹也随着潜艇沉入2700米深的海底。

1965年12月5日,美国航空母舰"提康得罗加"号也将一颗氢弹落在距日本冲绳岛129千米处的5000米深处的海底。直到1989年才为世人所知。因为水太深,无法打捞,至今仍躺在海底。

1966年1月17日,美国派出9架B-52战略轰炸机,准备对海上目标实施核攻击。上午10时,空中加油机正给机群加油,两架飞机发生碰撞,其中一架飞机发生爆炸,另一架飞机驾驶员见情况不妙,立即推落4枚加了保险的氢弹,弃机逃生。飞机爆炸点下面是西班牙的一个村庄。4枚氢弹拖着降落伞落下了,只回收3枚,还有1枚不幸落入海中。这枚氢弹相当于2500万吨TNT炸药,如果发生爆炸,半径15千米的建筑物将全部被摧毁,至少死亡5万人。经过3个月的努力,耗费数千万美元,人们才将它打捞上来。虽然它们都加了保险,落地也不会爆炸,但仍有轻微损坏泄漏,污染了附近海域。

苏联"共青团员"号核潜艇沉入洋底。这艘潜艇是当时世界上最大型、最为先进的攻击型核潜艇。1989年4月7日,潜艇在执行远洋任务的回程途中,经过挪威以北的公海时,潜艇由于起火而沉没,它携带了10颗鱼雷,其中有2颗带有核弹头。全艇69人,仅有30人被救起。

美国、苏联发生人员伤亡的核潜艇事故,已有20多次,真是让人胆战心惊!石油对海洋的污染,也是触目惊心,且不说船只的漏油、洗舱水中的油污、海上石油井喷等,仅运油海轮发生的石油倾泻事故就屡见不鲜,震惊世界的就有10多起。

1979年墨西哥湾发生特大井喷。那年的6月3日,墨西哥湾南面,距离卡坦岛海岸145千米处,一切的数据都显示,这里无疑有一口高产井。正当大家欢腾雀跃时,一声巨响,火光冲天,油井平台成了火球。蕴藏在海底的原油以每天4080吨的速度向海面喷出。消防队员、技术人员采取了所有能想到的措施,全都制止不了，最后还是在其附近又打了两口井，减轻主井的内压，喷势才减弱。直到第二年的3月，历时296天，井喷才被控制，共流出原油45.36万吨。漂流在海上的黑色原油带有10毫米厚，480千米长，覆盖了1.9万平方千米的海面。这是一次史无前例的原油污染事故，造成了严重的生态大灾难，引发大批海鸟、海洋生物死亡。

墨西哥湾井台大井喷的事故不止一次。2010年后还发生过两次。比较严重、记忆犹新的是2010年4月24日的那次。英国石油公司（BP）的"深水地平线"号海上井台，发生喷火爆炸，造成7人重伤，11人死亡。每天有3.5万桶至6万桶原油泄入海中。大灾难使海洋生物遭到了灭顶之灾，估计约有28万只海鸟，数千只海獭和斑海豹、白头海雕死亡。10多种动物面临生存威胁，3种珍稀动物濒临灭绝。

1983年2月，爆发了伊朗和伊拉克的战争，双方都以石油为目标，意欲损毁对方，取得胜利。伊拉克的导弹瞄准了伊朗在波斯湾的诺鲁兹油田，结果有两口油井被击中，原油以每天1370吨的速度往外喷射。直到两伊战争结束，两口井喷出的原油已达27万吨。数年后，污染仍未完全清除，而被破坏的生态，还不知要到何时才能修复。

海上运输石油的油轮出了事故，大量原油泄漏到海洋更是频发，几乎年年都有。

1978年3月16日，美国的"亚莫克·卡迪兹"号油轮在法国附近海域触礁沉没，所载的22.4万吨原油全部泄入海洋。据不完全统计，这次事故造成了9000多吨牡蛎和2万多只海鸟死亡。

1989年3月24日，埃克森石油公司的"瓦尔迪兹"号油轮，从阿拉斯加出发，触礁搁浅在勃莱岛附近，3.3万吨原油泄入海洋。截至10月，污染已造成栖息于海湾中的993只海獭死亡，3.3万只海鸟死亡，而这一海域靠渔业收入每年原有1亿美元，污染已使其付之东流。直到14年之后，美国环境部门前来调查时，泄油所造成的海洋生态污染仍未完全消除。

资料显示，油轮事故泄油量在10万吨以上的，就有10多起。

小李说："海洋中还有一位可怕的冷面杀手——塑料。它无处不在，又难以清除，难以消解，数十年、上百年都难以腐烂，危害长久。"

当今，塑料产品几乎渗透到我们生活的方方面面，从塑料袋到大型塑料制品，无处不在。这种高分子合成树脂，又被称为"塑料球料"。在近三四十年中，全球每年大约要生产出3亿吨，其中有10%从各种渠道流入大海，成了冷面杀手，造成难以想象的灾难。据报道，有50余种鸟会吞食塑料碎片。有人发现，剪水鸟在一天之中竟吞食320多块塑料，而在一头鲸的体内还发现了50多个塑料袋！在陆地上更为严重，随处都见到这种"白色污染"。

小李说："我们在清理移植珊瑚样带时，最烦最累的就是清除覆盖在礁上的塑料制品。塑料对海洋的污染、生态的危害，已引起了公众的极高关注。曾有报道称，在海底发现了流入海洋的塑料，竟汇成了长长的带状。最近一则报道称，21岁的荷兰青年博彦·斯拉特立志要与海洋塑料垃圾宣战。他用一个月的时间，在最为繁忙的海上航道调查被遗弃的塑料垃圾状况。他成立了一个团队，专门研究如何清除这些垃圾，保护海洋生态。

英国艾伦·麦克阿瑟基金会近来发出警告，如不及时采取措施，到2050年，海洋中塑料垃圾的重量将有可能超过鱼的重量。多可怕的数字！

还有漂浮在海中的废弃渔网，它们比传统渔网更为隐蔽，更难发现。当海洋动物被缠住，结果只有死路一条，就像那晚见到的被网缠住的翻车鱼，如果没有我们的救护，肯定没有生还的机会。据估计，在太平洋的北部，仅日本渔民的网具，每年就可以杀死3万至8万只海鸟。

海洋中大型哺乳动物更容易上渔网的当，如海豚、海熊、海豹，甚至巨无霸鲸鱼。有人估计，全世界每年因渔网而丧生的海鸟竟达一两百万只，哺乳动物也有数十万之多。

名片掉色

小李说:"我近年主要是研究绿藻对珊瑚生态系统的影响。"

他是位憨厚的小伙子,平时言语不多,圆圆的脸上满是质朴。但他说这话时,我看到了他脸上遮不住的神采飞扬。也就是说若不注意,很难感觉到这种表情,而这表情大约源于他在研究中的发现、走出困境后的喜悦。

小李说:"藻类是个繁荣昌盛的大家庭,其中有的对生命的进化起着重要的作用,它们是海洋生态中的重要一员,是很多生物的食物。就以珊瑚礁生态系统为例,与海藻就很有关系。还有一种钙藻,是珊瑚礁形成的黏合剂,少了它还不行。其实赤潮自古以来就有,2000多年前就有记载,但没有造成灾难的记录。但现在一谈到赤潮和浒苔,以及巢湖、太湖等内陆湖的蓝藻,都成了生态恶化、灾难的代名词。其实,那不是藻类的罪过,罪过在于人类使海水富营养化——以为大海什么都能装,将垃圾、废水……统统都向海洋倾泻,导致海洋生态失去平衡,各种藻类大暴发。"

"近十多年来,广东、广西沿海爆发赤潮,以及北海、东海爆发浒苔,带来的灾难主要在于:一是赤潮生物聚集于鱼的鳃部,致使鱼窒息而死;二是赤潮生物大量消耗了水中的溶解氧,致使鱼虾缺氧而死;三是鱼类大量吞食了有毒藻类;四是有些藻类分泌毒素,海水散发着恶臭。所有这些都警示着人类必须保护海洋。

"赤潮是海洋生态系统中的一种异常现象。它是由某些藻类在特别的环境条件下暴发性地增殖造成的。赤潮在国际上也被称为'有害藻华'或'红色幽灵'。其实赤潮的颜色并不全是赤色的,根据引发赤潮的生物种类和数量的不同,海水有时也呈现黄、绿、褐等不同的颜色。在珠江口,赤潮发生时,海水一片赤红,而在青岛、烟台的浒苔却是翠绿的一片,在海面上形成几十平方千米的面积,就像海上草原。所幸的是浒苔虽然造成了海洋生态危机,但形成浒苔的藻类,属绿藻纲、石莼科,当地也称"苔条""苔菜"。据说含有营养成分,可食用,也可作为饲料。当然,这要经过科学的严格检验。"

小李说:"三亚绿藻的大量暴发也是近年的事。去年,在实验站前的海滩就捞了好几吨。这种绿藻对珊瑚的影响究竟是害大于利,还是利大于害?怎样预报控制?是否也有利用价值?我想把这问题搞清楚,找出正确答案!"

回到实验站没一会儿,小袁潜水归来,手里提了个大网袋。原以为他是顺手牵羊,捕了几条鱼,谁知解开一看,全是塑料袋,竟然还有一只破鞋——全是垃圾!

小袁气愤地说:"100米的样带上,只捡了几十米,就这么多垃圾!才几天没下去清理!"

他说的样带,是"植珊瑚造礁"恢复生态系统的实验样带。前两年,他们先用钢铁三脚架、水泥预制件和废弃的小船,在规定的区域内造了人工礁,接着投放了人工孵化、培育的珊瑚虫幼苗,又移植了部分活珊瑚。离这里较远的海域,长势不错,但鹿回头的珊瑚最让他们不省心。

小袁说:"颗粒状的垃圾将几片珊瑚都覆盖起来了。我像用抹布擦桌子,清除那些垃圾。气瓶里的气已发出警报,我不得不上来,明天还要再去清理。不然,这些珊瑚都可能窒息而死!珊瑚生存,需要洁净的海水,这些污染物都能使珊瑚致命!"

小李说:"这个实验站长期的任务,是对'封海育珊瑚,植珊瑚造礁'进行监测:一是空间调查监测——监测同一时间、不同地区的礁珊瑚礁分布的状况,及其形成的原因;二是时间调查监测——监测同一珊瑚礁在三五年之间发生的变化以及变化的原因,具备不具备恢复条件。"

今天去海螺岛考察。海螺岛也在保护区范围内,那里已开发成旅游景点了。

我们乘船到了岛上。小岛不大,与渔村相隔,作为旅游景点,一大特点是游客熙熙攘攘、川流不息;再是岛上遍布了海螺和贝类的雕塑。当然少不了唐冠螺、凤尾螺、万宝螺、鹦鹉螺,其他如马蹄螺、红螺、贻贝、虎斑贝、芋螺等。让游客认识海洋生物的丰富性,进行科普教育,当然是有意义的。

乘了电瓶车到了小岛尽头,我们在海边探寻珊瑚。原来南海的水透明度高,透视海下一两米应是不成问题的。但没有见到珊瑚,海滩上也只有一些破碎不堪的珊瑚礁。离岛不远处,却有网箱养殖。唯一看到珊瑚的地方是游船码

热带鱼 (李珍英 摄)

头,有几条热带鱼游弋在稀疏的珊瑚中。几株珊瑚虽然都无精打采的,但从柱头闪着荧光看,那显然是活珊瑚。那几条热带鱼,很可能是用定时投喂的办法招来的。至于那几株活珊瑚是否由别处移来的,就不得而知了。看得我们很沮丧。找到了保护站的人员,但一问三不知。

小袁说:"这里也是重灾区。第一次来考察时,珊瑚礁的状况是好的,否则旅游公司也不会看重这里。但保护措施不到位,过度开发导致如今这个局面。就是这么一个小岛,每天有几千名游客。"

蜈蚣岛离三亚远。下车后,乘20多分钟的船才到。岛上人潮汹涌。旅游公司的一位经理介绍情况。我首先问游客的情况。他说:"我们是靠环境吃饭的,也就特别注意对生态的保护。每天上岛人数限定在一万。"

我知道这个小岛的面积只有1.45平方千米,即使每天限定一万名游客来往于岛上,依然是惊人的数字。经理说:"我们是2000年开发的,有50年的使用权。刚上岛时,要清理1000多米的海岸。沙滩上堆满了风浪打上来的珊瑚礁,有几十厘米厚,我们用筛子筛,把细沙留下。"

既然有这么多被风浪打上来的珊瑚礁,说明了当年这片海域里的珊瑚是欣欣向荣的。

经理说:"现在岛上建了酒店、污水处理厂,每天有四五吨垃圾运出。你们去北面看看吧,现在有了边防派出所、海洋管理站,离岸500米之内,不准渔船进入,加强了管护。我们组织渔民转行搞旅游,在那边建了个海上牧场。在上千亩的海域投放了人工礁,恢复珊瑚礁生态,开展了海钓项目。"

看来,这位经理对"绿水青山就是金山银山"有一定的认识。他所说的各种措施如能真正到位,应该说,对保护珊瑚礁的生态系统是有意义的。

我们环岛走了一圈,沿海确只有摩托艇和潜水点,未看到渔船和网箱养殖。东边还有几个山峰,植被茂盛,看来保护得较好。我见到好几株露兜,其上挂满了果实,都完好无损。露兜是在海边长见的树,乡民常用它护岸、挡风沙,因其叶和果实与菠萝相似,又名野凤梨或野菠萝。近年玩家们兴起了玩手串,有种"滴血莲花"被炒得神乎其神。一串价值数百数千元。其实那手串上的珠珠就是露兜的种子;其种子形似莲花,又是红色,穿凿附会成"滴血莲花",因而露兜遭到极大的摧残。而这里,就在路边,居然能修成正果,没被摘去,应算难得了。

海洋部的主任安排我们乘半潜船去海底看珊瑚。所谓半潜船,就是船的下部是玻璃,游客可看到海洋生物和珊瑚。珊瑚礁生态系统原本就是一道奇异的风景线。海洋旅游胜地都是以此来招引游客的,它是一张金名片。我们确实看到了鱼,但都是小鱼,品种也不多。活珊瑚也有,虽比海螺岛的要多、要好,但有的珊瑚上像蒙了一层灰尘。海水中有悬浮物,与我们在西沙看到珊瑚的相差太大。显然,这张名片已有些失色。

经理曾说,潜水点和半潜船的海域是轮换的。说明他懂得在游客的干扰、破坏后,自然是需要休生养息的。黄山风景区在这方面有很成功的经验,如最负盛名的天都峰、莲花峰……都是视生态恢复的状况而进行轮流开放。

小岛上可称人满为患。平地、海滩拥满了人群,特别是这样一个小岛上居然还有个大酒店!就以经理所说,每天定额一万名游客,这是什么概念呢?粗粗估计,平均一平方米上就有一个人,这对环境是多大的压力!

从旅游项目的交通船、门票、游艇、餐饮等收费标准,可估计小岛上的每天收入是一两百万元。一年的产值是不难算出来的。这一方面说明旅游业,特别是以珊瑚礁生态系统为主的旅游业的巨大潜力;但另一方面千万不能用破坏生态做代价。否则,不仅无法保持可持续发展,反而会毁了人类赖以生存的家园。

多年前,三亚有一海湾也曾开展过乘半潜船观看珊瑚的项目。我和李老师慕名去了,顶着烈日,排了很长时间的队,也未能购到票,只能作罢。十年之后,我们再兴致勃勃地去,但到那里,只见长长的沙滩上游人寥寥,售票处和半潜船已不见踪迹。那里已没有了这个项目,或者说那里已没有了珊瑚。

据说,在分界洲那边,景区小岛对珊瑚保护较好。但由于种种的原因,我们没有去成。但愿那里确实较好。我想起皇甫晖写过一篇文章,描述了她所见到的现象。主题是经济发展与珊瑚礁的消失数量成正比,痛心疾首地呼吁人们尽快行动起来,保护珊瑚礁生态系统!

小袁思虑得更多。他说,大自然的生态资源是全民的财富,把全民的财富交给公司经营,门票的价格为什么这样高?经营者得到的高额利润,是不是应该拿出一部分投入自然保护,回馈社会?我们应该制定法规,对以生态为主的旅游区收取资源保护费或生态补偿费,用于对自然的保护。

梦想的光辉

理想是人类的太阳、进步的阶梯、追求的目标,无论是碰到了多大的艰难、多严重的挫折,理想都激励着人们勇往直前。

皇甫晖和她的追梦珊瑚科研团队经过十多年的奋斗,已收获了值得自豪的成就。

我们和他们相识,要感谢渔民阿山,要感谢吃牡蛎硌牙的那颗珍珠,要感谢李老师拾到的红色珊瑚。机缘,使我们走进了海洋深处,走进了珊瑚世界。

在和他们一同救护了翻车鱼之后,皇甫晖满足了我们的要求,带我们考察"封海育珊瑚,植珊瑚造礁"的实验样方。

她选了个海况较好的日子,风微、浪细、阳光灿烂。航行了将近一个小时,来到蔚蓝的大海中泛着绿色的海域。显然,这是个隐藏在大海中的礁盘。

小袁说:"它还要再长两三米,才能成为珊瑚岛。"

大船停在礁盘外,我们全都上到小船上。皇甫晖要小船开得慢点,先巡视一番。

南海的水透明度高。透过海水,我看到了五颜六色的珊瑚像错落有致的花丛,与夜晚曼妙珊瑚相比,阳光下的珊瑚洋溢着雕塑美。毫不夸张地说,这是一片海底雕塑花园,彩色的蝴蝶鱼、小丑鱼恣意绕花穿梭,海藻曼舞……海浪时时将其变形,显得更为摇曳多姿,洋溢着大海的美丽!

到了样方处,我看水不太深,就想一个猛子扎下去。

追梦珊瑚——献给为保护珊瑚而奋斗的科学家

珊瑚中的小丑鱼（李珍英 摄）

皇甫晖直想笑,说:"刘老师,这儿可不是你老家巢湖。你想在水下看得时间长点吗?"

几个人上来,不容分说,帮我穿戴了潜水装备,羡慕得李老师跃跃欲试,可眼看只有一套潜水装备,还是小李留在船上给我用的,也只能无话可说。

我刚潜入水下,就像落进了流动的水晶中。奇妙的海底世界扑面而来,在淡黄、淡绿相间的珊瑚上,两朵鲜艳的红花是那样抢眼。我迫不及待地想游过去,却被小袁一把拉住。我先是一愣,他的手势却是告诫:别忘乎所以,初学潜水的人一定要动作慢,一是避免被锋利的珊瑚礁剐蹭,二是避免激动时耗氧多。我只能报以感谢。

皇甫晖善解人意,她将我领到两朵红花跟前。我这才看清,它们太像两位

207

标准蜂巢珊瑚（杨剑辉 摄）

阔裸肋珊瑚（杨剑辉 摄）

马戏团的笑星——花柱上顶着雪白的羽帽,乌黑的眼、银色的餐巾、红色的大幅裙。在水的荡漾中,那似乎正在说唱逗乐的神情,引得我直想笑。当然羽帽、餐巾、裙裾都是它的触手,条条都有几厘米长。我刚伸手扰动水波,那些红艳的触手就舞动起来了。真是可爱!用现在的网络语言表达:太萌了!皇甫晖证实,这是动物,学名管虫。这片海域珊瑚很繁荣,有鹿角科珊瑚、裸肋科珊瑚、蜂巢科珊瑚……柱头荧光闪闪,形态多样。鱼类更是繁杂。说实话,我还从来没见过这样好的珊瑚礁生态系统。

出水休息时,我问:"你们实验的样方在哪里?去那里看看吧!"

他们三个只是对我笑,笑得很阳光。小袁的笑容中藏着一丝我看不透的内容。

于是我问:"我说错了话?"

"刚看的就是实验样方!"小袁忍不住说了。这时我才明白他的笑容里藏着自豪。

小袁又要张口,皇甫晖用眼神制止,说:"刘老师,刚才只是走马观花,现在领你去看得细一点。"

是我在海底看到的珊瑚太少,还是……我带着满腹的狐疑,跟着皇甫晖下潜了。在珊瑚礁中穿行,确实需要谨慎,虽然有着阳光,但在水下视力所及之处并不太远,且不说珊瑚参差,又有漂浮的海藻时时挡住视线,从珊瑚礁中蹿出的大鱼小鱼、海鳗、海蛇就得时时提防。真得感谢小袁、小笪跟随左右。

皇甫晖在一丛鹿角珊瑚处停下,它是淡青色的,枝状。她说:"这里有我们移栽的珊瑚。"虽然一眼看去没有明显的移栽痕迹,但不能不相信她的话。我感觉这不应该是个技术含量高的事。我从小就在菜园里帮着大人拔草、栽菜、浇水,我对这种生活并不生疏。移栽的菜,虽然长得和原生菜一模一样,但只要细看,总还是有区别的,比如有的无论是菜色或发棵都带有移栽的痕迹。可我浏览了几次,也没发现哪些茸枝有着异样。转而一想,觉得自己挺傻的。

壮实鹿角珊瑚（杨剑辉 摄）

珊瑚是动物，怎么可能像栽菜一般？

我向皇甫晖投去询问的目光。她没理睬，倒是小袁的目光给了提示。我连忙去看那片珊瑚丛，它不仅生长得茂盛，而且有两株格外粗壮、饱满，犹如雄鹿头上的茸角。真的很像，毛发毕现。在几株茸角后，我发现了一块金属牌，用铁丝箍着，黑色的字迹很清晰：鹿角珊瑚科。2009年5月移栽。原长4厘米。2011年测量：15厘米。

两年长了11厘米！不可思议！

我不敢相信自己的眼睛，连忙在根部寻找移栽的痕迹，可我什么也没发现。小袁游近，用手将根部的海藻抹去——啊！确有细微的连接的痕迹。太令人惊叹了！

在附近的珊瑚礁中，我又发现了几块金属牌子，都记载了是同年栽的，年生长量相差不大，大多在5厘米左右。

我在这些挂了牌子的珊瑚周围看到一些短枝，仔细察看，却没有找到连接的痕迹。我心想，它们肯定是自己生长出来的，就像大树下的幼树。小袁证实了我的猜想，还说这里整体环境较好，曾连续两年在这里投放了人工孵化的珊瑚虫幼苗。这块实验样地有1000平方米的面积。

自然的恢复力是如此强大！

我在附近一边看,一边感叹科学的伟大。皇甫晖和小袁却每人拿着一把特殊的剪刀,在珊瑚稠密处采珊瑚。不一会儿,皇甫晖领着我们到了礁盘上另一处海域。黑褐色的礁石上,有荧光色的珊瑚长得稀稀疏疏的,与样方处相比,差距太大。

皇甫晖说:"你在这里看到的状况,比样方三年前的景象稍好一些。这里曾遭受长棘海星的伤害,成片地白化,活的珊瑚很少很少。现在已在恢复中,但速度较慢。我们已选了这块样地,今天进行部分移栽。"

突然,小笪指着我的脚边——礁棚下有一个贝壳,黑色,形状像只耳朵。这种形状在贝类中凤毛麟角。我又俯身看了一下,确实只有半边壳,壳下有孔。我心想:这不是渔民称作"海耳"的鲍鱼吗?它可是四大海鲜之首,顶级宴会上必有的美味。看到它正要爬走,我伸手就去捡,可没有捡起来。看样子,它也就三四两重。不是常说"三个指头捡田螺——笃定"吗?我五个手指全用上了,还是没有捡起来!怪异极了,难道它有"定海神针"?

小袁对我直摇手,意思要我看他的。他那边礁下也有一只。只见他悄悄地接近,尽量不搅动水波,慢慢伸出手——就像儿时我们去捏蜻蜓翅膀——突然,闪电般出手,已将那只鲍鱼拿到手中,翻开,鲜嫩的肉体露了出来……是展示还是炫耀他的手劲?

我很不服气,只是紧睁两眼去礁石边寻找。好在没一会,又见到一只鲍鱼,形状像耳朵,可颜色并不对。管它哩,壳的下端明明有几个孔,这是鲍鱼不同于其他贝类的重要特点。我这次攒足了劲,却仍然拿不起来。又摇又晃,却仍然没有撼动丝毫。怎么,真的老了,手无缚鸡之力?连三四两重的小鲍鱼也捡不起来?

连皇甫晖也围在边上眯眯笑,又是摇手,又是要我浮出水,意思很明确——别白费劲了!

浮到海面。小袁拿了战利品对我扬扬得意地说:鲍鱼可是具有独门功夫、特殊生存智慧的海贝。不知其中诀窍,很难捉到它!贝类动物大多是双壳动物,但鲍鱼是半壳类的海贝,只长半边的壳。你看,它的壳纹是右旋的,大多贝壳纹都是左旋的。日常是壳在上,肉体吸附在礁石上。

他用手在壳上一撕,撕下一块黑皮,露出了褐色的壳,说这层皮是鲍鱼的外套膜,像迷彩服。

小袁将鲍鱼黄白的肉体向上。嗬,露出的内壳是如此漂亮,像涂了层珍珠釉,闪着珠光宝气!

小袁说:"看到了吧,这个扁平宽大的肌肉,就是它的肉足。它可不是一般的肉足,它就是靠肉足吸附在礁石上安营扎寨。别看它是食草性的动物,靠食海藻为生,但吸附力惊人。有人做过测算,像这七八厘米长的,吸附力在100千克左右!所以,捡鲍鱼必须眼疾手快,以迅雷不及掩耳之势才能捡到。只要它稍有警觉,你们就很难捡到了!"

我说:"那它就高枕无忧了?"

小袁忍不住地笑出了声,直对我瞅着。意思是:它还能斗过人?

我恨得牙痒——真蠢!是呀,用铲子还铲不动?我想起在渔村,曾看到拾海的渔民的船上有种小铁铲,当时奇怪他们出海还带这小玩意。我问:"你肯定知道䲟鱼,就是帮鲨鱼清除寄生虫,吸在鲨鱼身上四处闲逛的䲟鱼,它的背上长了吸盘,吸力也惊人。它俩谁的吸力大?"

"没进行过比较。"小袁答得很实在。

我乘胜追击:"䲟鱼的吸力大,利用的是压缩空气的原理。鲍鱼吸力大,用的是什么原理?"

小袁仍未发觉我的用意,只是摇了摇头。

嗨!也有你不知道的事!我找回了一点自尊。正在偷偷乐时,转而一想,又为自己的孩子气感到可笑。正想找个台阶时,皇甫晖说:"前两年来时,我还没看到有这么多的鲍鱼,说明现在这个生态系统依靠自然力正在恢复。鲍鱼多了就是最好的证明。所以说,珊瑚礁生态系统是几千种鱼类的家园。失去了这个海洋中顶级生态系统,它们也就失去了栖息地。"我很感谢她的善解人意。

他们按计划将那边样方采来的珊瑚都栽种到应栽的礁石上。栽的方法看来很简单,用一种黏合剂将活体珊瑚粘到礁石上就行了。

按理说,我还有一些问题要问,因为看似简单中肯定包含了很多不简单的科学,比如该选什么地方栽,就有很多奥妙。就像很多科学大师,研究了大半辈子,写了几本著作,最后却将丰富的内容只浓缩成一个或几个简约的数学公式——科学美的经典写照。

我觉得在皇甫晖的精心安排下,看到的已够我慢慢去体会了,于是转了个方向问:"经历过失败吗?"

"当然!比如该剪多大的活体珊瑚,用哪种黏合剂?哪种珊瑚最适宜移植……失败过多次。正是在失败中找到了办法。看来还是鹿角珊瑚科的一些品种最适宜移植,因为它们产出的卵已经受精,生命力旺盛,适应环境能力强。我们在七连屿那边的样方地发现,最高的生长量是一年长了10厘米!很惊人! 只是这种移植投入大,从经济角度讲,目前还不适宜大面积推广,但可作为恢复珊瑚礁生态系统的重要措施。"

在小袁他们的鼓励下,我终于捡到了三只鲍鱼。回到小船旁,看到李老师居然钓了5条石斑鱼,都有一斤多重。我正要夸奖她,她却兴冲冲地说:"别急着上船。我们发现了更大的宝贝,是你一直想找的。"

这里不可能有红珊瑚、金珊瑚。难道是黑珊瑚?她能有什么重大的新闻发布? 大家都被她的新闻预告惊愣了。

可小李憨厚、朴讷的笑容,是对重大发现做出的肯定。

皇甫晖也是惊喜。

"什么?在哪?"我问。

"动作温柔点,别惊动了它。在这边四五米远的地方。"

我悄悄地顺着她手指的方向游去。"对,对,快到了。看到像树舌一样一层一层的珊瑚了吗?就在它右下角的海底。"她在船上导航。

我回头对他们说:

"哥们儿,谁也别告诉我在哪!千万别剥夺我发现的快乐!"

叶状的珊瑚丛中,两只大眼正瞪着,惊得我全身一震——由一圈圈绿的、黄的、紫色的圈纹组成了同心圆,圆心鼓突出彩色的晶体,闪着逼人的威严。

美丽的有鳞砗磲 (李珍英 摄)

两只粗壮的触手,敦厚、饱满的肉体是蓝绿色的,非常鲜艳,光彩照人……

有壳,是双壳,张开着,内壳雪白,正享受着阳光的眷顾。它有八九十厘米长,是贝类中的巨无霸!可外壳上穿了件迷彩服,黑色上缀满繁星般的白斑。

啊!鲜活的砗磲原来是这样的!

它就是大名鼎鼎的砗磲,我听过很多关于它的传说,起初不知"砗磲"为何物,名字怪怪的。后来在海滩上见过只有小盘大的,那形状像海里的蚌壳,只是外壳上有像大车碾压后留下的一条条高陇,高陇之间如渠沟,我这才悟出名叫"砗磲"的缘由。

有人又称它为海玉。因为它色如脂,厚实,温润如玉,可琢可雕。佛家高僧用其磨珠作为佛珠,意在吉祥如意,用来祈福、驱邪。清朝大官用其磨珠缀在帽顶,串起作朝珠,显示官阶、身份。用它雕成的工艺品,比玉石更有灵性,因为它是生命的结晶。

和一切动植物一样,越是具有较高的审美或实用的价值,越是在劫难逃。砗磲已处于极度濒危之中。我们来西沙这么多天,还是第一次见到这样巨大的、鲜活的砗磲!

皇甫晖看我在左右审视、探索砗磲的内壳,问:"找到珍珠了?"

我以笑作答。她很聪慧:"它产珍珠也是罕见的,就像牡蛎产珍珠一样。砗磲能长到这份上,活了有七八十年。它和珊瑚一样,与虫黄藻共生。因而,它的生存状况成了评估珊瑚礁生态系统的重要参考。"

"要不要伸手进去试试?看看能不能找到珍珠?会不会被夹住。"小袁问。

我说:"还是不打扰它吧!皇甫晖博士已在南沙群岛那边做过实验。"

上次在鹿回头,小袁、小李没有食言,领我去看他们"植珊瑚造礁"的实验工程。他挑选的时间是中午,因为此时基本上没有往返的游轮,该出发的上午已走了。不到傍晚,也不会返航。那个堵心的浮动大网箱,也游猎到另一地方了。

鹿回头的海湾并不小。到了样方的海域,我们三人就准备潜水。把小艇交给李老师前,当然免不了要对她培训一番。她也学得很专心,乐滋滋地说:"没想到七十多岁还能当船长。你们可得听我的命令啊!"

小袁、小李把我夹在中间。刚入水,就发现这里的海水透明度比西沙群岛的差远了。悬浮物较多,能见度只有两三米。

他们先领我巡视一番,活珊瑚的覆盖率不高,与我30多年前仅仅在离岸五六米看到的景象差距太大。样带有100多米长,全是用钢铁做成的三脚架,上面吊着一株株珊瑚。柱头闪着荧光,辉耀着生命的光华。

这样的景色给我的深刻印象是工程量很大。

我正想问为什么不利用原有的珊瑚礁时,小李指指海底——是的,多是破碎的礁石,即使完整也连不成片。我想起了他向我说过的炸鱼毁礁。难怪他说建设没有破坏快!

人啊,何时才能不再如此愚蠢!

他俩不仅是领着我来看,主要的任务是清除珊瑚苗上的污染物。我也照葫芦画瓢,将挂在珊瑚上的塑料片、破布、烂条撕下来。但对那些落在珊瑚上尘埃、微粒、悬浮物就不敢轻易下手,生怕伤害了珊瑚。

三脚架早已被海螺、藤壶、蛤类占领得琳琅满目。我在永兴岛看过他们人工孵化育苗池。这里所吊的珊瑚,应该是从育苗池移植来的,从生长的长度来看,可能有一年多,近两年了。

我问小李:"还有多长时间就该把它们移植到珊瑚礁上?"

突然,我们听到异响声,小袁拉着我就上浮。原来是几辆飞驰在水上的摩托在轰鸣,水花飞溅。若是给哪个冒失鬼撞上,结果肯定很惨!李老师也被吓得不知所措。

我们每人都拖了一袋垃圾上船。

小袁大约是看到我很郁闷,说:"明天去野鹿岛看看吧。那边恢复得较好,我们也做了实验样方。"

小李说:"我和小袁在那里,还有过一次奇遇哩!两位老师肯定知道有的鱼夜里也要睡觉,但肯定不知道很多稀奇古怪的睡法。"

李老师来精神了:"还能像短尾猴那样抱成团,打呼噜?"

"别逗我们了。抱成团御寒我信,它们怎么可能像人一样,睡熟了打呼噜?"小袁当然领会到小李的用意。

"不信?刘老师30多年前在黄山参加过对野人的考察。最后发现所谓的野人就是短尾猴。他们特意在夜里去看这种体格健壮的大猴是怎样睡觉的,还真的亲耳听到它们打呼噜。呼噜声有的像扯号子的,有的像喘不过气。他们怕山民不信,还特意录了音。那时要找到一部录音机还真不容易哩!刘老师,你来证明吧?"

我只能点头。

小李说:"人和猴子同属灵长类,生活习性与人相似不足为怪。可你能想到有的鱼睡觉时,还套睡袋吗?"

"你别哄人了。袁博士,你信吗?"李老师不依不饶的劲头上来了。

"我也不信。可那是我们两亲眼看到的。"

"那就请李博士赶快道来!"

小李说:"那天晚上我们夜潜,检查样带上珊瑚虫的附着情况。特别是有钙藻礁石上的情况。无意中,我们看到一条鹦鹉鱼,有两三斤重,它肉质鲜美。这种好事我们还能放过?正在想怎样才能抓到时,它却钻进了一个礁洞中。我们心想它大约是来啃珊瑚的。这真是千载难逢的好机会,因为我们只要堵住洞口就瓮中捉鳖了。小袁负责堵洞,我负责捉鱼。可一看它奇怪的动作,我们就没马上下手。它奇怪在哪呢?它正吹着一个水泡。这个水泡越吹越大。海水可不是肥皂水啊!是不是它分泌了一种什么物质,使水泡不炸呢?

"吹着吹着,这个水泡竟然把它罩起来了,这更是难以想象。过去,我们只知道蚕是作茧自缚,那是从外到里一层层织起来的。可它吹的是个大水泡。怎么能像织了个玻璃罩把自己罩起来呢?因为怕灯光对它有干扰,所以一直不敢用头灯对着它。太神奇了!我至今都没想通。我们还想着它怎样演戏,可它就那样浮在气泡中,一动也不动。

是睡了?给自己制造了一个睡袋,设置了防卫装置,睡觉了!"

故事说完了,谁也没有笑,但心里都多了一份对生命的赞美,对生命奥妙的思考!

只有海风和海浪的低声细语,连小艇的马达声也几乎听不到了。

"后来呢?"李老师小声问。

"我们悄悄地退回了,生怕打扰了它的美梦……

"后来回到所里,我们问了鱼类学家,才知道鹦鹉鱼的皮肤上分泌一种黏液,用这种黏液制造了睡袋,隔绝了气味的散发,避开了敌人,又防止了寄生虫的侵扰。一觉醒来,这个睡袋又成了自己的早餐!"小李说。

第二天,小艇航行了近一个小时,才到达野鹿岛。迎风的一面,随处可见到被狂风巨浪打断、打碎了的珊瑚。有的堆成了小丘,有的在海底铺了厚厚的一层,但就在这些珊瑚的残骸上,新的珊瑚又长了起来。我目测了几株枝状珊瑚,已有四五十厘米高了。鹿角珊瑚特别繁荣,又枝林立。块状的蜂巢珊瑚、脑状珊瑚体量较大。海葵、软珊瑚夹杂其中。一株硕大的柳珊瑚直径有七八十厘米……鱼类很丰富。总之,与我们在西沙群岛看到的样方相似,几乎没有一眼就看出的差异。

小袁说:"那年台风刚过,我们就匆匆赶来。看到的景象,用"惨不忍睹"形容大约也不过分。谁都在想,它还能恢复吗?"

小李说:"皇甫晖老师却在劫后余生的珊瑚中看到了希望。真的,台风所造成的灾难并不是毁灭性的。避风的一面,珊瑚的损失不是太大,即使是正面

追梦珊瑚——献给为保护珊瑚而奋斗的科学家

遭袭的,不是依然有活的珊瑚挺立吗?于是,她制订了以投放珊瑚虫苗为主的恢复计划。我们在这里连续投放了四年幼苗。现在彻底地恢复,你看那片已超过了原来的景象。"

小李的话,使我想起塔克拉玛干大沙漠的胡杨。胡杨是大沙漠中唯一的乔木,正是胡杨阻挡风沙的侵袭,才涵养了贯穿大沙漠的塔里木河,创造了一个个绿洲。胡杨极耐干旱、盐碱,充满了生存的智慧。人们用"胡杨三千岁"来赞美它顽强的生命力,意为:活着千年不死,死后千年不倒,倒后千年不朽。我曾亲眼看到一棵倒在沙上的胡杨树干上又挺立起新枝,灰绿的叶片缀满了枝头。林业学家告诉我,胡杨遇到极干旱或狂风肆虐的年份,为了保存生命的血脉选择了倒下,待到有了水的滋润,它又获得了新生。我还见过一沙丘斜坡上冒出了一片胡杨幼林。向导说,沙坡下面曾有一片胡杨被风沙掩埋。生命是如此壮美!自然之力是如此强大!

细枝鹿角珊瑚 (杨剑辉 摄)

219

我问:"这里为什么没遭到人为的破坏?"

小李指着高高飘扬的五星红旗,说:"岛上有守卫的战士,是这群最可爱的人保护了这片珊瑚!"

深海更迷人

我们和皇甫晖及她的科研团队相识已经4年了。对于他们劈风斩浪、不屈不挠的精神有了深刻的体会,对他们取得的骄人成绩,由衷地赞扬。但我始终在想,他们最重要的功绩在哪里呢?

我想,首先是唤醒了我们的海洋意识,展示了海洋之美、创造热带绿洲的珊瑚之美,激发人们崇敬海洋、保护海洋的意识。

我国有300万平方千米的海疆,千万别只记住960万平方千米的陆地,还应重视起300万平方千米的海上家园。这同样是我们民族生存发展的根本。

可我们对海洋知道得有多少呢?海洋学家说,人类现今对海洋的认识只有1%,我们对海洋的认识应比1%更多!

正如皇甫晖说,珊瑚生活在海底,海洋生物在大海,它们的生存状况、生态系统的变化,并不像陆地生物容易看得真切。然而,要根除农耕社会的长久影响,需要决绝的勇气和措施,"21世纪是海洋世纪"的口号才能落到实处。

我将这意思告诉了皇甫晖。她笑了,说:"很高兴刘老师的理解。但要人们真正认识到'绿水青山就是金山银山''生态系统服务功能的价值是财富',路还长着哩!只靠科学家和相关的单位来努力,生态文明到何时才能建成?我非常理解你说的最重要的是树立生态道德,只有人们树立了生态道德,才可能将保护自然、保护生态作为自觉的行为,才不至于落入重复破坏后再修复再破坏的怪圈。正如你所说,这是需要几代人的努力,才能形成的崇高风尚……"

我说:"看样子,你们这个课题快结题了,从有了梦想到梦想的实现,应是人生最大的快乐。"

她说:"'封海育珊瑚,植珊瑚造礁'的实施,从理论到实践已有了经验。准备在专家评审后,就移交给相关的机构去推广、实施。当然,我们还要帮助培养一批技术骨干。不过,这只是珊瑚生态学与珊瑚礁生态学课题的阶段性成果。梦想也有阶段性,小梦想不断积累才能实现更大的梦想。追梦之旅从来就没有终点。

我没有再说话,只是看着她犹如深邃大海的眼睛,希望听到她说出后面追寻的目标……

她说:"我们将去探索深海珊瑚。现在硬件具备了,不仅有了潜水钟,而且'蛟龙'号深潜器可潜到海下7000米了。"

我问:"是考察研究宝石级的红珊瑚、金珊瑚?"她说:红珊瑚、金珊瑚也像海底石油,金属结核,同是大自然馈赠给人类的财富,我们有什么理由不去保护、开发?再说,这也是我的老师邹教授的遗愿,我还能不去承担这份责任?

当然这只是一方面,自从人们创造了深潜器,发现了深海热泉附近依然有着鲜活的生命,有虾,有水母,还有奇形怪状的鱼……身体几乎是透明的。它们能承受那样强大的压力,适应高温,吃的是甲烷……已改变了我们对传统生命存在的必备条件的认识——过去一直认为那是生命的禁区——生命起源于海洋,对生命的起源不是还有着更多的奥妙等待着我们去探索吗?

生命起源、天体演变、物质结构是当今科学的三大尖端课题。只要有一点突破,那将带来科学的巨大革命,从而造福人类!

2015年9月—2016年2月18日 初稿
2016年3月二稿
2016年5月三稿

附录

刘先平四十多年大自然考察、探险主要经历

1974—1980 年

- 参加野生动物科学考察队和筹备建立自然保护区的考察，主要区域在皖南的黄山和皖西的大别山。
- 1980 年以前，这里一直是刘先平的生活基地，至今每年至少会去考察两三次。美丽奇绝的自然风光、深厚的人文底蕴，曾吸引了诗仙李白等长期在此漫游。目睹了生态的恶化、珍稀动物的灭绝、人与自然的矛盾，他于 1978 年重新拿起笔来呼唤生态道德，孕育了描写在野生动物世界探险的长篇小说《云海探奇》《呦呦鹿鸣》《千鸟谷追踪》及散文集《山野寻趣》等。1978 年完成、1980 年出版的《云海探奇》，被认为是中国大自然文学的开篇之作、标志性作品。
- 那时的野外考察异常艰难，在山里行走，只能凭着"量天尺"——双脚。根本没有野营装备，只能搭山棚宿营。使用的还是定量的粮票、布票……

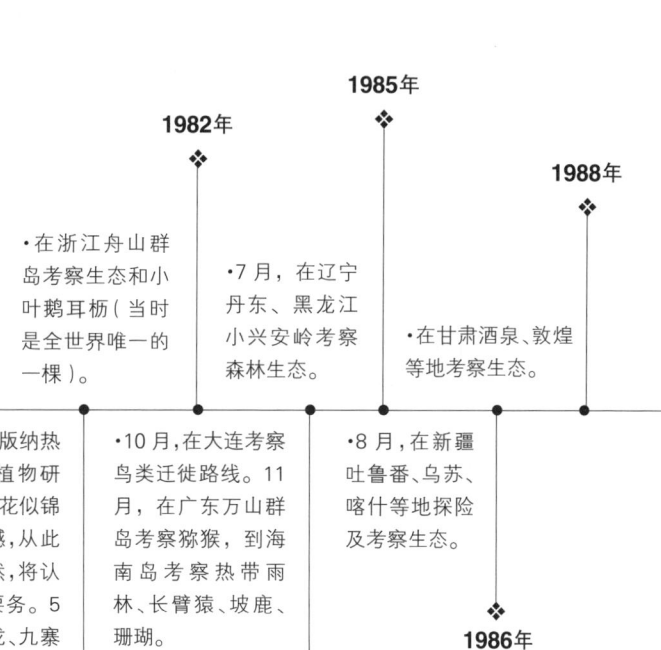

1981 年

- 4 月，考察云南西双版纳热带雨林及访问昆明植物研究所。为热带雨林繁花似锦的生物多样性所震撼，从此走向更为广阔的自然，将认识大自然作为第一要务。5 月，到四川平武、黄龙、九寨沟、红原、卧龙等地探险，参加对大熊猫的考察。之后，前后历时六年，参加保护大熊猫、金丝猴的考察。著有长篇小说《大熊猫传奇》、考察手记《在大熊猫故乡探险》《五彩猴树》等。

1982 年

- 在浙江舟山群岛考察生态和小叶鹅耳枥（当时是全世界唯一的一棵）。

1983 年

- 7 月，在辽宁丹东、黑龙江小兴安岭考察森林生态。
- 10 月，在大连考察鸟类迁徙路线。11 月，在广东万山群岛考察猕猴，到海南岛考察热带雨林、长臂猿、坡鹿、珊瑚。

1985 年

- 在甘肃酒泉、敦煌等地考察生态。

1986 年

- 8 月，在新疆吐鲁番、乌苏、喀什等地探险及考察生态。

1988 年

1992年

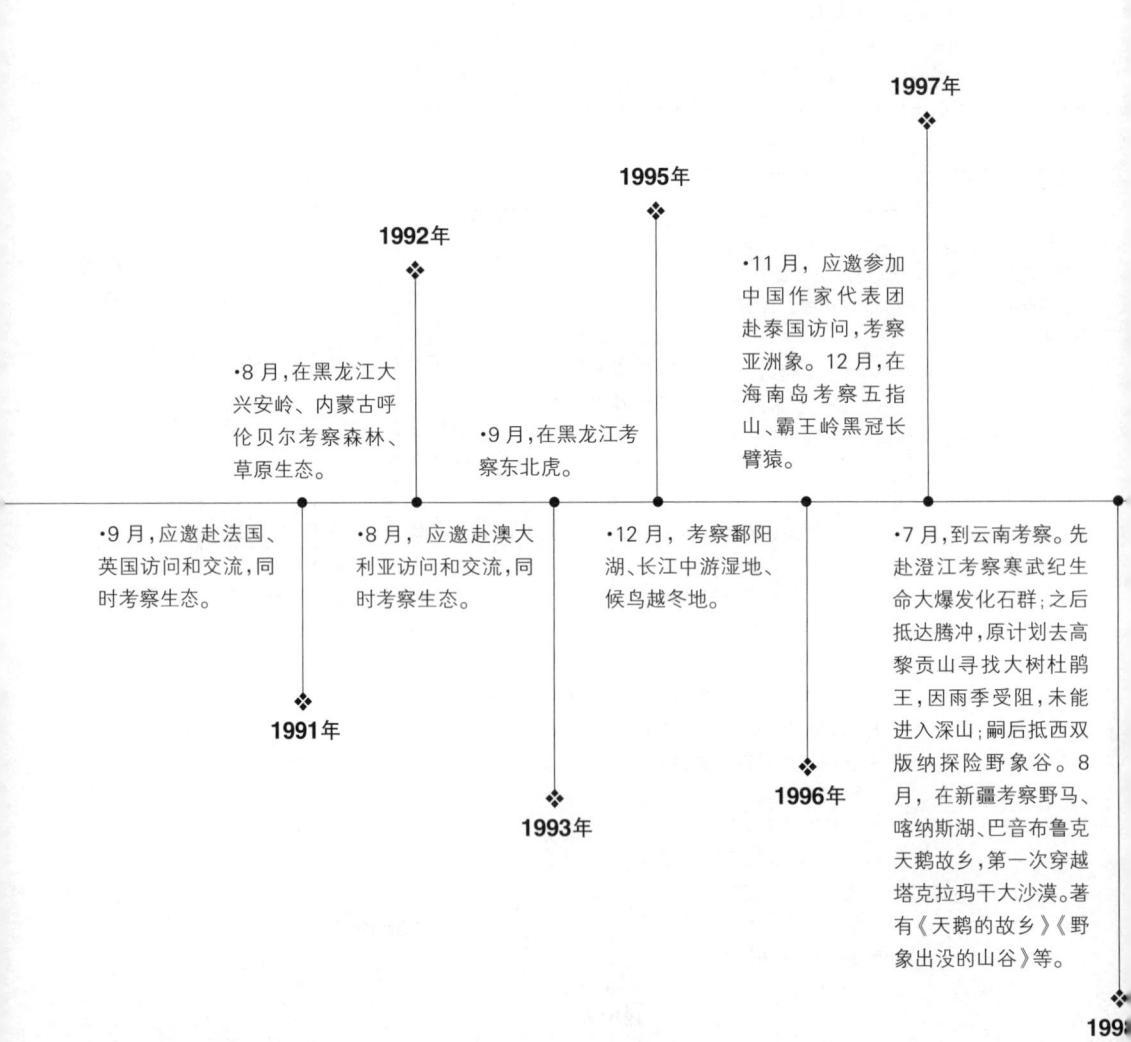

- 8月，在黑龙江大兴安岭、内蒙古呼伦贝尔考察森林、草原生态。

1995年

- 9月，在黑龙江考察东北虎。

1997年

- 11月，应邀参加中国作家代表团赴泰国访问，考察亚洲象。12月，在海南岛考察五指山、霸王岭黑冠长臂猿。

- 9月，应邀赴法国、英国访问和交流，同时考察生态。

- 8月，应邀赴澳大利亚访问和交流，同时考察生态。

- 12月，考察鄱阳湖、长江中游湿地、候鸟越冬地。

- 7月，到云南考察。先赴澄江考察寒武纪生命大爆发化石群；之后抵达腾冲，原计划去高黎贡山寻找大树杜鹃王，因雨季受阻，未能进入深山；嗣后抵西双版纳探险野象谷。8月，在新疆考察野马、喀纳斯湖、巴音布鲁克天鹅故乡，第一次穿越塔克拉玛干大沙漠。著有《天鹅的故乡》《野象出没的山谷》等。

1991年

1993年

1996年

199

1999年

• 4月，在福建考察武夷山等地的自然保护区及动物模式标本产地、小鸟天堂，寻找华南虎虎踪。7月，应邀赴加拿大、美国访问和交流，考察两国国家公园。8月，一上青藏高原，主要考察青海湖。9月，在贵州探险，考察麻阳河黑叶猴、梵净山黔金丝猴。著有《黑叶猴王国探险记》《金丝猴的特种部队》。

2000年

• 1月，考察深圳仙湖植物园。5月，考察江苏大丰麋鹿国家级自然保护区。7月，二上青藏高原。探险黄河源、长江源、澜沧江源。由青海囊谦澜沧江源头和大峡谷至西藏类乌齐、昌都、八宿（怒江上游），再至云南德钦、丽江、泸沽湖。沿三江并流地区寻找滇金丝猴。10月，在广西考察白头叶猴。11月，至海南，再次考察大田坡鹿、红树林生态变化。著有《掩护行动——坡鹿的故事》。

2001年

• 8月，应邀赴南非访问和交流，考察野生动植物。

2002年

• 3月，考察砀山。4月，在高黎贡山寻找大树杜鹃王，终于得偿心系二十一年的夙愿。一探怒江大峡谷，但因大雪封山，未能到达独龙江。6月，在湖北石首考察麋鹿。7月，再去江苏大丰考察麋鹿。8月，三上青藏高原，探险林芝巨柏群、雅鲁藏布江大峡谷、珠穆朗玛峰国家级自然保护区。著有《圆梦大树杜鹃王》《峡谷奇观》《麋鹿回归》等。

2003年

• 4月，在四川北川、青川考察川金丝猴、大熊猫、羚牛。8月，应邀访问英国、挪威、丹麦、瑞典，由挪威进入北极圈。著有《谁在跟踪》。

2004年

• 8月，横穿中国，由南线走进帕米尔高原，考察山之源生态、风土人情。路线及主要考察对象为：青海柴达木盆地、察尔汗盐湖→可可西里→雅丹地貌→花土沟油田→翻越阿尔金山到新疆若羌→第二次穿越塔克拉玛干大沙漠→帕米尔高原。10月，随中国作家代表团访问南非、毛里求斯、新加坡。著有《鸵鸟小骑士》等。

2005年

• 7月，横穿中国，由北线走进帕米尔高原，寻找雪豹、大角羊、野骆驼。路线是：甘肃河西走廊→罗布泊边缘→从北线再次穿越柴达木盆地到花土沟油田→回敦煌（原计划进入阿尔金山国家级自然保护区，未成行）→库尔勒→第三次穿越塔克拉玛干大沙漠→托木尔峰→伽师→帕米尔高原→红其拉甫。10月，在重庆金佛山寻找黑叶猴，到沿河土家族自治县再探黑叶猴。著有《走进帕米尔高原——穿越柴达木盆地》等。

2007年

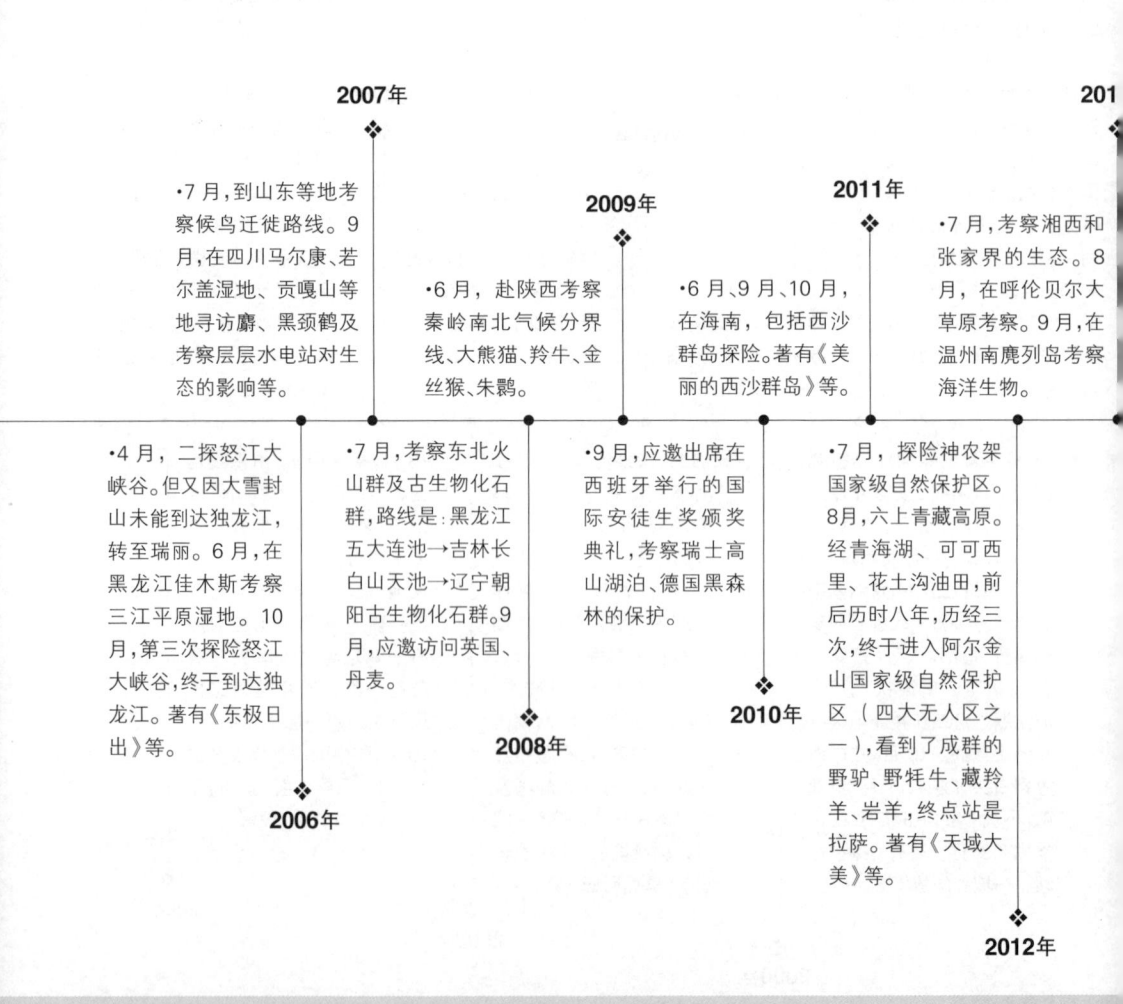

- 7月，到山东等地考察候鸟迁徙路线。9月，在四川马尔康、若尔盖湿地、贡嘎山等地寻访麝、黑颈鹤及考察层层水电站对生态的影响等。

2009年

- 6月，赴陕西考察秦岭南北气候分界线、大熊猫、羚牛、金丝猴、朱鹮。

2011年

- 7月，考察湘西和张家界的生态。8月，在呼伦贝尔大草原考察。9月，在温州南麂列岛考察海洋生物。

201

- 4月，二探怒江大峡谷。但又因大雪封山未能到达独龙江，转至瑞丽。6月，在黑龙江佳木斯考察三江平原湿地。10月，第三次探险怒江大峡谷，终于到达独龙江。著有《东极日出》等。

- 7月，考察东北火山群及古生物化石群，路线是：黑龙江五大连池→吉林长白山天池→辽宁朝阳古生物化石群。9月，应邀访问英国、丹麦。

- 9月，应邀出席在西班牙举行的国际安徒生奖颁奖典礼，考察瑞士高山湖泊、德国黑森林的保护。

- 7月，探险神农架国家级自然保护区。8月，六上青藏高原。经青海湖、可可西里、花土沟油田，前后历时八年，历经三次，终于进入阿尔金山国家级自然保护区（四大无人区之一），看到了成群的野驴、野牦牛、藏羚羊、岩羊，终点站是拉萨。著有《天域大美》等。

2006年

2008年

2010年

- 6月、9月、10月，在海南，包括西沙群岛探险。著有《美丽的西沙群岛》等。

2012年

2014年

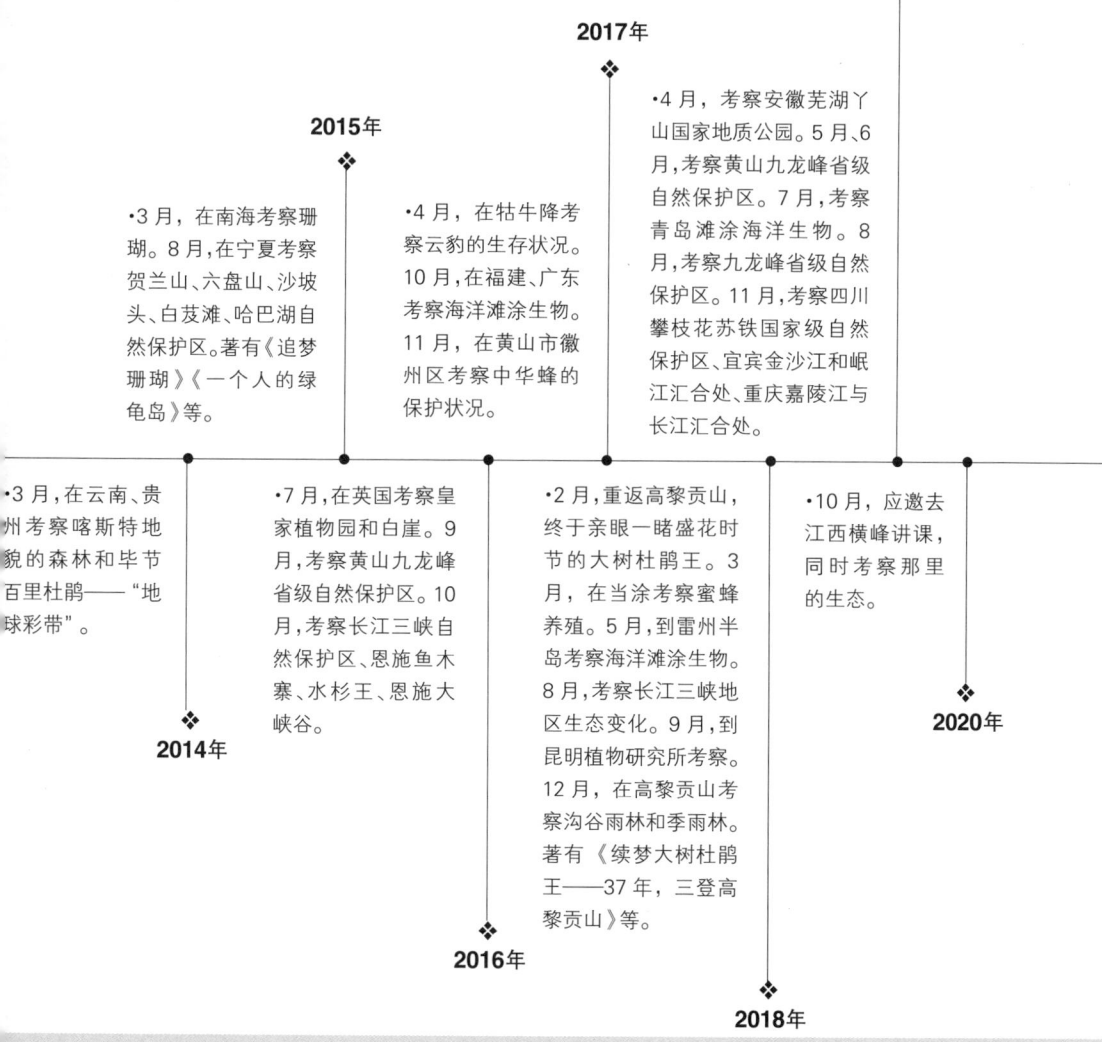

•3月，在云南、贵州考察喀斯特地貌的森林和毕节百里杜鹃——"地球彩带"。

2015年

•3月，在南海考察珊瑚。8月，在宁夏考察贺兰山、六盘山、沙坡头、白芨滩、哈巴湖自然保护区。著有《追梦珊瑚》《一个人的绿龟岛》等。

•7月，在英国考察皇家植物园和白崖。9月，考察黄山九龙峰省级自然保护区。10月，考察长江三峡自然保护区、恩施鱼木寨、水杉王、恩施大峡谷。

2016年

2017年

•4月，在牛牯降考察云豹的生存状况。10月，在福建、广东考察海洋滩涂生物。11月，在黄山市徽州区考察中华蜂的保护状况。

•2月，重返高黎贡山，终于亲眼一睹盛花时节的大树杜鹃王。3月，在当涂考察蜜蜂养殖。5月，到雷州半岛考察海洋滩涂生物。8月，考察长江三峡地区生态变化。9月，到昆明植物研究所考察。12月，在高黎贡山考察沟谷雨林和季雨林。著有《续梦大树杜鹃王——37年，三登高黎贡山》等。

2018年

2019年

•4月，考察安徽芜湖丫山国家地质公园。5月、6月，考察黄山九龙峰省级自然保护区。7月，考察青岛滩涂海洋生物。8月，考察九龙峰省级自然保护区。11月，考察四川攀枝花苏铁国家级自然保护区、宜宾金沙江和岷江汇合处、重庆嘉陵江与长江汇合处。

•10月，应邀去江西横峰讲课，同时考察那里的生态。

2020年

227